家庭的迷宫

【俄】阿·利哈诺夫 著

粟周熊 译

黑龙江少年儿童出版社

登记号：黑版贸审字 08-2016-045 号

本作品通过中国文字著作权协会（地址：100037，中国，北京西城区阜外大街甲 35 号，E-mail:wenzhuxie@126.com.）取得中文版全球翻译出版发行专有权，版权所有，侵权必究。

图书在版编目（ＣＩＰ）数据

家庭的迷宫 /（俄罗斯）阿·利哈诺夫著 ； 粟周熊译. -- 哈尔滨 ：黑龙江少年儿童出版社，2016.7
 （利哈诺夫作品集）
 ISBN 978-7-5319-4463-8

Ⅰ．①家… Ⅱ．①阿… ②粟… Ⅲ．①长篇小说－俄罗斯－近代 Ⅳ．①I512.44

中国版本图书馆CIP数据核字(2016)第158251号

家庭的迷宫
JIATINGDEMIGONG

作　　者：【俄】阿·利哈诺夫
译　　者：粟周熊
项目总监：张立新
统筹策划：李春琦
责任编辑：李春琦　商　亮
制　　作：冯晓秋　李　璇
图文设计：哈尔滨达彼思印刷有限公司
责任印制：姜奇巍　杨亚玲
出版发行：黑龙江少年儿童出版社
　　　　　（哈尔滨市南岗区宣庆小区 8 号楼　150090）
网　　址：www.lsbook.com.cn
经　　销：全国新华书店
印　　装：哈尔滨市石桥印务有限公司
开　　本：720mm×980mm　1/16
印　　张：16.75
版　　次：2016 年 7 月第 1 版　2016 年 7 月第 1 次印刷
书　　号：ISBN 978-7-5319-4463-8
定　　价：42.00 元

目录

不要哭，

不要笑，

而要去理解他们。

——[荷兰]斯宾诺莎

第一章 一只灰乌鸦

一

托利克做了个梦。

他像是夜里进入学校，踮着脚从走廊走过。学校里又静又暗，只有路灯透过玻璃窗将一个个光斑洒落在地板上。托利克踏着这些光斑，一步一步小心翼翼地朝前走，然而皮鞋还是发出橐橐的声响，像是有人在用锤子钉大钉子。他轻手蹑脚地向着化学实验室所在的走廊尽头溜去。他知道化学实验室里有可怕的东西，那东西简直吓死人，但他还是要偷偷地朝那儿溜去，那儿仿佛对他有一股强大的吸力。

托利克推开门，走进实验室，里面似乎有人。他背上立即起了一层鸡皮疙瘩，本想扭头使出全身气力从那儿跑掉，但他并没离开。墙上挂着闪闪发亮的镜框，那些大胡子科学家从镜框里端详着他。托利克直接感受到他们的目光，不过并不是科学家们使他悚然。他感到实验室里还有人。托利克四下顾盼。一条长桌上摆着两个玻璃罐，玻璃罐里面有些五颜六色的沉淀物在扑哧扑哧作响，翻着泡沫，并不断从罐口溢出来，流了一桌子，涨得跟发酵一般快。托利克明白了，原来所谓可怕的东西就是这些沉淀物，就是从罐子里爬出来的这些闹腾得挺欢的橙黄色、绿色和雪青色的家伙。

这些五颜六色的脏兮兮的家伙到处漫溢，涨得很快，不一会儿，就把从地板到天花板的整个房间都挤满了。托利克感觉到它们马上就将自己包围住了，黏糊糊的，甩也甩不掉。他站在那儿，稠乎乎的五颜六色的泡沫已经埋到他的脖子。他恐惧地感觉到这些泡沫正从四面八方将他糊住、缠上，压迫得他透不过气来，心脏跳动得越来越慢，越来越弱……他攒足力气想喊，但是喊声被稠密的泡沫压了下去……

托利克马上睁开双眼，但好久没醒过来，就好像真的是在尽力甩去粘在他身上的那些花花绿绿的泡沫，从那些使他喘不过气来的可怕的东西的包围中挣脱出来。"竟然做了一个梦。"他想。

全家喝茶的时候，托利克说了他做的这个噩梦。家里一般都是舒拉外婆爱讲她做的梦，今天她却缄默不语，也不知道是夜里没做梦，还是心绪不佳。托利克把整个梦从头到尾说了一遍，先说他夜里如何从走廊里走过，后来又谈到化学实验室的情况，最后讲到那些科学家如何从闪闪发亮的镜框里端详他，以及那些五颜六色的没有一定形状的泡沫如何压迫得他喘不过气来。

妈妈忧心忡忡地瞥了托利克一眼："看来得给他买软一些的垫子，折叠床睡起来不舒服，才爱做噩梦。"爸爸不同意妈妈的看法，说她那是胡说八道，折叠床和托利克爱做噩梦根本就没关联，他爱做梦是因为看电视太多的缘故。

托利克对爸爸的说法不置可否，但内心并不同意他说的，因为做梦未必跟看电视有关，再说梦里看到的东西带颜色，可托利克还从未看过彩色电视。

一家人默默地喝完茶，其间托利克不时惊讶地看看舒拉外婆。这就怪了，虽说家里最会解梦的不是妈妈，也不是爸爸，而是外婆，她什么梦都能说出个道道来，可今天就是一声不吭。她经常说梦见血是件好事，可能很快就会看到亲友；要是梦见雪，意味着会有重要消息；要是梦见死人，尤其这个死人还是本家，天气就一定会变；而梦见肉，事情可就糟了，就是说，可能要大病一场，甚至还可能一命呜呼。总之，老太太什么样的梦都会解，所以托利克觉得奇怪，今天她怎么会一直闷着，一句话也不说呢。

喝完茶，托利克学着外婆的样子把杯子倒扣过来，意思是说"喝够了，谢谢"。同时他又想到，老太太的那一套看来都只是与早已作古的人有关，至于那些从玻璃罐往外溢出的、而且很快涨起来的化学物质，她一窍不通。

托利克从桌旁站起身，穿上毡靴，检查书包里的东西是否带齐，突然听见外婆尖声尖气地说：

"看来要倒大霉了！"

托利克一开始还没明白外婆的话是什么意思，他用询问的目光看了妈妈一眼。妈妈深深叹了口气，对外婆的预言表示认同——她对外婆总是言听计从。托利克又看了爸爸一眼，爸爸向他使了个眼色，摇了摇头——那意思是说，不要信外婆那一套丧气话。

托利克冲爸爸笑笑，不知为什么心里有些惶惶然。

"是我要得2分吗？"他想。考虑到有这种可能后，他心里反倒踏实了，得2分的可能还是有的，因为不管怎样绞尽脑汁，代数题就是解不出来。他长叹一声，对外婆的话也就认了——2分就2分吧。

二

不过，托利克并没得2分。

的确，刚开始的一切都跟预料中的一样，在托利克被老师叫到黑板前时，他曾想，外婆真是个预言家，看来他以后每天早上都得把自己昨晚做的梦说给她听，好预先知道吉凶祸福。可不一会儿，情况又变了。

虽说叫他去解的题有一定的难度，但他还是解了出来，当然是费了很大劲儿。不过到底还是解出来了，而且得了4分。真想不到，要知道这可是代数题啊！

托利克回到座位上，梦啊，外婆啊，他几乎全都抛到了脑后。那个4分使他得意忘形。

放学回到家时，托利克在台阶上碰见波利娅大婶，又想起了关于梦的事，据说梦都会应验的。波利娅大婶是个细高挑儿，心肠好，挺喜欢托利克。她笑着说：

"你别信那些梦，它们不灵验。"

这样，托利克就把外婆的预言彻底抛到了脑后。

回到家后，由于心情不错，他很快就做好了功课，然后像一年级的同学在书法课上那样，把一个个字母和数字描得漂漂亮亮，最后才开始画画。

托利克画出来的画千篇一律。上一年级的时候，爸爸给了他一些水彩颜料，托利克画大海画上了瘾，而且会在海上画出一轮红日，还有轮船和一艘帆被风吹得鼓鼓的护航舰。

瞧，就在那边的床头柜上，有一沓画都是画有护航舰的。舰船看上去航速特别快，激起层层波浪，而且好像有风的样子，船只向一边倾斜着。虽说托利克早就在画这种护航舰，但每次画出来的都有一些新意，有时候艉柱画得很精致，带有图案。太阳也被画成各种各样的。有时把太阳画在舰只的正上方，就挂在桅杆顶上；有时画的太阳已经偏西，落在地平线上。如果已经落在地平线上，海的颜色就得画深一些，不过浪尖得画成透明的，因为有光线斜射过来。

托利克不经常画画。他不是什么时候都想画，只在有了激情的时候，

或是在无法用言语表达心情的时候，就像身上绷着一根弦，这根弦只有用心弹拨的时候才会响。一碰到这种机会，他就想尽快坐下来画画，这个时候一定能把海画成它本来的面目：或黑浪翻滚，威严可怖；或恰恰相反，湛蓝湛蓝的，金光闪闪。轮船也画得特别出彩，船身轻盈，航速快，成了一艘名副其实的护航舰。

托利克只顾画画，听着身上那根细弦在低声吟唱，都没察觉外婆来到他的身后。一直到她像对小孩儿一样抚摸他的头，他才发觉，身子一哆嗦，水彩笔在白色的天空中画了一条红道，把整个画面都弄糟了，可外婆并没看出来。

"有出息，我的外孙儿！"她满口夸奖，"听说他们那些人都是挣大钱的！"

"'他们'是指谁？挣什么大钱？"

"就是那些画画的人呗！"

"是说画家吗？"

"对喽！"外婆连连点头。

托利克若有所思地用笔在画板上抹了一笔，把刚才因为外婆画坏的那一笔加长，然后又交叉画了一笔。

外婆又开始老调重弹了，又说起她那一套，要托利克去当画家。他叹了口气，开始洗笔，他把笔在已呈暗灰色水的杯子里摆来摆去。外婆仍在唠叨着。托利克以后干什么工作，是当画家还是干别的，她其实无所谓。如果司机拿钱比画家还多，她就会劝托利克去当司机。外婆不知从哪儿听来的，说画家挣钱多，所以每当托利克画画，不管画好画坏，她都要夸奖一番，而且嘴里还念念有词：

"你可不要学你那没墨水的爸爸！有文凭钱就到手了。"

"瞧，又来了！"托利克瞟了一眼外婆，心里在想，"又要埋怨爸爸了！"

　　唉，外婆这个人呀，就是在不能自圆其说的时候，也认为自己正确，她就没有不对的时候。她刚刚就在说，要托利克学好功课，别像爸爸那样。可要想学习提高，爸爸在家里却根本不能提！妈妈倒没什么，她不会反对，相反很可能还会支持，可外婆呢——没门儿！

　　托利克的爸爸是个技术员，在一家工厂设计室工作。他想成为一名工程师，不过为此就得学习。"我是不行了！"爸爸有时候这么说，并且难过地瞅着托利克，"我们的托利克可要超过我们大家，一定会超过，一定会当上工程师，设计出新的机器来。"不过，尽管爸爸说他是落伍者，可并不自暴自弃。当他和妈妈谈论自己工作的时候，眼睛都在放光。托利克对爸爸的话并不全懂，不过听懂了的部分他很喜欢。爸爸所在的工厂计划生产一种新机器，在此之前先得把图纸弄出来。爸爸原来都是画一些不怎么重要的图纸，现在这项重要的工作交给了他。爸爸虽说不是大学毕业，但毕竟是设计室的一名工作人员，按理说和工程师没什么两样。

　　"功臣（工程）师！"外婆对此不以为然，"功臣师，可一共才值一百卢布，也没别的补贴。"接着又劝爸爸，要他离开设计室，调到车间去工作。

　　外婆用尽各种办法劝说爸爸。

　　"你调工作吧，别佳（托利克父亲的小名），"她说，"调到车间去！别佳，调到车间去！你听说没有，工人在车间能拿到二百卢布，比你高出一倍多！"

　　而当好说好劝不见效时，外婆就会冲爸爸耍起威风来。她涨红着脸，攥紧拳头，尖叫起来：

　　"你们这些穷得叮当响的吃屎（知识）分子，都是一些懒虫！一个身体倍儿棒的男子汉，当装卸工总可以嘛，可你呢，每月只能挣一百卢布！还没那些补贴！"

"这下子完了。"托利克心想。爸爸马上就会忍无可忍，也嚷嚷起来；或默默地穿上外套，砰的一声把门关上就走掉了。爸爸刚一出门，妈妈一定就会在外婆跟前忙得团团转，抚摸外婆的双肩，给她倒水，让她服镇静剂，又是劝又是哄。

然后爸爸回来，家里则变得鸦雀无声，显得空荡荡的。外婆坐在一个角落里。妈妈紧挨着她，像个可怜的女仆，不离开她半步。爸爸待在另一个角落，默默地抽烟，把屋里搞得乌烟瘴气。

托利克不知所措地在他们之间走来走去，不知干什么才好。他走到爸爸面前，问爸爸几句话，爸爸一一回答，但回答得不像往常那么详细，那么明白，而是嘟囔上几句，就再也不说什么了。他走到妈妈跟前，不过最好还是别去，因为她正用病态的目光瞪着他，跟她说话，简直是自讨没趣。外婆呢，恶狠狠地坐在那里，摆出一副凶相。托利克不敢到她跟前去。

他怏怏不乐，来回地走了几趟，然后坐下来画他的大海。大海本来应是欢快的，色调鲜明，现在画出来的却是一片灰暗。

看到这样的大海，托利克心里更加郁闷了。

三

托利克洗罢笔，盖好颜料盒，把画坏的画儿撕掉。唉，舒拉外婆啊！他本来情绪很好，代数课能得 4 分那可是件不简单的事，可现在又和往常一样郁闷了，就像刚刚还是艳阳天，可一阵风刮来，又变得乌云低垂，雾气蒙蒙。

舒拉外婆总是爱把事情搞糟，弄得大家都不愉快。她就有这么一个怪癖。

　　外婆终于安静下来了。托利克用目光四下搜寻了一会儿，看见她弓着背坐在沙发上，膝盖上放着她那个四边都磨得发白的钱夹。

　　"原来是这么回事！"托利克冷冷一笑，"又是她那退休金！"看来老太太说起那些有钱的画家是有她的用心的。

　　外婆可真是个爱财如命的人！看人从不看脾气如何，也不看别人的长处，她关心的就是挣多少钱。只要挣钱多，尽管以前没见过那个人，也不知道他的人品，就点头称是，崇拜得五体投地。如果那人挣钱少，别人只要一提起这个人，她就没话说了，一点儿不感兴趣。

　　外婆在家里是财政部长，妈妈和爸爸一拿到工资就全部交给她。妈妈上商店，舒拉外婆现给她钱；等妈妈回来，没花掉的钱外婆全部收走，只给妈妈留下八个戈比，是坐电车上下班的车钱。妈妈每天上班带的饭就是两片夹香肠的面包，或者更差，两片抹茄子酱的面包，用纸一包就行了。所以妈妈脸上都没什么血色。

　　爸爸花钱也由外婆管。每天晚上她什么话也不说，往爸爸兜里搁半个卢布。这半个卢布是午餐费。托利克不知道外婆从哪儿弄来这么多半个卢布的零钱。后来他跟她去过一趟商店，看见外婆用一张三卢布的钞票换成全是半个卢布的零票子，那就是准备给爸爸的零钱。

　　托利克嘛，就更没什么好说的了。学校的小卖部在课间休息时卖面包，黄灿灿的，才五戈比一个，可托利克连五个戈比也没有。舒拉外婆每天给他带上一片黄油面包，天天都是面包……

　　托利克很可怜妈妈，看着她一个子儿也不剩地把兜里的钱全部交给外婆时，心里特别难受。

　　就说现在吧，舒拉外婆身子挺得直直地坐着，就像在课堂上那么规矩。她从灰色上衣兜里掏出一把光闪闪的钥匙，打开五斗橱，从里面取出钱夹，把钱放进去，再把五斗橱锁好，最后把钥匙放回兜里。

就像家里有小偷似的，外婆担心有人把钱偷走。她总是把钱装进那个无底洞似的钱夹里。

如果有人给她送来退休金，她一天要把钱夹取出来五六回，一遍一遍地数钱。

就这笔应该每月二十日送来的退休金，搅得全家不得安宁。

只要那位女邮递员晚送来一天，外婆就受不了了。她会在房间里走来走去，像丢了魂儿似的。最后实在忍不住了，她会直奔邮局。不管正在干什么活儿都得放下，披上外衣就走。就是在厨房里正做着汤，她也不等做好，关上煤气便去邮局。即使邮局里排着长队，她也不往回返。哪怕得等上一个小时，她也要让那里的人非得找到她的退休金不可。邮局的那些阿姨都认识舒拉外婆，所以邮递员总是在自己的管片内第一个给她送钱，免得她跑去影响别人工作。

一旦钱送到她手里，她立刻把手指吮湿，一张张地数着很脏的钞票，然后把它们都收进五斗橱里，用一把精巧的银白色小钥匙锁好。瞧她那种环顾四下的神态，大有拿破仑凯旋之势。

从她那瘦骨嶙峋的脸上，能看出这笔退休金给她带来了何等的满足，甚至连人也变得有点儿和善可亲了。

托利克望着外婆，看她都变得认不出来了，脸上的皱纹舒展了，两眼也炯炯有神。

舒拉外婆发现托利克在看她，一下子把脸沉下来，不再做她的金钱梦了。

她装出不高兴的样子，啪的一声关好钱夹，放入五斗橱里，不让托利克看见。

"你走，托利克，"她口气严厉地说，"玩去。"

托利克想："她大概是想一个人单独留下来做她的金钱梦，免得有人干扰。"之后他戴上坦克头盔，就在系扣的时候，托利克想起了爸爸，再一次对外婆的行为惊愕不已。她怎么能用钱来衡量爸爸呢？！爸爸可是个难得的好人呀！

托利克来到院子里。浓黑的夜色里，一盏明晃晃的灯照亮了整个冰球场。一群男孩子在场上跑来跑去，追逐着冰球，同时呜哇乱叫。托利克看到这种情景，整了整头盔。

他只要一上场，伙伴们二话不说便把中锋的位置让给他，因为他戴的是爸爸的头盔，再说辟出这个冰球场的不是别人，正是托利克的爸爸。

托利克记得，那天爸爸提着板锹来到院子里，将雪铲到四周。他干得全身发热，满头大汗。于是他把大衣脱了，挂在晾衣服的柱子上，又挥动起板锹来。托利克也来帮忙铲雪。但他手上的板锹是大人用的，挺沉，所以干两下就累了，他停下来看着爸爸。

爸爸将雪扬向四面八方，扬得凉冰冰的雪尘满院子里飞扬。他不停地干，也不朝四下看，只是不时地咳上几声。后来发现托利克在看他，便向儿子使了个眼色，掀了掀头上的帽子，像是在掀开水壶盖，只见满头热气腾腾。

托利克看着满头大汗的爸爸，笑了。因为这么冷的天，爸爸却热得冒汗。他看着爸爸手里的板锹像根杠杆一样，重又猛烈而有节奏地挥舞起来，心里也禁不住想像爸爸那样干劲十足地干上一番。他奋力挥动手中的锹，当然跟爸爸是比不了的，动作不如爸爸快，也吃力多了，还不时地学爸爸的样子咳上几声。院子里的其他小男孩也带着锹从家里出来了，这下子就不只是爸爸和托利克两个人像两只鸭子那样嘎嘎叫了，而像是飞来了一大群。

场子清出来了，他们又花了很长时间用桶提水，泼在冰场上，结果形成了许多像玻璃一样又平又亮的水洼，水洼上弥漫着雾气。爸爸每次提来两桶水，不停地浇在上面，慢慢地水洼连在了一起，最后变成了光滑的冰面。爸爸在场子四周安上栅栏，围成一个名副其实的冰球场，那冰球场的冰面特别光滑。不过孩子们还是不喜欢穿冰鞋，而是穿毡靴，以便能更使劲地击球，穿冰鞋容易滑倒，所以他们在院子里玩冰球都不喜欢穿冰鞋。担任中锋的总是托利克，虽说楼里有的是比他大的五年级学生。可只有他有如此高级的坦克头盔，戴上它就是曲棍打在脑袋上也没关系。

一句话，大家之所以让托利克担任球队的中锋，绝不是因为他有什么功绩，而是因为他有一顶坦克头盔，而且为孩子们建冰球场还是他爸爸想出来的高招。

为此托利克对爸爸感激不尽。

四

等托利克从外面回来，爸爸已经回家了，他坐在妈妈的对面，外婆在忙着往碟子里盛大麦米粥。

妈妈看见托利克头戴坦克头盔，满身大汗淋漓，马上蹙起眉头。

"又去疯了，"她说，"在家里多好。看看书，捏捏橡皮泥，你捏得挺不错的嘛。"

她说得对，托利克橡皮泥捏得不错。还在念二年级的时候，他就用橡皮泥捏过老妖婆，还捏过独眼龙拿破仑，拿破仑的一只眼睛在战场上被打瞎了，绑上一根黑带子。可那是二年级时候的事，现在已经五年级了，还能这样要求他吗？

再说，妈妈一个人夸你捏拿破仑捏得好，整个冰球队的小伙伴们夸你冰球打得不错，这完全是两码事！捏拿破仑是为了自己，顶多是为了妈妈，可打冰球是为了整个球队。

但是，只要看见托利克在院子里玩球，妈妈就总是唠叨起来没完。她愿意看到他在家待着，就在她的眼皮子底下。

"应该让他成为一名集体主义者。"爸爸说。

什么样的人叫集体主义者，托利克对此没有一个清楚的概念，不过他还是表示赞同地冲爸爸点了点头。

"他还来得及的，别佳。"妈妈小声对爸爸说，不过口气很坚决。

托利克看见外婆在角落里瞪着凶狠的眼睛，就知道妈妈言不由衷。她这是在贯彻外婆的意图。外婆对她说过多次，要托利克多在家待着，少出去玩。

托利克怒火中烧，心里狠狠地说：都怪外婆！他对爸爸报以同情的目光，看着爸爸在抗争，在发火。

"够了，"爸爸激动地说，"干吗要把我们和你连在一条裤子上？！"

他们到底是连在谁的裤子上，爸爸没说，不过托利克心里猜到这是指外婆的裤子。他望着外婆，她正在忙自个儿的事，在缝什么东西，仿佛爸爸的话跟她无关，她好像什么也没听见。

后来像是无意中说道：

"有人送退休金来了……"

每一次，她只要谈起这件事，爸爸便缩起脖子，妈妈则加快吃饭的速度。他们知道她又要老生常谈了。

"嗯……"外婆蹙起额头寻思，"又给了她两个卢布……唉，她也不好过啊……"

外婆是说给了那个给她送退休金的女邮递员二十个戈比的小费。不过外婆从来不说二十戈比，而是说两个卢布。她一直还是按旧币算钱。要按旧币算，旧币换新币的时候，新币二十个戈比值旧币两个卢布。

旧币换新币的时候，托利克还很小，这些情况外婆后来详详细细地告诉过他。旧币早就不再流通，可她还在用旧币算账。

要照旧币，邮递员给她送来的是六百卢布，而爸爸现在的工资只有一百卢布，是新币的一百卢布。

舒拉外婆就这么沙沙沙地趿着凉鞋在屋里走来走去，把地板蹭得吱吱响。今天是她的喜庆日子，拿到了退休金，这可是非同小可的大事。

爸爸和妈妈耷拉着脑袋，默默地喝汤，就像是孩子做错了事一样。可外婆还在一个劲儿地数落着爸爸。

"哼……哼……"外婆手托着下巴颏儿，一直哼哼着。

"哼！"她瓮声瓮气地说，"不管怎么说，我们相差得太悬殊。我一个人拿六百卢布，你们两个人加起来才一百八，一百八。"

爸爸放下勺子，汤没喝完便抽起了烟，满屋子顿时烟雾缭绕，烟卷燃起来又红又亮。

"别佳，我说别佳，"舒拉外婆突然做出一副惊讶的样子，"干吗要给党交钱，啊？凭什么要交回扣？"

尽管爸爸跟她说过不下一百遍，她好像还不明白是怎么回事似的。

"那不叫回扣。"爸爸发火了。他脸涨得通红，仿佛是在抬挺沉的木头，而不是在和外婆说话。"那不叫回扣，"他嚷嚷道，"那叫党费！是我自愿交的，懂吗？"

"哟哟哟——"外婆慢声慢气地哼哼着，从内心发出一阵冷笑，"瞧，还是自愿的哩！无论你跟谁说人家也不会信！"

爸爸将烟卷拿到烟灰缸里摁灭，犹如惊弓之鸟，满屋子里快步走动。妈妈则低着头，甚至都瞅不见她的脸。她知道那是爸爸大发雷霆的先兆。

"你别发火，我的好姑爷，别发火。"外婆赶紧劝爸爸，脸色已经变得一本正经，看不见一丝讪笑，因为往下要进行的是一场严肃的谈话。

"你看见了吧，别佳，我的好姑爷。"外婆说。她将目光落在漆布上，用手指在上面描来描去，像是不好意思谈起这种微妙的事："你看见了吧，我的好姑爷，我都退休了，可拿的钱不比你少。"

外婆目光离开漆布，悠闲地望着爸爸在房间里踱来踱去。此刻，妈妈眼睛盯着天花板。

"这是明摆着的事嘛，我的钱是用来办丧事的，还有就是等我死了，留给你们做遗产……我们现在花你们的钱，等我死后你们会过得好一些，这是明摆着的事，不过暂时钱还是有些不宽裕。"

爸爸一直都不吭声，强忍着。烟卷燃起来噼噼地响，房间像打过仗那样烟雾缭绕。

"你呀，别佳，调到车间去吧。别佳，快调到车间去。"外婆又唠叨起来。她用干瘪的手指直戳着爸爸的脊梁骨，一双尖刻的小眼睛变得贼亮。

外婆还要把爸爸折磨到什么地步呢？

五

有一年夏天，下了一场倾盆大雨，仿佛悬在城市上空的那团厚厚的乌云全都变成了雨，一滴不剩地洒落下来。大街小巷奔腾着一条条浑浊而湍急的水流，下水道的铁箅子口一时无法消化，就在铁箅子口上面形成了大大的旋涡。

这些旋涡发出低声的轰鸣，咕噜咕噜直响，很像一些贪食的动物在大啖大咽；而在这些浑浊的漏斗四周，那些木片、破报纸和各种各样的垃圾废物在打着旋儿。所有这些东西都像中了这个咕噜咕噜响的漏斗的魔，随着水流旋转到它的边上，然后落入中心，很快便被卷入铁箅子下水口里不见了。

托利克在一个旋涡一旁站了很久，一直注视着这个诱人的、吞噬一切的喇叭口。在他看来，这个下水口仿佛是一只贪婪的野兽。

很长时间以后，那个打着旋儿的水涡还一直留在托利克的记忆里，他常常想起它，觉得家里发生的一切很像那个旋涡。他们家的生活在围绕钱转，什么时候都在围绕钱转，围绕着外婆那个四角都磨坏了的钱夹转，而且以后这个钱的旋涡会把他们全家吸入更深的去处。妈妈已经老实下来，在外婆的这个水涡里转起来了，只有爸爸还在抗争，不听外婆的唠叨，不愿意调到车间去，因为就连托利克也清楚，不是所有的事都能用金钱、用外婆的处世哲学来衡量，心爱的工作远比金钱宝贵。

钱，钱，舒拉外婆整天就知道谈钱。可托利克有时候觉得，外婆需要的根本不是钱，而是别的什么东西。说不上是什么东西。家里吵吵闹闹好像都是因为爸爸的工作，为他的工资闹的机会还不多。外婆在家里就像是一面光洁墙上的一颗钉子。无论你上哪儿，无论你要干什么，一定都会被这颗钉子剐住，把你的衣服撕破。

如果光看外表，她是个和善的小老太婆，好人一个。人又瘦又轻，都没什么分量。但要看实质，她可比凶神恶煞还可怕。

一旦有什么事弄得她不顺心，她就会立刻目不转睛地望着什么东西，一直盯住不放，别人找她说话都不搭理。

妈妈拖地板的时候，外婆都不动窝儿。她一动不动地坐在那里，眼睛老盯着一个地方，噘着嘴，像个聋子。碰到这种时候，妈妈也怕她三分。妈妈总是小心翼翼地擦好外婆脚周围的地板，都不让墩布碰她一下。等外婆站起来走开，湿漉漉的地板上就会留下一串干脚印。而且她的脚印还和平常人的不一样，总是一只脚别着另一只脚，就像一个人走着，走着，自己绊了自己一下，再往前就走不动了。

托利克早就发现，外婆在盯住什么看的时候，眼睛像是变得小多了，已经不再是瞳孔，倒成了两个针眼儿，目光刺得叫人难受。比如说她在看着电视，但好像什么节目也没看，而是在用两只眼睛穿透电视机，也穿透电视机后面的挡板。外婆看电视的时候，不管演什么节目，她都是眼睛一眨不眨地傻呆呆地坐着。

托利克对她这种脾气还没摸透的时候，有时走到她跟前，想跟她说说话，可她却向他抬起眯成一条缝的眼睛，仿佛要把他刺穿似的。碰到这种时候，托利克就躲开她。一双眼睛像是要把你穿透，总是有些叫人不舒服。

开始，所有这些都与托利克无关。

好呀，既然不愿意看外婆眼睛盯着橡皮树，长时间一动不动地坐在那里，那你可以不理，穿上毡靴到院子里去和小伙伴们玩冰球，或者去玩打仗游戏，用自动枪朝"敌人"哒哒哒地打出几梭子。

舒拉外婆就是这么倔的人。

显而易见，她这么做并不是针对托利克，她是在向爸爸和妈妈耍威风。

上次过节，爸爸和妈妈说好了要去做客，事先还给外婆打过招呼。她一直都不吭声，好像也不反对。可等到他俩要起身——爸爸穿上他那套可心的西服，虽不是新的，但相当笔挺，看上去很舒服；妈妈拿出锃亮的皮鞋，用抹布擦去上面的尘土，套上漂亮的薄袜子。他俩在一张椅子上坐下来穿鞋，你挤我，我挤你，像孩子那么淘气——舒拉外婆突然盯住了五斗橱，不作声了。她就这么眼睛直勾勾地盯着，毫无目的地盯着！

妈妈发现了外婆的变化，马上变老实了，低下头，仿佛她和爸爸打闹、嬉笑是大逆不道的事。可对外婆来说,这还不够。她一言不发,闷闷不乐地坐在那里一动不动,连眼睛也不眨一眨。

爸爸叹了口气,解开领带,开始从一个角落往另一个角落踱步。

他走过来,走过去。妈妈也偷偷地脱了鞋,并放进衣橱里。

爸爸在外婆面前停下,叹了口气,把烟卷揉碎,烟末撒了一地。

"好吧。"爸爸对外婆说,可他却看了妈妈一眼,像是这话不是冲着外婆,而是冲妈妈说的,"好吧,亚历山德拉·瓦西里耶夫娜,我们就这样围着您待着?我们好像还不是那么老,我们还想上朋友家去串门。再说已经答应人家了,这样做不合适……"

妈妈头垂得低低的,仿佛爸爸是在说她。爸爸一步跨到妈妈面前,像哄个小丫头似的摸了摸她的秀发。

"亚历山德拉·瓦西里耶夫娜,您这是要干什么?"爸爸抚摸着妈妈的头,继续对外婆说,"我们也都是大人了,再说,也应该让玛莎出去散散心,不能整天待在家里做饭、洗衣、擦地板……"

可外婆还是一动不动地坐着,似乎一切都与她无关,好像爸爸不是在跟她说话。

爸爸还在踱来踱去,抽烟,大口大口地把烟喷出来,说话平心静气,从从容容。他好像根本不是在和外婆说话,也不是在对妈妈说。天晓得爸爸这是在跟谁说话,很可能就是在自言自语。他不过也就是这么说说而已,免得闷着,总得说些什么,好像是在劝自己,安慰他自己。

他说话不慌不忙,老在重复那几句话,有些老师在课堂上就是这么讲课的。后来他的目光像即将燃尽的烟卷一样黯淡下来,他不再说了。外婆还是不说话,不管别人怎么样,她就是这么闷着。

夜里,大家都躺下睡觉了,这时外婆在沙发床上翻过来翻过去,把生了锈的弹簧压得咯吱咯吱响。这就是说,事情还没有了结呢,别看爸爸说了一个晚上，那都不算数，绝不算数。只有舒拉外婆说的才算数。

外婆继续把弹簧压得咯吱咯吱响，在沙发床上翻过来翻过去，就像农庄主席开会时一样，先摇铃，然后才说出自己要说的话。

"告诉你，我是你的妈，不是亚历山德拉·瓦西里耶夫娜！"

她这是冲爸爸说的。爸爸最好不要搭腔，否则外婆明天也不会说话的。她会坐上一整天，两眼盯着一个地方，又会弄得全家鸡犬不宁。

爸爸没搭腔，不知道他在想些什么。妈妈更是一声不响。

他俩就像是什么也没听见。

千万别跟外婆抬杠。

六

托利克开始还以为外婆和爸爸是因为信奉上帝的事闹不和，以为她还在记着和挂在屋角里的圣像有关的那件事，忘不了爸爸曾经一度要把圣像扔掉。

外婆信奉上帝。她每天都要在圣像前伫立若干次，口中念念有词。圣像还真能帮外婆的忙，托利克亲眼见过圣像怎样帮外婆的忙，见过不下一百次。

比方说，晚间他们坐下来看电视，播放的是严禁未满十六周岁的儿童看的电影。全家人都坐在那里看，托利克也在内，有什么法子呢？他们家总共就一间屋子，妈妈说，也不能捂住他的眼睛呀。当然喽，捂是捂不住的，再说，就是捂住了，甚至用头巾蒙住，也无济于事！托利克还能听见。既然能听见，不看也是一个样，反正能知道演的是什么玩意儿。而且这些电影也不是想象的那么糟糕，没有什么好怕的。就这样，他们全家在一起看电视，只要演到有哪位阿姨脱衣服，这时圣像就可以派上用场了。

外婆碰到这种镜头总要背过身去，用目光在黑暗中找到挂圣像的那个角落，很快地画上个十字。就在她画十字的时候，电视里已经换了别的镜头。

因为圣像能帮她的忙，所以托利克很自然就会想，舒拉外婆真的是笃信上帝。

当你不顺心的时候，你用一只手画个十字，就能确保万事大吉，这当然是求之不得。舒拉外婆常说，那些各种各样不顺心的事都是眼不见心不烦，只是得学会画十字。

托利克还在上一年级时，曾出过一次洋相。现在他明白，那时候他真是太傻了，可是又有什么办法，因为那时托利克喜欢外婆，相信她，虽然也说不上为什么喜欢。

事情是这样的：那天外婆在圣像前跪下来祷告。托利克就站在她身后，踮起脚尖，跟着她画十字。外婆回转身，看见托利克也在画十字，突然鼻子一抽，她先是用小拳头轻轻地捶了捶托利克，那双皮包骨头的腿还跪着，便一把抱住了他。

"我的外孙儿！"她拖着长音说，"我的好宝贝！"

然后她给托利克做样子，告诉他怎样画十字才算正确。手指不是先点胸膛，而是先点脑门，肩膀也不能弄混了，要先点右肩，再点左肩。手指得撮起来，像是要抓盐一样。最好一开始就跪下，这是对神表示敬意。不过要是来不及，也可以站着。

他俩跪在圣像前，这时房门突然打开。托利克从来没见过爸爸如此惊惶。爸爸站在门口，嘴微张，眼睛圆睁，两道眉毛竖起。妈妈从他身后探出头，脸像纸一样煞白。

爸爸站了一会儿，没说话，然后一步迈进屋，而且脸变得通红。于是他又再次变成了另外一个人。过去外婆眼睛盯着屋角看的时候，爸爸就在房间里走来走去，自言自语。这次却突然大声喊道：

"喂，妈妈，把你的圣像拿下来吧！幸亏我是你的亲属，为这你就得祈祷上帝！"

外婆站起身，用绒毛头巾擦干鼻子上的汗水。托利克被爸爸的嚷嚷声吓住了，以为舒拉外婆也会被吓得够呛，会赶紧去拿下圣像，可她像没事儿似的，拖着脚步从爸爸身旁沙沙地蹭过去，仿佛没看见他，刚才也不是他在叫喊，还故作惊讶地用尖得刺耳的声音对妈妈说：

"玛什（玛莎的昵称），玛什？我们干吗不给托利克做洗礼呢？"她的声音就像是有人在撕干树皮发出的撕裂声。

妈妈还站在门口，只是脸色变得更加苍白。可外婆呢，她像是什么也没发生，还在不停地唠叨。

"不，"她连连摇头，"应该做洗礼，你看现在的人都成了异教徒……就知道瞎吼叫！就知道大声嚷嚷！现在再给托利克做洗礼也不算晚……"

托利克以为爸爸还是要扔掉外婆的圣像，只见他直接就奔屋角走去。外婆原来好像是没看见爸爸，只顾和妈妈说话，这时她却陡地回转身，跑过去挡住爸爸，就在他伸手去够圣像的一刹那，她抓住了他。

爸爸停住了，慌乱中不知道怎样对付抓住他的外婆。他本想再一次去够圣像，这时妈妈回过神来，她奔向爸爸，托利克以为她是去帮爸爸的忙，结果错了。妈妈也和外婆一样，跑过去抓住了爸爸的手。

"不要这样，别佳，不要这样。"她含着眼泪说，"亲爱的别佳，不要这样！"

爸爸回过身来。

尽管这件事已经过去四年了，但托利克还清清楚楚记得那个画面：

爸爸和外婆面对面站着，两人像是拉开了决斗的架势。

爸爸高高的个儿，体格魁梧，肩膀宽得托利克根本搂不过来。外婆却又弱又瘦，跟高粱秆儿一样。这哪像什么决斗？

但胜者通常都不是那些貌似强大的人。

外婆并不可怕，也不算狡猾，是个再平常不过的老太婆。她身穿灰色的编织上衣、灰色的裙子，绒毛头巾也是灰色的。一个尖尖的小鼻子从头巾里伸出来，很像鸟嘴。

舒拉外婆看人的时候射出一道凶光，像是要穿透你的身躯，看透你的内心。被看的人通常都会蜷缩起来，不自觉地后退一步。

小个儿，干瘪瘪的，但她占了一间屋，她一人就占了一间屋，别人再无立足之地。快出去吧，离开她！在屋里呼吸都困难，快去！

外婆那时候就是这样看着托利克的爸爸，仿佛要看到他的内心，而后像是有些不太情愿地小声说道：

"你听我说，你这个穷得连裤子都穿不起的女婿！这儿没有你嚷嚷的地方，不要冲我喊叫。你回自己家指手画脚去吧，你在这里不是主人，就当是住店好了。"

爸爸刚刚还满脸涨得通红，这时却气得脸色发青。脸上的肌肉上下滚动，像是嘴的两边含着圆糖块。他后退一步，到走廊去了。砰的一声，他把门摔得像是糊墙纸里面有老鼠在沙沙跑，震得墙皮都往下掉。

妈妈在装满旧衣服的箱子上坐下，哭了。

托利克害怕了，因为那时候他还在上一年级。他走到妈妈跟前，向她偎依过去。妈妈搂住了托利克。

就在这时，外婆的影子出现在他俩面前。她穿一身灰衣服，像只灰乌鸦。只听她大喊着：

"你去告诉你的男人，教导教导他，你自己也别忘了。听着，这里还是我当家！"

妈妈那时候就该回敬外婆几句，说是她爱爸爸，爸爸也爱她，他俩还有托利克这个儿子；还应该告诉外婆，叫她不要独揽大权了。可她不说话，就知道哭。等她哭够了，打开电视，托利克就看起了严禁未满十六周岁的儿童看的电影。

电影枯燥乏味，只有出现女人脱衣服的镜头时，外婆才眼睛盯着黑洞洞的屋角，画起十字。电视机照得她的脸发青，她翻动蓝幽幽的眼白时，托利克觉得很瘆人。

妈妈像被狠揍了一顿，一声不响地坐着，两眼呆呆地望着电视屏幕。

爸爸深夜才回家。

他一声不响。他先在门口脱下皮鞋，然后踮着脚尖走到床前。从托利克身旁走过时，身上散发出一股酒气。

妈妈熄了灯，外婆在沙发床上辗转反侧，把弹簧压得吱扭吱扭响。黑暗中只听见她在嘁嘁喳喳地说话，也不知是冲谁说：

"其实，孩子自己也想看。"

然后她的话戛然而止。

<h1 style="text-align:center">七</h1>

妈妈把碗碟擦干，爸爸抽起了大概是第十支烟，然后打开了电视机。

电视真是个神奇的玩意儿！说它神奇不仅仅是指坐在家里就可以看电影，看我们和外国球队的冰球比赛，看当天的新闻，它还能帮助人们保持沉默。

全家人默不作声。在旁人看来，这家人正在聚精会神地看电视，可实际上是家里人闹崩了。外婆眼睛盯着墙，坚持要让爸爸调到车间工作。

妈妈靠着外婆的胳膊肘坐着，不敢和爸爸搭话，担心得罪家里这个混世魔王。爸爸的心情坏透了，一支接一支地抽着烟。

爸爸额头上有道很深的皱纹，犹如用斧头在桦树树干做的记号。他脸上没有一丝儿笑意，闷着不说一句话。

过去，妈妈和爸爸有时也结成统一战线，虽说是低声细语，但敢于站起来与外婆抗衡。

他们坐在外婆身后，好让她看不见他们，两人搂在一起说悄悄话——没完没了地说，然后悄声地笑。托利克偷偷地看他俩，也笑了。后来他看腻了，拿上自己那把椅子，在妈妈和爸爸中间坐下，然后他们三个一起说悄悄话，偷偷地笑。托利克甚至觉得他们不是说悄悄话，而是大声交谈，他们在开心地笑，纵声大笑。

外婆朝他们回转身，看见爸爸同时搂住妈妈和托利克，她那尖尖的小鼻子顿时往回缩，像是让灼热的东西烫着了似的。

他们仨好久没在一起搂着坐了，妈妈和爸爸好久没与外婆抗衡了。这次还是舒拉外婆赢了爸爸。

外婆在圣像那件事上斗赢了——爸爸没敢动圣像；她在钱上斗赢了——每次只给爸爸半个卢布；这次她又斗赢了——妈妈不敢到爸爸跟前去，她担心惹恼外婆。

外婆只需再斗赢一次就行了，最后一次——让爸爸调到车间去，在那里可以挣更多的钱。到那时候，大家都得乖乖地听外婆的摆布！

托利克眼睛望着电视，偶尔听听新闻，心里却在想妈妈的事。

外婆在紧逼爸爸，爸爸尽力抵挡，有时嚷嚷几句，有时从家里跑出去，喝得醉醺醺地回来。爸爸与外婆之间像是在进行一场无声的格斗，不动拳头，也不流血，但这场格斗比动拳头和流血更骇人。爸爸是个强壮剽悍的男子，却在孱弱的外婆面前节节败退。托利克有一点不明白——

妈妈呢？妈妈采取的是什么立场？她为什么不吱声？她为什么总是站在外婆一边？她为什么像个女仆，事事都听外婆摆布？托利克只明白一点：妈妈是外婆的亲闺女，她当然得听外婆的。但实际上不能这样！不能把家变成医院。家里静得连飞过一只苍蝇都能听见。大家都闷着不说话，要不然就一说起来充满了火药味，好像马上就得大吵一场。

唉，这叫什么日子啊！

托利克在家里烦闷透了，憋得他透不过气来。可只要一跑到院子里，戴上坦克头盔玩起冰球，他就精神振奋；一回到家，听着外婆的唠叨，看见爸爸在那里活受罪，他又变得苦闷极了。

托利克夏天常到动物园去玩。动物园里好玩极了，尤其是那些猴子，看着它们淘气、嬉戏，非常好笑。猴子笼周围总是挤满了孩子。托利克还喜欢看狗熊。现如今大小动物园里都有狗熊，所以人们更爱看虎、豹、狮子或者猴子，而爱去看狗熊的总是寥寥无几。狗熊在栏里走来走去，托利克觉得它们在思念原始大森林。

现在托利克在家里也是这样。他在房间里走来走去，不知道干什么好，跟兽栏里的狗熊没什么两样，找不到人说话，找不到人一起玩。

仿佛屋子里再没有别的人，有的只是草人，只是几把空椅子。碰上这种时候他很想走到妈妈或者爸爸跟前，更多是想走到外婆跟前，拽住她这个罪魁祸首的袖口，大声地嚷上几句，狠狠地，含着眼泪地嚷上几句！

"唉，你呀，你这把空椅子！"

但他们一个个都像树墩那样傻坐着，于是托利克只好眨眨他那双跟妈妈一样的碧蓝色眼睛，皱起鼻梁上几颗稀朗的雀斑，像大人一样闷着。

他明白，在这种场合喊叫是无济于事的。

托利克曾想：外婆要是能消失得无影无踪就好了。他也知道这么想不对，孩子不能这么去想大人，而且还是亲人。她如果能去出差——虽说她不会去出差，这是明摆着的事——或者随便上什么地方都行，到非常遥远的地方去。这样，他们仨就会在一起—— 托利克、妈妈和爸爸。他们就会搂在一起看电视，再也不用怕得罪外婆小心地说着悄悄话，而是像主人那样放开嗓门儿。妈妈也不用去数每一个戈比，也不会有人用钱来寒碜爸爸。

不过托利克也清楚地知道，外婆是不会走的。她像一棵扎得牢牢的刺，怎么拔也拔不掉。她哪儿也不会去，因为照她说的，家里多余的人不是她，而是他们三个，因为是外婆收留了他们。

"收留，好像真是那么回事儿似的！"托利克心里想，"我们根本不用她收留！完全可以远走高飞。趁爸爸现在工作单位还没给分房子，我们可以出去租间房子住，或者搬到别的城市去。"

托利克陷入了沉思。这样的意思爸爸不知说过了多少遍，可妈妈就是不表态！妈妈可真叫人捉摸不透，她自己也觉得这样的日子是活受罪，可就是怕改变。她什么都害怕，怕迁往别的城市，怕搬到别的住宅，怕外婆。托利克产生这么一个想法：妈妈很可能天生就是这样的吧？只能和外婆一块儿过，永远也离不开？

电视节目播完了，爸爸关掉电视机，大家默默地躺下睡觉。托利克脱去衣服，在他那张折叠床上躺下，今天演的节目他都没什么印象了。

他叹了口气，摇了摇头，在枕头上弄出个窝儿，这样睡得更舒服一些。这时他又突然想起昨夜做的梦。

"这梦凶多吉少。"外婆说。家里就她会解梦。尽管没招什么灾，甚至恰恰相反，托利克的代数还得了个 4 分，但他总觉得心里空落落的，不是滋味儿。

如果真招来什么灾祸呢……

八

　　班主任伊佐利达·帕夫洛夫娜有个规矩：每两个星期带学生去看场电影。看什么电影无所谓，必须是有组织地去看。买票的钱都是事先收齐，所以托利克不是每次都能去，因为找外婆要电影票钱得费一番周折，她总要唠叨上一通，认为有电视看就没必要再去电影院。不过碰到这种场合妈妈就要表态了，她说出来的都是爸爸说过的那些话，强调托利克应该成为集体中的一员，最后外婆还是做了让步。

　　就在外婆解梦的第二天，托利克照学校规定看电影去了。影片一般，是战争片，枪炮乒乒乓乓地响个不停。说来也怪，他一出电影院，就把电影内容忘了个精光。

　　同学们都夸电影不错，看来他们都喜欢这部电影，尤其是齐帕，凡是打仗的片子他都爱看。只有托利克不说话，不想去参加这场无谓的争论。别人喜欢，可他不喜欢，这有什么法子，各有所好嘛。电影散场后，伊佐利达·帕夫洛夫娜让学生排成两行走，到拐弯的地方托利克便从队列中出来，告假回家。

　　伊佐利达·帕夫洛夫娜喜欢学生守纪律。她点头同意，托利克就回家去了。

　　天已经黑了下来，到底是冬天了嘛，而且今天像是黑得更早一些，也许是乌云低垂的缘故。

　　托利克看乌云看得出了神，今天的乌云似乎有些异样。一团像擦地板的抹布一样又灰又脏的乌云在缓缓向前蠕动，另一团像一辆开足马力的汽车，疾速地向那团又灰又脏的乌云迎面飘去。眼看它们就要撞在一起，可它们却交错而过。

托利克昂头走路，突然听到了熟悉的说话声。他环顾四周，就在他前面大约四五步远的地方，看见了妈妈和爸爸。

托利克无比欣喜，决定偷偷地跟上他们，然后一下子从后面扑上去。他紧跟在他们身后，突然听见爸爸着急地对妈妈说：

"那好吧，今天我让她，可明天又会怎么样呢？你难道没看出来这样的日子没法过？"

托利克没听懂他们的话，扑上去像只老虎长啸一声，满心以为爸爸和妈妈会非常高兴，没想到他们只是全身震颤了一下，用陌生的目光瞪了托利克一眼。

"你从哪儿来？"妈妈明明知道，他们今天全班都去看电影，但还是问了一句，也不等托利克回答，又补充说，"你先走，我们马上就到。"

他俩转身走了。托利克伤心极了，喉咙里直痒痒。爸爸和妈妈像是没发现托利克刚才跟在他们后面。他俩目光呆滞，只顾想着自己的心事。

托利克向家里走去，猛地想起几天前他从院子里跑回家喝水的情景。如今妈妈和爸爸什么时候都爱闷着，那次他们挨着坐在一起。托利克一进屋，妈妈话没说完便住了口，掉转身去擤鼻涕和擦眼睛，爸爸拿着一支烟在捻来捻去，捻得烟丝纷纷往下飘落。

就在托利克用冷水瓶倒水的时候，妈妈突然无缘无故地说她闻到了一股焦煳味，还说大概是隔壁波利娅大婶又在厨房里把牛奶烧煳了。

托利克一边喝水，一边隔着水杯睨视爸爸。爸爸像外婆一样，直着眼睛盯住一个地方，在聚精会神地想事，托利克问他外婆在什么地方，他都没听见。托利克只好又大声问了一遍，爸爸猛一哆嗦，说外婆去商店了。托利克来到走廊，嗅了嗅，并没有煳牛奶的味儿。

看来这是妈妈想出来的鬼主意，她这么说是为了找个借口让他从屋里出去。

当时托利克只是感觉他们有什么事瞒着他，今天爸爸和妈妈要赶他走，他一下子就明白了。

原来如此呀……

托利克的一肚子委屈马上消了。既然是这么回事，还有什么好委屈的呢！

妈妈啊妈妈，这么说来，你已经不再沉默，你已经站到外婆一方来反对爸爸。

托利克恍然大悟。无论是当时他俩坐在桌旁，妈妈抹着眼泪，还是现在——在头上飘过乌云的黑魆魆的大街上，妈妈都是在做爸爸的工作，要他放弃斗赢的念头，让他投降，无条件地向外婆投降，再一次，说不定是最后一次再对外婆做一次让步——从设计室调到车间去，多挣钱……

托利克无精打采地回到家，外婆看见他也不像往常那么嘟囔了。

托利克坐在沙发上，手中捧起一本看了不下一百遍的旧杂志，心里又想起了钱的事。难道靠这些钱真的过不下去？当然，爸爸的一百卢布，加上妈妈的八十卢布，这笔钱虽说不算多，靠它们过日子不容易，也许会捉襟见肘，但是爸爸每个月还有奖金，外婆也有退休金，如果都加在一起，难道还不够吗？托利克知道，外婆不让花奖金和退休金，她把这两笔钱存起来，不晓得留下来有什么用。

门砰的一声响，妈妈进了屋。托利克用狐疑的目光看了她一眼，但妈妈什么也没发现。她那双眼睛成了两片玻璃，成了两片什么也看不见的玻璃。

"怎么样？"外婆口气严厉地问。妈妈也不作答，脱去外衣，便慢慢地傻呆呆地在椅子上坐下。

外婆把拖鞋拖得沙沙响，不时地敲打几下锅，大家都闷着不说话，托利克觉得妈妈和外婆一定是在等什么，等什么信息。

天黑了下来。电视屏幕上有个人在表演节目，但外婆上去把声音关了，于是那个人只会挥手，张着嘴却发不出声音，模样怪可笑的。外婆坐下来，他们三人就这么茫然地望着这个"哑巴"，每个人都在想自己的心事。

突然，门哐啷一声响，爸爸提着一瓶酒进了屋。

托利克看了爸爸一眼，感到事情有些不妙。爸爸的眼睛明亮，但似乎有些悲伤，两只手抖个不停。他走近桌子，举着装有伏特加的酒瓶发了一会儿呆，然后猛然用力朝桌子砸下去，像是一声枪响。瓶塞从瓶颈里蹦出来，外婆吓得浑身颤抖，妈妈脸色煞白。

"怎么样？"爸爸望着舒拉外婆说，"该高兴了吧！尊贵的夫人！遵照您的吩咐，我已经调到车间，每月工资一百三十卢布，还有奖金。"

说完，他也不脱去帽子和上衣，坐在桌前，还把一只杯子挪到自己面前。

托利克看看妈妈，又把目光转向外婆。瞧，这就是她们所期待的啊！那么，她们达到自己的目的了吗？

外婆翘起干瘪的小鼻子，做出一副老成持重、扬扬自得的模样。妈妈也满脸通红，笑了。

"哎，我的好姑爷，"外婆慢腾腾地说，"你太让我高兴了……来，咱们来干一杯。"

她趿着拖鞋走到酒柜前，给自己和妈妈拿了两只小酒杯。爸爸给她们都斟了酒，他自己也倒满酒一口喝下，又倒了一杯，瞥了托利克一眼。

托利克和爸爸的目光相遇，吓得出了一身冷汗，他还从来没见过爸爸这副模样。从爸爸投来的目光中看出他有一种病态，很像是在呼喊，好像他受了致命伤。

托利克走到爸爸跟前，紧偎在他身边。托利克看见爸爸鬓角上的青

筋在突突跳动，"咚咚"——像锤子砸在铁砧上。

　　唉，这些人啊，还都是大人哩！唉，妈妈啊，坐在那里傻呵呵地笑，满脸绯红，为家里又有了太平日子而高兴，爸爸就站在面前，你却像是没看见他一样！

　　爸爸又往杯子里倒满了酒，一饮而尽。托利克突然想起来了，他在街上见过的醉鬼就是这个模样。有时候从大街上走过，经常会看见有人就躺在雪地里，嘴里呜呜哇哇的，两眼毫无目的地东张西望，想站却站不起来。只要碰见这种人，托利克都是讨厌地绕道而行。他望着那些醉鬼，从来不曾想过爸爸也会是这个样子，因为爸爸不可能成为这种人，不可能！

　　爸爸过去也喝过酒，可现在因为外婆喝得更勤了，也更凶了，托利克还从没见过他像这次这么喝。托利克想：万一以后一直这样呢？就像现在这样，该怎么办呢？

　　托利克紧紧偎着爸爸，听见自己的心又突突地一阵猛跳，于是请求道："别这样，爸爸，别这样！"

　　爸爸转向他，将目光落在托利克身上。那双眼睛依旧是那么清醒，不过显得有些不自然。

　　"别这样，"托利克重复着，随后又点了点头说，"别这样！"

　　"咱俩出去遛遛。"托利克说，"出去呼吸一下新鲜空气。"

　　"走！"爸爸边说边站起来。他身子一摇一晃的，已有几分醉意，"出去呼吸呼吸新鲜空气，家里太闷！闷得喘不过气！简直和非洲一样！"

　　妈妈站起身，莫名其妙地一步跨到爸爸面前，踮起脚吻了他一下。她这样似乎是在夸他：真不赖，挺听话的！

　　外婆已有几分酒意，她像坐在主席团的位子上那样，举着满满的一杯酒从桌旁站起，心满意足，眼放光彩。

　　"姑爷！"她喊道，"姑爷！你得明白，过日子并不轻松啊。等我死了，你们再去遛吧，那时候全部遗产都归你们了。现在嘛，咱们还是勒紧裤腰带吧！"

爸爸身子晃了一下。

"亚历山德拉·瓦西里耶夫娜，跟您的那些遗产一起滚蛋吧！"他一声呵斥。

然而外婆并不生气，她咯咯地笑了，还走过来亲爸爸。爸爸并不躲开，不，还吻了她，不过他马上就掉转身去，朝地上啐了一口，紧接着恶狠狠地骂了句娘，似乎眼下骂上一句，是为了报复一下外婆。

"我是你妈，是你娘，别佳，而不是亚历山德拉·瓦西里耶夫娜。"外婆哈哈大笑，笑得前仰后合。

托利克望着外婆，实在想不出她有什么可开心的。虽然也知道她和别人不一样，她是该哭的时候却笑。

再瞧瞧爸爸那样子，笔直地站着，这么高大的一个人，却怕老婆。

托利克突然掠过一个念头：不对，外婆是有正当理由开心的。她是在庆祝她斗赢了爸爸。妈妈什么时候都听她的，对她唯唯诺诺，现在连爸爸也老实了。

他们吵吵嚷嚷地来到走廊。托利克挽着爸爸，他俩的身后是有些醉意的妈妈，她笑得和外婆一样响，外婆在他们后面嘟囔着什么。托利克希望快些通过走廊，免得碰见人，庆幸的是，走廊里就稀稀拉拉地安了几盏昏黄的小灯，很昏暗。走廊里一般安的都是一些小灯，一盏盏灯像一条条弯弯曲曲的蚯蚓。过去托利克不喜欢这些蚯蚓，现在却生出一些好感。到门口他们碰见了女邻居波利娅大婶，刚刚为走廊的昏暗而欢欣的托利克却在波利娅大婶面前闹了个大红脸。托利克不是为喝醉酒的爸爸感到难堪，他为妈妈和外婆在他们身后哄笑而觉得难为情。托利克轻声地向波利娅大婶问好，她用病恹恹的声音回答说：

"你好，托利克。"

出大门的时候托利克转身一看，妈妈和外婆在房门口向他们招手，骨瘦如柴的波利娅大婶则站在走廊中间，可怜巴巴地连连摇头。

门砰的一声响，像是把托利克的羞愧放走了。父子俩穿过又冷又静的院子，出了大门，拂去一条长凳上的雪，然后在上面坐下。

爸爸仰起头，眯起眼睛，好像人一坐下，就能思索问题。

"不，"爸爸突然悄声地说，"不，托利克，这不叫过日子。"

他站起身，一下子头脑变清醒了，仿佛刚才就没喝过伏特加似的。他轻轻地抱起托利克，让儿子站在长凳上，于是他俩变得一般高。

"你知道我想过什么样的日子吗？"爸爸凝神注视着托利克，问道，"告诉你吧，我想能自由自在地呼吸，走路轻松自如，做自己喜欢的事情……"

"就说夏天吧，一个人光脚在一条林中小路上行走，两只脚踩在松软的泥土上，那实在是太舒服了！阳光明媚，充满生机的大森林里，小鸟儿在啁啾鸣啭。空气格外清新，如一股泉水流遍你的全身。这时你的心也是自由自在，无拘无束。你能体味我所想象的生活吗？"

托利克想象着有这样一条林中小道，想象着百鸟栖息的森林，他似乎呼吸到了清新的空气。爸爸说得好极了！如果生活能像在宽广而清净的林中道路上行走，那真是太美妙了。

托利克搂住爸爸的脖子，紧紧依偎着他。

九

托利克常常想起这件事，想起那个静悄悄的院子，想起积雪在脚下发出仿佛有人在大声嚼苹果的嘎吱嘎吱声，想起大门外的那条长凳。

就在他们的对面，邻居的房前小花园里，有几株披着雪花的树。灯柱上的一盏孤灯照亮了那些树枝，它们像一只只白花花的胳臂，向爸爸伸过来，恰似上百个外婆在向他讨要工资。

托利克记得最清的还是爸爸像抱一根细茅草那样将自己抱起，让自己站在长凳上，爸爸当时像对大人那样对自己说：

"不，托利克，这不叫过日子。一个人不能这样生活……"

托利克喜欢爸爸，哪怕跟爸爸走遍天涯海角也心甘情愿。从他同意爸爸关于生活见解的那个晚上起，他突然明白了，爸爸在家里是完全孤立的，从那个晚上起，托利克成了爸爸最忠实的朋友。

等时针走到约定时间，托利克穿好衣服，再也不听外婆的唠叨，到厂里接爸爸去了。距离很远他就看见了爸爸。托利克跑向爸爸，爸爸也加快步伐向他走过来，而且笑容满面。然后两人并排走着，天南海北地聊，或者什么也不说，但托利克的心里却热乎乎的。

有时候他落后爸爸半步，从后面看爸爸，看爸爸那身着油污污的棉工作服的宽大而微弓的后背，而后向前跑几步，偷偷地看爸爸的脸。那是一张普普通通的善良的脸，有两道皱纹从鼻子直通两个嘴角，两眼显得疲惫、深沉，还带着几分忧伤。

此时此刻，托利克心里觉得很不是滋味。他是多么可怜这个身材高大、又特别亲近的人啊，以至鼻子一酸，差点就要哭出声来。

托利克当然是不会哭的。他们或谈一些鸡毛蒜皮的小事，或闷着不说话，这种时候托利克总是欣喜无比，就仿佛他和爸爸这时候正在烈日炎炎下的林中小道漫步，周围的空气像山泉一般清新，所以心情舒畅，至于什么舒拉外婆、工资和那些千愁万绪，统统都抛到九霄云外了。

但是，爸爸冲托利克笑的时候，他自己却愁眉不展，眉毛连成一条直线。爸爸还在为他屈服于外婆和妈妈的压力，为了多挣钱而放弃心爱的工作，从设计室调到车间的事儿而烦恼。因为，本来需要爸爸来设计的部件现在大概得由另外一个人来设计了，可又有谁知道，爸爸的设计水平很有可能会略高一筹。由他设计，工厂会收到更大效益。至于爸爸的设计水平如何，那是没说的。因为这是第一次让他负责设计这种部件，他一开始也同意了，很高兴，可后来迫于外婆和妈妈的压力调到了车间。

他俩并排走在一起，爸爸在唉声叹气。托利克心里明白，爸爸为何叹气。再说家里又是那种情况，只有托利克一人站在爸爸一边，妈妈如今是指望不上了，她已倒向外婆。

其实，妈妈很可能是爱爸爸的，不过这样的爱又有什么价值？！如果仔细分析，这根本不叫爱，而是一种沉默，不，比沉默还要糟糕，简直是背叛。

人们相好是怎么回事呢？如果你称得上朋友，就应该保护好自己的朋友，这是天经地义的事，即使对孩子也是这个道理。那么妈妈呢，既然她不敢说外婆半个不字，又从不为爸爸说上一句好话，天天就只知道抹眼泪，她这样对爸爸难道能称得上朋友？！既然如此，她可能对爸爸就没什么感情吧？

这一来，爸爸就是孤零零的一个人了。不用说托利克是站在他一边，可是就托利克一个对他来说也太少了呀。他需要一个同心协力的大人，他需要妈妈。

"是啊，"托利克想，"爸爸的处境实在是太困难。再说往后又该如何呢？莫非就这么保持原状？莫非就让外婆彻底压倒了爸爸？"

家里一切依然如故。爸爸突然对外婆做出让步，转到车间工作，外婆因此也就高兴了一两天。她的目的好像全然不在于此。

醉翁之意不在酒，在什么呢？

他们一同进屋——先是爸爸，后面跟着托利克。一看见他俩，外婆就背过脸去，显然她对托利克不听她话、去接爸爸有意见，妈妈则开始忙碌起来。她打来一盆温水，还递上毛巾，乐呵呵地笑着。瞧，上帝保佑，家里看上去又走上了正轨——她为此感到庆幸。外婆就是不说话，但是，一旦斜眼过去看见盆里的洗脸水变脏了，她就会说：

"瞧，把屋里搞得多脏！"

爸爸苦笑着，学着她的腔调回答说：

"是呀，尊敬的亚历山德拉·瓦西里耶夫娜女皇，钱可不是大风刮来的啊。"

外婆仿佛没听见一样，似乎跟她毫不相干。她没有什么好回答的，因为她已经得到了孜孜以求的东西。不过外婆说来说去还是不称心。她老是在窥视，似乎准备什么时候狠狠地咬爸爸一口。

然而，事情的结果适得其反，完全相反。

十

那天晚上，托利克到厂门口去接爸爸，爸爸从厂里出来，他马上就看出爸爸有很大变化——肯定是出什么事了。

爸爸大步流星走着，腰挺得笔直，一扫往日的那种弯腰弓背的萎靡样儿，一看见托利克，并没冲儿子笑，只是像对着大人似的点点头，搂住托利克的双肩，两人便很快回家去了。

妈妈端着一盆水在家门口迎接他俩。爸爸脱去外衣，把两只手泡进水里，慢腾腾地洗呀洗呀，像是在想心事。托利克出神地望着爸爸，不知因为什么心里干着急。令他吃惊的是，爸爸刚刚动作还是那么疾速，走路大步流星，这时却一下子变得蔫头耷脑，一声不响。爸爸仔仔细细地洗了手，擦干，把毛巾放好后，才不慌不忙地向饭桌走去，这时他突然大声而又威严地喊道：

"玛莎！"

托利克的心咯噔了一下。

爸爸背对着托利克，托利克看不见他的脸。但一看他那比平日弓得更厉害的背，又听见他叫妈妈的口气那么威严与烦躁，托利克就明白，事情肯定不妙了，于是全身紧张得像根绷紧了的弦，缩成一团，眼巴巴地看着妈妈与外婆。

外婆和妈妈望着爸爸，那两张脸像两面镜子，爸爸的表情在上面映得一清二楚。外婆从爸爸的口气中听出他很激动与不安，也变得紧张起来，不过她的紧张和托利克完全是两回事。她仿佛变成一尊石像，她的脸变得像过新年戴的面具一样，只是那些面具都是笑脸，外婆的面具却冷若冰霜，而且还表现出一种旁若无人的架势。她那意思好像是说：不管你说什么，我都比你清楚。不管怎么样，最后还是我说了算！妈妈却不一样，她的脸直哆嗦，在紧张地等待。

"玛莎，"爸爸说，"我拿到工资了。"

他伸手从兜里掏出了钱。

托利克稍稍放宽心，以为爸爸原来是为这事儿激动，因为他这是第一次在新的工作岗位上领到的工资。外婆的面具颤动了一下，但她那不是笑，而是做了个含糊不清的鬼脸，妈妈叹了口气。

"这次拿到的工资嘛，"爸爸说，"不用说是比原来要多一些，不过我……"

他没有把话说完，像是噎住了。托利克看见他的一只拳头用力攥住又松开。爸爸干咳了一声，又说：

"不过我请求你，"他说，"这些钱由你自己来支配吧。"

托利克看见，外婆还来不及装出一副若无其事的样子，刚要开口说话，妈妈的脸马上变得煞白。是啊，大概在旁人看来，托利克自己的脸也因为吃惊而拉长了。因为爸爸说出了这样的话……这不是普普通通的话，简直可以说是在他们家发动了一场政变！

"就是，就是……"爸爸两只脚捯动着说，"而且请您不要这样看我，亚历山德拉·瓦西里耶夫娜。说到底，我们是两个人在工作，因此我们有权……"

爸爸激动得说不下去。

外婆突然醒悟过来，她紧闭嘴唇，全神贯注地盯着一个地方，但马上又掉过目光扫了爸爸一眼，看样子她无论如何也不能相信这话是出自爸爸之口。

"再说，"爸爸又说，"再说，如果挣了钱又不花，那有什么意思呢？"

爸爸说话的时候，习惯抽着烟在屋子里走来走去，他走到哪儿都带着一团团烟雾，这次他却镇静自若地站着，话里充满了信心。

"这次咱们给托利克买件衣服，"爸爸态度诚恳地说，"他也该置件大衣了，我的西服也穿坏了。咱们谁也不能落下！也不能落下亚历山德拉·瓦西里耶夫娜！"

爸爸瞥了外婆一眼，托利克顿时欢呼雀跃。外婆立刻大叫起来。

"也不能落下？"她喊道，"也不能落下？也不能落下——这是什么意思？你这是在对谁发号施令？你这个白眼狼，到底是你寄人篱下，还是我？"

外婆吼叫着，从椅子上站起身，挥舞着小拳头。托利克以为爸爸又要披上外衣出门，到半夜才喝得酩酊大醉回家。可他一动也不动，甚至都不朝外婆看上一眼，他根本不把她放在眼里。

"你说该怎么办，玛莎？"他小声地问，"这样的日子你还要熬多久？说呀？"

妈妈脸上没有一丝血色，慢腾腾地站起来。

"不，不，别佳！"她上气不接下气地小声说，"我不能……"

爸爸垂下头，托利克觉得他马上又会挺不住了，再一次举手投降，然后外婆还会和往常一样，控制这个家，事无巨细，样样都管。托利克全身使劲，仿佛在帮爸爸，叫他不要退却！同时为他今天如此坚决果断而高兴，爸爸像是看出了托利克的心思。

"不行啊！"他根本不顾妈妈在啜泣，说，"不，玛莎，再这样下去不行。"

妈妈站在桌旁，一会儿看看爸爸，一会儿看看外婆，不知所措地眨眼睛和揉太阳穴，像是头疼得很厉害。外婆本来已经老实下来了，可她突然眼睛一亮，动动鼻翼，仿佛很快地思谋出了什么，又尖声尖气地嚷嚷道：

"好呀，既然你们想另立门户了，那就离开这里滚蛋吧！见鬼去吧！想到哪儿住就去哪儿住好啦！"

说完，她竟号啕大哭起来。

托利克还从未见过外婆哭得这么伤心，他吓得全身颤抖了一下，眼巴巴地望着外婆。外婆脸冲他站着，半侧身子对着妈妈，哇哇大哭。其实托利克并不相信外婆的眼泪，也并不可怜她，他看得非常清楚，外婆是以此在固守自己的阵地。

妈妈望着自己的母亲，连看也不看爸爸一眼。外婆越哭声音越低，到后来都有些喘不上气了。妈妈过去挽起她的一只胳膊，可外婆把胳膊抽了出来，像是很生妈妈的气。妈妈赶紧向外婆赔不是，为刚才自己犹豫不决赔罪。

爸爸的目光显得平静而刚毅，和刚才在回家路上一个样。托利克看得出来，爸爸虽然没看外婆的表演，但他全都明白。他明白，这纯粹是一出闹剧。

"那好吧，"爸爸对妈妈说，"咱们走，总能过去的。这不见得是件坏事，说不定还会分给咱们房子呢。你快收拾东西吧！"

"不！"妈妈一声高喊，"不！不！不！"接着，大滴大滴的泪珠顺着腮帮往下滚。

爸爸的眼神黯然了，他低下头，和往常一样耷拉下双肩。但这仅仅是一瞬间的事。

"唉，玛莎，玛莎！"他说，"咱们还是走吧，不会混不下去……再也不能这样生活下去了！难道这也叫生活？"

但妈妈就像是什么也没听见，她一直在抚摸着外婆，好言好语安慰外婆。爸爸双眸明亮，双手攥成拳头，看样子很想干一架似的。

"你得明白，再不能这样下去了！"他喊了一声。

外婆这时还在哭喊，妈妈把她搂住，抚摸着她的双肩，像抚摸一个小丫头。

"那你走不走？"爸爸拍拍妈妈的肩头，再一次问道。

爸爸的手一接触到妈妈的肩头，妈妈不禁全身一阵战栗。外婆听到爸爸这样说，马上从妈妈的怀中挣脱出来，她把房门敞开。波利娅大婶端着锅正好从走廊走过。外婆为了让更多的人都能听见，尖声尖气地拼命喊道：

"那你就滚吧，功臣师，从我家里滚出去！"

外婆伸出一个手指头指着房门。

爸爸走到挂衣钩前，摘下大衣。

托利克目睹了这一切，而且这已经不是第一次。他目睹了爸爸与外婆之间的战争，而每次妈妈都在一旁暗自流泪。

妈妈是外婆的忠实奴仆，盲目而不声不响的奴仆。

托利克以为爸爸也会变成奴仆，他对此几乎是深信不疑。

可是爸爸并没有甘当这位可憎可恨的老太婆的奴仆！

这一次，他反抗了！

他说出了妈妈和爸爸两人早就该对这位老太婆说的话！

他终于说出来了。

他做得对。作为他的忠实朋友，托利克对他的行为完全支持。

看到爸爸要穿大衣，托利克猛地跳起，也跑过去穿上自己的短大衣。他丝毫没有犹豫——他要和爸爸一道走。

通向走廊的门大敞着，外婆站在门口。爸爸这时已经穿好大衣，正在从五斗橱里取出他的几件衣服，把它们扔进一个红棕色的网袋里。衣服成团地塞进网袋里，都弄皱了，可这些爸爸都不顾了。他的手在发抖，气咻咻地将那几件衣服扔来扔去，好像这几件衣服是罪魁祸首。

妈妈在屋角垂手而立。她和外婆一样，变得又聋又哑。她身边出了事，可她充耳不闻，睁眼不见，她已经让这些事折腾得筋疲力尽，什么事对她都无所谓了。

托利克穿上大衣，戴好皮帽，等着爸爸收拾好那几件衣服。

就在这时，仿佛有人打了妈妈一下，她身子一晃，向托利克扑去，发疯似的喊起来：

"不！不！不！"

托利克还听不出来妈妈这是为他喊，吓得一阵哆嗦。

"我跟爸爸走！"他平静地说，"你留下来吧，我走。"

可实际上，到底是谁该和爸爸一道走呢？然而妈妈对此并不明白，她什么也不明白。

她抓住托利克的大衣，紧紧地抱住了他。外婆门也不关，就从门口跑向妈妈，现在是她们两个人一同抱住了托利克。任凭他拼命挣扎，但都无济于事，直到这时候托利克才真正明白过来：一切都完了。

一切都完了。

完了，完了，完了！

托利克想象他站在一个悬崖边上，下边又黑又恐怖，妈妈和外婆正在一起将他往下推。

托利克眼前一阵发黑，他猛力一挣，拼命地喊起来，全身哆嗦地喊道：

"我不愿意，我不愿意和你们在一起！"

他猛然看见了爸爸。爸爸站在门口望着托利克。爸爸翕动嘴唇，在说什么话，可托利克什么也听不见。他尽力想听个明白，但耳朵像是堵住了，什么也听不见。爸爸说着什么，向托利克点了点头。

后来爸爸掩上门，便不见了。

托利克又猛力一挣，这次使的劲更大。外婆赶在他的前面，跑到门边把钥匙一拧，然后拿下来揣进衣服兜里。

"坏蛋！"托利克大声喊，"坏蛋！坏蛋！"

他挥舞双拳向外婆扑去，然而妈妈紧紧地抱住了他，他感到自己已经喘不过气来。

十一

一轮红日高照，天空一片瓦蓝。可这一切在托利克看来都是灰蒙蒙的，呆板，昏暗。

整整一个晚上他都在家里绞尽脑汁，想跟在爸爸身后跑出去，追上爸爸，然后紧紧地抓住爸爸的手，和爸爸一同走掉，可妈妈和外婆不让他出屋。她们把门反锁上，陪他在屋里坐着。不过这简直太可笑了——

一个人拿定主意要走，莫非还能拦住？

早上，托利克并没去上学，而是到工厂找爸爸。

大街上还没什么人。太阳正从房子后面冉冉升起，阳光映红的积雪在脚下咯吱咯吱响，托利克觉得他像踏着松软的果子羹。商店里有这种羹出售，只要舔上一口，就觉得甜丝丝的。托利克越是走近工厂，街上的人就越多。大人们边走边聊，很热闹。托利克快步向前，紧跟着他们。到工厂门口他走进熙熙攘攘的人流里，再钗着往回走。人们朝他涌来，绕过他，嬉笑着骂他几句。最后托利克终于钻出人流，走到街对面，爬上一个上面放着夏天种花用的圆形顶钵的矮石墩，以便把挤在人流中的爸爸看得更清楚。

他站在顶钵里，不时双脚碰打毡靴，想让身子暖和一些，与此同时为一大早有这么多人到工厂来上班感到十分惊讶。托利克心想："要是发给这些人旗子，他们都能排成一支长长的游行队伍了。"这支游行队伍一直向前推进，托利克清清楚楚地听见人们齐步走的声音，而且虽说地上铺着一层积雪，还是可以听见脚下嚓嚓响，他觉得似乎大地在这些人脚下、在这支游行队伍的脚下轰鸣。此情此景，竟然让托利克浑身突然起了一层鸡皮疙瘩。

从托利克面前走过的都是一些陌生人，但他并不觉得自己在这些人当中是外人。而且，大家对他站在这个地方——站在人流上方的这个古怪的顶钵里，丝毫不觉得奇怪，好像大家都认为，孩子们待在这里看热闹不值得大惊小怪。

突然，人流不见了，托利克刚刚还觉得队伍长得没尽头，可现在突然都不见了，在大门里消失了。这时，又跑过去几个人，他们是迟到者。接着大街上的人走空了，也不那么吵吵嚷嚷了。托利克觉得在夏天长花的顶钵里待着也不是那么回事儿，于是纵身往下一跳。

爸爸没来，也有可能是托利克没看见？可托利克是站在高处，爸爸应该能看到他，并且走过来和他打招呼。

托利克耷拉着双肩，一下子也变得像爸爸那样没精打采的，慢腾腾地离开了工厂。现在得去找个地方待上一整天，晚上再到这里来接爸爸。

托利克想起了昨天的事。爸爸昨天离开家的时候，嘴唇在微微颤动。托利克深信爸爸是在对他说话，但说了些什么呢？……也许爸爸是说，要托利克像往常那样晚上到厂门口去接他？也许是说，他会来找托利克？

托利克觉得自己现在很像一个在森林中迷了路的人。不，他没迷路，他知道该怎么回去，但不能回去，无论如何也不能回去，所以他只有一步步地往前蹭，他知道，总有人在什么地方等他。

但是在什么地方呢？

托利克低头沉思，缓步前行，突然，他听见有人叫他。他回过身去，看见了爸爸。

托利克不敢相信自己的眼睛，一时呆住了！他觉得有些莫名其妙，不相信终于找到了爸爸！他扔掉书包，迎着有亲切目光与和善面孔的高大汉子跑去，一头扎进爸爸的大衣里。爸爸身上有一股机油、铁屑等工厂的气味，托利克这时很想抛掉一切，跟爸爸上厂里去，到有很多人干活的地方去。

托利克仰起头，细细端详起爸爸发青的脸庞。

"爸爸！"托利克说，"我不想在那儿待了！我想跟你在一起！"

他喉咙里卡着一团什么，鼻子一阵发酸。爸爸把手搭在他的肩头上，爸爸的手沉得像块石头。

"好，好！"爸爸说，"只是别哭丧着脸！"爸爸不再强打精神，说了实话。"你也知道，"他若有所思地说，"我把你往哪儿搁呢？不，你可别生气，我很希望咱们能在一起，可我昨天是在东站过的夜……今天得去一个同事家住，还要求厂里能尽快安排我出差。然后还得考虑宿舍的问题……你说我怎么能带上你呢？"

托利克不哭了，望着爸爸，对他的处境表示完全理解，爷儿俩和上次坐在长凳上一样，两人面对面像朋友一样交谈。

"你别生气，"爸爸说，"生活就是这么安排的，有什么办法。我去说一说，要求尽快分给我房子，到时候你就搬过来。咱们两个在一起过过单身汉的生活。怎么样？"

"行！"托利克回答，想了想又补充道，"说不定那时候妈妈也会理解了……"

爸爸凝神仔细地看着托利克，像是第一次见到一样。

"哟嗬！"他不无惊奇地说，"你完全长成大人了。"

托利克冲他笑笑，他俩一同向工厂大门走去。

"你迟到了？"托利克问。

"是呀，你也一样。"爸爸皱着眉头回答，"可迟到是不允许的，任何人也不允许，不管是我，还是你。快上学去吧。如果我还没出差，这个星期天早上十点钟你就在……好吧，比如说就在电影院门口等我。我如果没去，你过一个星期再到那儿去等我。"

他向托利克俯下身去，搂住了儿子。

"别哭丧着脸！"他小声说。

托利克停下，爸爸则进了工厂大门。托利克这时才看见爸爸还提着昨天拿走的那只装有衣服的网袋。

在返回学校的路上，托利克想起了星期天和他们家附近的那家小电影院，名叫"星火"电影院，里面常上映逗乐的儿童片，过去爸爸妈妈和他常常一同去那里看电影。托利克想象着和爸爸在看一场有小人儿翻翻起舞的电影，不禁笑了。

十二

一天太短了，总共才一天！一天又太长了，整整一天！一天中什么事都有可能发生——有叫人拍手称快的，有好的，也有坏的，还有那种能改变你人生命运的。

可一个人怎么能知道他一天里会发生什么事呢？而且还是一个五年级的学生，他穿衣吃饭，他的功课，他的全部生活都得依赖别人，依赖着大人。他怎能未卜先知？他对这些大人又能指望什么呢？

托利克一整天都心慌意乱，弄不清楚自己到底是怎么回事，一会儿为看见爸爸并跟他谈过话而高兴，一会儿又哭得喘不过来气，泪水模糊了眼睛，东西都看不清了。他反复回想起昨天那个可怕的夜晚，知道发生了一件不可挽回的事，可又说什么也不相信事情就这么糟糕，爸爸再也不回家了……

放学后他没回家，而是踟蹰在城里僻静的街上。

幽静的小巷里都是一些老木头房子，上面一扇扇透光不好的窗户仿佛在谛视这个忧伤的小男孩儿，而托利克也在端详着这一幢幢房子，这一张张皱纹密布而睿智的面孔。这些房子与那些死气沉沉的砖砌平房毫无二致。托利克想，木头房子很像那些善良的老人，他们善良是因为他们是老人。他们这辈子见多识广，大概好的坏的都见过不少，也就学会了不急不恼，不过也没有高兴的时候，只是他们一个个都很善良。唉，如果所有的老人都是这个样子就好了！

托利克经过的那条小巷，有的地方拱起来，下坡的雪地上都凿成了一级级的台阶；有的地方往旁边一拐，阳光下映出房屋蔚蓝色的倒影；

有的地方跌入一条沟里，这时两边陡岸的影子使积雪镀上一层蓝幽幽的颜色，很像夜晚的天空。

托利克走到小巷的尽头，再过去就是一片空地。他于是往回折，又经过了一些从未走过的小巷，仿佛是在《儿童画报》的迷宫里徜徉。只是画报里的一切都简单得多，整个迷宫一目了然，这里却什么也看不见，只看见你面前的路。托利克一直走到天色变得浓黑。大街上路灯一下子亮了，很像点燃了新年枞树上的一串串灯泡，积雪闪着黄灿灿的光。托利克回到自己家所在的那条街，这条街像摆积木一样摆着一个个用灰砖砌成的长着许多眼睛的小房子。

屋里静悄悄的，妈妈像昨天那样坐在外婆身旁。就好像时间又倒流回去了，今天根本就不是今天，而是早已逝去、早已消失的昨天。

门口的小凳子上放着爸爸洗脸用的盆儿，盆里没有水，旁边放着毛巾。炉子上水壶里的水在咕嘟咕嘟叫。托利克想："她们在等爸爸哩，等爸爸回家。"他冷冷一笑，为爸爸感到高兴。"以后谁都别想折磨爸爸了。"他这么想，不过心里并没有因此感到轻松。托利克想象着爸爸在车站的硬板凳上睡觉，枕的就是他随身带去的那个装有衣服的网袋，眼泪涌流出来。"完了，完了，一切都完了！这个该死的外婆见鬼去吧！"

托利克心里想着爸爸，慢腾腾地脱去外衣，外婆和妈妈则聚精会神地望着他，像是听说了他的什么坏事，目光简直像 X 射线……

托利克脱去外衣，在书桌前坐好，拿出作业本。舒拉外婆懒洋洋地站起身，还是那么警惕地注视着托利克，然后回到她自己的那个角落。她像刚才看托利克那样，定定地望着自己的上帝一眼，咕咚一声跪下，低着头，嘴唇颤动着……一副虔诚备至、毕恭毕敬的模样，还不停地画十字，呜呜咽咽地直叩头。

托利克尽量不去看外婆，试图把全部精力都集中到做习题上来。妈妈向外婆转过身去，她的面孔是那样可怜而又可悲。

"妈妈，"她突然说，"妈妈，您最好祷告祷告，让他回来……说不定上帝会帮大忙的吧？"

托利克望着妈妈那张煞白而满是祈求表情的脸，听她在一遍遍地重复："说不定上帝会帮大忙的吧？"心中却在思量：她这是在求外婆祷告什么呢？就在这时，他突然看见外婆把翘起的鼻子掉过来冲着妈妈，猛一下站起来。

"向谁祷告？"外婆喊道，接着又喊了一遍，似乎是为了让别人听得更清楚，"向谁祷告？"

外婆用一只手朝圣像戳了一下，仿佛她无论如何也弄不明白，女儿真的是要她祷告上帝吗？

"向他祷告？！"她又大声喊道，"向他祷告？！"接着又大笑起来，全身直抖动，"他可是个木头人啊。他是画的，听不见别人的祷告！"

托利克心想外婆准是发疯了。谁知道呢，也许人们就是这么发疯的。她刚刚还在圣像面前捣蒜似的磕头，念念有词地祷告，用三个手指一遍遍地画十字，现在却又突然对自己的上帝如此出口不逊。

外婆快步地在房间里走了一圈，又喊道：

"不，"她大声说，"我不向他祷告！我要向另一个上帝祷告！要向那个听得见人祈祷的上帝祷告！我要向党这个'上帝'祷告，要它把它的布尔什维克好好管一管！不然他们一个个都把事做那么绝，娶了媳妇，生了孩子，最后把家扔了，还叫共产党员哩！"

托利克心想："瞧，她这是真的疯了！"接着，又变得难受起来，心里憋得难受："她就是这么信奉她的上帝，还那么起劲地画十字呢。这么说来，那都是骗人的，不过摆摆样子而已……"

托利克想起来了，他曾有过一个叫"两面人儿"的玩具。那是一个在槽里滑来滑去的洋娃娃。它身体里面有一个小球，槽一斜，洋娃娃体内的小球便开始滚动，洋娃娃倒下会马上立起，现出一副笑脸。因为洋娃娃有两个头，有两副脸孔，洋娃娃翻过去，又站住了，再一翻，又站住了，所以叫作"两面人儿"。

托利克想起这个玩具，并且把它和外婆做了一番比较。外婆就是个"两面人儿"。情况就是有了变化，她还像是什么事也没有一样。

刚刚还在祷告上帝，装出一副虔诚的模样，现在却又变了，竟说出这样的话来！而且她还这么理所当然，丝毫也不觉得难为情，没有任何羞愧之感，就像什么事也没发生过，就像她刚才也没骂过她的上帝。

突然，托利克看见外婆那双能穿透一切的黑豆眼又在定定地望着他。外婆将一个格子练习本递给他，还傻呆呆地笑着，满意得直咂嘴。

托利克不明白外婆的用心，瞥了妈妈一眼。妈妈还是脸色煞白，向他点点头，那意思是说：你就收下吧。

"拿出钢笔，在墨水瓶里蘸一蘸。"外婆拿腔拿调地说，用黏糊糊的手抚摸托利克的脑袋。

这就是说，她又想出新花招了。但托利克还是蘸了蘸笔，准备写字。

外婆用瘦小的拳头托住腮帮，不慌不忙地口授道：

"党委的同志们！我是博布罗夫的儿子，特上书控告共产党员博布罗夫抛弃家庭和我本人……"

托利克放下笔，站起来。

"写呀，写呀！"外婆直催他。

妈妈也点了点头，表示同意外婆的意见。

托利克站起身，一步迈到挂衣钩跟前，从钩上取下大衣，这时只听见门锁哗啦一声响。他抬起头，看见外婆手里攥着皮带。

后来，外婆像在雾里一样变得模糊不清了。托利克噙着泪水，强忍住不哭出声，说道：

　　"我不写！……说什么也不写！"

　　外婆一步跨到托利克跟前，用皮带往他背上抽了一下。托利克呆住了，就这么站了一会儿，张开嘴，接着像弹簧似的一蹦，直奔书桌。他像握手榴弹一样，一把握住墨水瓶，恶狠狠地扔向外婆的圣像。墨水瓶啪的一声炸开，蓝色的墨水溅了满满一墙。托利克没击中圣像。

　　这时，外婆又往他脸上抽了一皮带。托利克的脸顿时变得麻木，他不觉得疼。不是不疼，而是托利克已经顾不得脸上的疼痛。他觉得自己的脸变得硬邦邦的，又木又胀，好像还有些燥热。他笑了。托利克在笑，外婆却一下又一下地抽他，气咻咻地把嘴唇咬成一条直线。

　　托利克一直就这么笑着，他突然看见了妈妈的脸。

　　妈妈站在他面前，手里没拿皮带。

　　"你写！"妈妈对他说，妈妈的脸色也变得和外婆一样凶狠，"你写，孩子，你写！"

　　"忘本！"托利克咬牙切齿。外婆又抽了他一皮带。

　　房间里皮带飞舞，抽得托利克眼冒金星，站也站不稳，耳朵里跟弦断了一样嗡嗡响。

　　托利克又看了看妈妈。他不相信妈妈能看着外婆揍他而袖手旁观！

　　托利克并没叫喊，而是轻声地用疑问的口气叫着：

　　"妈妈？妈妈？"

　　"你写！"妈妈说，"非写不可！"

　　托利克的希望破灭了，心中一片惘然，耳朵里的嗡嗡声越来越响……

　　像在雾里一样，他慢腾腾地挪动铅一般沉的双腿，走近摇摇晃晃的书桌，六神无主地拿起笔。

"喂，写吧！"外婆的声音是亲昵的，仿佛就没有过刚才的狂风暴雨，就像她是在劝说托利克。

托利克将笔记本放好，按照外婆说的写下来："党委的同志们，我是博布罗夫的儿子，特上书控告共产党员博布罗夫抛弃家庭和我本人……党委的同志们，把我的爸爸还给我吧……"

他写了很多错字，而且滴了好几个大墨点……但是，无论妈妈还是外婆，都没埋怨他，而是抚摸他的头，似乎对他很满意。不过托利克对她们所做的一切已经感到无所谓了。

妈妈给托利克一杯黄澄澄的水，他喝下去，好不容易才分辨出缬草酊苦涩的味道。他又吃了点东西。现在无论做什么事对他都无所谓了，什么都无所谓了……

外婆把信塞进信封里，封好，穿好外衣后上街去投进邮筒，对此他也无所谓了……

他和妈妈留在家里，妈妈眼含痛苦地望着他。

他对一切都无所谓了……

十三

周末下了整整一夜雪。第二天托利克醒得早，窗外刚出现蓝色的晨曦，他就走到窗前，对着缓缓飘落的雪花凝视了很久，很久。

他战战兢兢地坐在窗台上，一直等远处的房舍现出它们的三角形屋顶，才迷迷糊糊地穿好衣服。妈妈和外婆已经起来了，悄声动起了大锅小锅。灶里的劈柴噼噼啪啪地响得挺欢，灶膛里发出呜呜的声音。

自从托利克被猛揍一顿，脑袋嗡嗡地写下那几行哆哆嗦嗦的字，他便心灰意冷了。过去的那个曾替爸爸难受、讨厌外婆并和她开战的托利克死了，那个戴着坦克头盔打冰球的托利克死了！

那个托利克死了，于是出现了另外一个托利克。这个托利克有一颗空虚而麻木的心，脑袋里空空的。如今任何事对他都无所谓了。因为他本人就什么也不是，只是个零，只是把空椅子，过去他就是这么想外婆的。

是啊，那个托利克死了，而这个托利克正在痴呆呆地望着窗外飘落的雪花。

他穿上毡靴和那件旧的短大衣。应该喝茶了，妈妈跟他说，但他不听，上街去了。妈妈痛苦地望着托利克，闷着不说话。他从院子里出去了，自己都说不清要上哪儿。他就是想出去走走。

他走啊，走啊，从这条街走到那条街。他走呀，走呀，就这么盲目地走着，好像都不知道要上哪儿，却来到了电影院。

他没藏起来，不，他就走到电影院的对面，身子靠着夏天卖水的亭子，站在那里。

托利克看见爸爸了。他看见爸爸在电影院门口走来走去，还不时看看手腕上的表，同时不断地向四下张望，但就是不向电影院对面那个闲置的亭子看。

托利克望着爸爸，他的心不再收缩，不再跳动，因为现在他没有心了。喉咙也被堵住，他的五脏六腑都麻木了。

托利克望着爸爸，目光呆滞，望了很久，才转身往回走。

他毫无目的地走着，雪还在不停地下呀，下呀，像是冬天忙着赶在入春前把所有装雪的箱子都要装满。

托利克在街上徘徊，竭尽全力想从迷宫里钻出去。

托利克很晚才回到家。

妈妈拿出一盘香喷喷的炖土豆，但他只用勺儿搅了搅，就躺下了。

他开始失眠。

他仿佛在向地狱里跌落。他想起了不久前做的梦，梦见在化学实验室里那些五颜六色的泡沫压得他喘不上来气。

他想起外婆是如何解读的这个梦。

他紧闭双唇暗暗地说：

"好一个预言家，都让她说中了！"

第二章 蔫人出豹子

一

托利克现在过的是一种可耻的生活，偷偷摸摸的生活。他整天待在家里，或者做功课或者发呆，不愿出门一步。他已经记不得什么时候拿过曲棍，都忘了坦克头盔放在什么地方。

如果说他外出，那也只走一条道，就是上学和放学的一条道，一条直道。步行也就过三个街口，可托利克以前就没发现这一点。那时候只要学校大门在身后哐啷一响，他就已经回到家门口。上学也是如此。

现在不同了。现在他下台阶时都得左顾右盼，活像一个小偷。要拐弯之前还得小心翼翼地探头出去，仔细地瞧瞧前面都是些什么人。如果情况不妙，他撒腿便跑。他还学会了躲在大人身后，像个影子一样跟着他们走，由于有大人挡着，别人就看不到他。

托利克一回到家，将书包往门口一扔，连帽子也不摘，总是低着头在沙发上坐很久，一直坐到心脏不再扑通扑通地跳，手指也不再发抖为止。

他过的就是这样的日子。

就在不久之前，托利克还去工厂门口等爸爸，接爸爸下班，根据他那熟悉的步态和向下耷拉的双肩在人群中找他，对他怀着深深的爱。可现在呢……

现在他俩之间有了一道不可逾越的鸿沟。

托利克坐在窗前，眼前浮现出一个个可怕的情景。邮递员把信送到党委。党委有个像校长一样冷若冰霜的人看信，而后叫人去把爸爸找来。爸爸来了，站在那个冷若冰霜的人面前，低着头，让人看不见他的脸。那个冷若冰霜的人冲着爸爸把拳头捶得咚咚响，也许还威胁着说工厂要开除他……

其他的情景在托利克的想象中就模糊了。要知道只有学校才兴开除，工厂大概就不兴这个，而且那个人未必会捶拳头——难道可以对托利克的爸爸捶拳头吗？总之，所有这些都是无稽之谈，不管厂里怎么样，最可怕的是爸爸将不会再被信任。

信如果是外婆或妈妈寄出去的，那还好说。那是大人告大人状，可这次是儿子告老子的状。这种事大概还是闻所未闻，真是破天荒。

托利克曾不止一次跟自己各种各样的"敌人"算过账，知道碰到这种事时可以光明正大地给他们几拳，或者用最难听的话骂上一通。但得光明正大，得当面锣对面鼓。他从来也没想到，人世间还有比拳头和辱骂更可怕和更下流的东西，那便是诬告。

他心事沉重，喉咙里觉得发堵，涌出的泪水模糊了视线。他头发晕，觉得恶心，很想到外面去做个深呼吸，好吸进更多的新鲜空气，使喉咙不堵，呼吸更畅快一些，但他仍坐在窗前，眼睛盯着围墙。

有时候他控制不住自己，把自己骂个狗血喷头。他觉得所有这些沉重的心事都是无稽之谈，要紧的是他得尽快见到爸爸。得跑出去，跑到厂门口去等爸爸，然后抓住爸爸的袖口，把事情的前后经过统统都说出来……

托利克匆匆忙忙穿戴停当，跑到点有一只昏暗灯泡的半明半暗的走廊里，接着又有些犹豫了。

统统都说出来……说什么？说这些都是外婆和妈妈干的？说这都是她俩的过错，跟自己没什么关系？

没什么关系？那又是谁写的信？难道不是他？

"这是怎么回事？"爸爸会问，"是你写的，你还没错？"

该怎么回答呢？说是害怕了？说是让她们打得受不了，就叛变了？可要知道这是叛变哪！不管怎么说这是叛变！

他想起他是怎么在外婆的口授下写的信，想起从格子练习本里撕下来的那页揉得皱巴巴的纸，又再次觉得憋得太难受了。而且他突然觉得自己的手太脏，于是到洗脸池去洗了很久，很久。

他又在房间里不停地走着，后来在窗口坐下来，双眸凝视窗外，一直坐到蓝色的暮霭降临。早上又从这个街角走到那个街角，像个小偷似的不断地东张西望，害怕碰见爸爸。

二

常言道：祸不单行。

甚至还有这么一句谚语：祸既降临，敞开大门。托利克不知在哪儿听说过。

不过听说是一回事，自己亲身体验又是另一回事……因为当别人说的时候，人们总爱这么想：这不是说我，而是说别人……可等到后来事情都出来了，伤脑筋的事儿接踵而至，一件比一件糟糕，这时人们才会想，这些事看来有些蹊跷……是有人在故意暗中捣乱？那是谁呢？嗯……这就不得而知了，反正有这么一个凡事都看得清清楚楚的人。

也许是上帝？

托利克不时警觉地瞅瞅外婆的那个角落，想了很久，嘴里还不干不净地骂了一阵娘。不，不可能！

怎么回事？是上帝和叶妮卡以及齐帕？是上帝和科利亚·苏沃洛

夫？或者和玛什卡·伊万诺娃？是上帝和伊佐利达·帕夫洛夫娜？这跟上帝有什么关系？只不过是五年级甲班运气不好，跟上帝毫不相干。

那位年纪相当大的老师安娜·伊万诺夫娜教了他们四年，她心肠好，待人和蔼可亲。接受少先队员入队的时候，安娜·伊万诺夫娜亲自给孩子们下保证，说她对所有的人都充满信心。可到了五年级，她好像是把同学们都从悬崖上推到深深的河里，说："你们自己往前游吧！"原来是一个老师，她既教数学，还教俄语和阅读课，如今却有好几个老师同时任课。其中就有"美人鱼"伊佐利达·帕夫洛夫娜。

伊佐利达·帕夫洛夫娜这个名字念起来顺口，她外表看上去也很顺眼，她的头发呈红棕色，戴着一副夹鼻眼镜。

爸爸曾对托利克说过，夹鼻眼镜过去有人爱戴，如今却很少有人戴了。为什么呢？大概是因为戴上这种眼镜在公共汽车和商店里很不方便。只要一拥挤，眼镜就会掉下来，特别容易摔碎！

过去可能是人要少一些吧？总而言之，就是这么回事。要想用一两句话来论证为什么过去戴夹鼻眼镜的人多，而现在为什么戴一般眼镜更方便，显然是不可能的。但伊佐利达·帕夫洛夫娜喜欢戴夹鼻眼镜，和契诃夫一样。托利克对契诃夫很熟悉，学校的走廊里就挂有他的照片，而且自己还读过他写的《醋栗》。不过契诃夫的眼神是善良和专注的，伊佐利达·帕夫洛夫娜进教室的时候，谁也不看，径直走向讲台，两眼瞧着窗外，然后把皮包一放，就连这时候也不看看教室，不看看同学们，而是望着他们头上的什么地方。伊佐利达·帕夫洛夫娜还喜欢站在窗前，让她的脸对着光，让别人瞧不见。她还会采取一种坐姿，好让夹鼻眼镜的镜片反光，别人看不见她的眼睛，只看见两个闪亮的圆玻璃片。

托利克害怕伊佐利达·帕夫洛夫娜，而且还知道其他同学也都怕她。男生们都躲着她，女生们则见到她便献殷勤，"伊佐利达·帕夫洛夫娜""伊佐利达·帕夫洛夫娜"地喊个不停。她们一边喊，一边盯着她的嘴，傻呵呵地笑。女孩子就这么个德行。

还有，班里对伊佐利达·帕夫洛夫娜的反应不管是好是坏都没有。如果有人得了2分，心里窝着火，不高兴，那最好是别表态。因为托利克他们班倒霉透了——叶妮卡就在他们班上。

叶妮卡是伊佐利达·帕夫洛夫娜的女儿，而伊佐利达·帕夫洛夫娜又是他们的班主任。

不错，叶妮卡暂时还没什么。她学习不错。班上有些人得的全是5分，比如说科利亚·苏沃洛夫。可叶妮卡呢，不管她回答自己妈妈的提问有多好，她妈妈给的却总是4分。叶妮卡就是比别人答得都好，伊佐利达·帕夫洛夫娜还是给她4分，这够叫人委屈的了。

叶妮卡虽然得4分，但她还是心情平静地向座位走去，只是稍稍噘起嘴唇。而到课间休息时，她告诉齐帕说，妈妈给她打4分是从严要求，如果是别的老师，准给她5分了。

齐帕频频点头，不愿和叶妮卡争执，托利克则在一旁偷笑。他觉得叶妮卡是故意提起这个"从严要求"，好让班上的同学更敬畏她妈妈。

托利克马上克制住自己，内心感到自责，因为作为一个老师要求自己的女儿比其他同学严格，这很好嘛！就应该这样！

不过伊佐利达·帕夫洛夫娜在提问自己女儿的时候，做得有些太过分，而且叶妮卡在谈"从严要求"时也太大声。所有这些都让托利克厌烦，真是讨厌到了家。总之，他不爱听叶妮卡的这些唠叨。

叶妮卡总爱表现得好像知道班上每个同学的隐私，似乎她对班上的情况了如指掌。如果课间休息时有什么争论，叶妮卡总是最后一个发表意见。所有的人，特别是那些女生，都在等着看她如何表态。仿佛这不是叶妮卡本人，而是伊佐利达·帕夫洛夫娜在谈自己的看法。而且叶妮卡说话的口气和她妈妈一模一样，好像让人都没有补充的余地，她的意见已成定论，再也没必要争论下去。

更糟糕的是，叶妮卡谈起别人时总是搞得人家很不痛快。

先受其害的是齐帕。每个班级大概都有小马虎和懒虫，齐帕就是五年级甲班的一个小马虎、一个大懒虫。

"这个臭齐帕呀！"叶妮卡有一次在课间休息时轻蔑地皱起鼻子说，"简直是个不可救药的大懒虫！"

齐帕这时正在用一块湿抹布若无其事地瞄准黑板，听到叶妮卡的这通话，他马上蔫了，两个嘴角耷拉下来，两只刚刚还像汽车灯的眼睛一下黯然失色。

还确实有那么一回事。齐帕有一次旷课，上课时间跑去看电影，为此被伊佐利达·帕夫洛夫娜狠狠剋了一顿。

伊佐利达·帕夫洛夫娜的教育方法像古罗马磨面的磨，两片磨盘咬合得很紧，历史教科书上有这样的插图。她像是把齐帕丢进磨盘里，要把他碾成齑粉。

她吩咐把第一张课桌掉转冲着讲台，叫齐帕坐在这张课桌上，然后在整整一个月中，每堂课上都对他进行提问。齐帕眼瞧着变了个样儿，这个可怜虫简直变得像鬼魂附体似的！课间休息的时候，齐帕跑得满头大汗或和别人打斗时，只要有人大喊一声："臭齐帕！"他立马就会全身颤抖不止，站得笔直，脸色煞白。

现在好像只要是伊佐利达·帕夫洛夫娜要他干什么，他绝对没有二话。即使去跳冰冷的水，去跳摩天大楼，去赴汤蹈火，他都在所不辞。而且齐帕命运中的这些波折也都是叶妮卡预言过的。

在前一位女老师当班主任的时候，托利克跟齐帕好像甚至还好过一段时间，曾一同在爸爸开辟的冰球场上玩过冰球，托利克还让齐帕戴过他那顶坦克头盔。

后来托利克还去参加过齐帕命名日的酒宴，那次真把他弄得尴尬极了。大家都给齐帕带去了礼物，可托利克却是两手空空。

托利克很难堪，他出于礼貌待了一会儿，然后偷偷溜走了。托利克等着齐帕第二天问他为什么溜掉，但齐帕什么也没问，像是没发现托利克溜走似的。

后来他俩闹翻了，事情很简单：大家在一起玩冰球，齐帕守球门，托利克攻进一球。齐帕大喊犯规，而其他的伙伴都说这球没犯规。

"好呀，"齐帕当时嚷道，"没犯规？我不承认这个球。"

"不承认？"托利克大惑不解。

"不承认就是不承认！"齐帕火气不小。

"凭什么呀？"

"就凭这个！"齐帕停了停，然后突然充满自信地问道，"你爸爸是什么人？"

托利克不得其解。

"说吧，他的军衔是什么？"

"上士。"托利克痛快地说。

"你爸爸是上士，我爸爸却是上校。就凭这个！"

托利克当时什么话也没说。他从齐帕头上摘下坦克头盔，径自回家了。

他们就这样闹翻了。

托利克并不为此感到遗憾，但是每当伊佐利达·帕夫洛夫娜训斥齐帕时，看到他浑身颤抖、脸色煞白，每堂课上回答提问全身冒汗、感到特别难堪时，对他倒是不止一次深表同情。

叶妮卡还在不停地瞎诌。

"伊万诺夫娜吗？"课间休息时她惊愕地说，"玛莎？她呀，永远也当不上优等生。”

还确实是这么回事，无论玛莎怎么努力，她也没当上优等生。

“博布罗夫（托利克的姓），你老实得有些反常。”叶妮卡对托利克说，于是托利克在课间休息时尽量嚷得凶一些，免得招来横祸。

托利克一面听叶妮卡说这说那，一面想起了外婆，想起外婆说的那些话，然后妈妈再去重复，就是稍稍有些变动，于是他觉得叶妮卡说的那些话都不是她自己想出来的，那不是她的话……

是伊佐利达·帕夫洛夫娜的话吗？托利克对此不得而知。再说怎么好去打听呢？这是绝对办不到的，叶妮卡还从来没证实过这一点。托利克只能这么想，只能推测。班上的其他同学也都这么猜。

现在大家都聚精会神地听伊佐利达·帕夫洛夫娜讲课。她一走进教室，向同学们投去目光时，大家把课桌弄得噼噼啪啪响，他们都怕伊佐利达·帕夫洛夫娜，都想学好俄语和文学，不要让班主任生气。

大家都在等待着什么，但谁也不知道会是什么。

托利克也在等待，在仔细地听叶妮卡说出来的每一句话。

他在等待，因此对伊佐利达·帕夫洛夫娜存有戒心。

果然，就在爸爸离家出走以后，有一次伊佐利达·帕夫洛夫娜穿一件带钩花衣领的绿色连衣裙，收拾得干干净净地进了教室，谁也不看就说：很快就会有师范学院的大学生来他们班实习，就此她对全班同学做了十分严厉的警告。

三

托利克仿佛是投出了一颗手榴弹。

他把手榴弹投出去，趴下，身子紧贴着地面，闭上眼睛，就等着轰隆一响。但手榴弹没有爆炸。于是他抬起头来，谢天谢地，手榴弹也许是枚空弹？那封可恶的信也许在邮局丢失了，这种事也是常有的嘛。也许是党委有人看过了，把它撕了？他们会想，这简直是胡说八道，我们是了解博布罗夫的，他不是那种人。

不错，还可能是另外一种情况。爸爸说过要去出差。怪不得都见不着他。他如果在城里，厂里又收到了信，爸爸早就会来找托利克了，不管怎么藏也会被找到。

不过有可能完全不是这么回事，爸爸看过信，看到托利克的背叛，不想认这个儿子了？

"肯定就是这么回事！"托利克觉得很苦恼，但内心仍希望信最好还是丢失了。邮局里大概每天得收到几千封信，甚至是几万封，丢了一封很有可能啊！

托利克一直在想那封信的事，为自己的过失深感内疚，眼圈都发青了。他食不甘味，为此瘦得脸都塌陷了。妈妈叫他上理发店去理发，但他怕去那儿碰见爸爸，结果头发长得长长的。生活仿佛停滞了，托利克好像也活活地冻僵在那里，很像古生物猛犸在史前期冻僵的模样。他坐在窗前沉思，或拿起一本书，几个小时几个小时地盯住一页看。

外婆起先懒洋洋地在房间里走来走去，根本不在意托利克和妈妈。妈妈呢，她一会儿暗自嘘唏，一会儿突然离开家往外走。托利克从窗户看见妈妈不知从什么地方回来，在台阶前跺跺脚，好像还有些拿不定主意进屋,掉转身又走开了,像是自个儿在和自个儿争辩不休——应该回家,但又不想回家。

然而时间一天天过去了，还是见不着爸爸的面，看来那封信并没生效，这下子外婆才清醒过来。如今她和妈妈鬼鬼祟祟的，托利克从走廊进屋时，不止一次看见她俩欲言又止，就跟当初爸爸和妈妈一模一样。

只是外婆气鼓鼓的，这一眼就看得出来。她满脸通红地坐在那里，眯起黑豆眼，看上去都要把桌子望穿。妈妈又在涕泣不止，一个劲儿地擤鼻涕，一次次地站起来，急匆匆地在房间里走来走去。看样子她们还有分歧。显然是外婆未能说通妈妈。情况有些不妙，有些反常。

有一天晚上，托利克坐在窗前，外婆准备去商店。托利克在发乌的镜子里看见她在匆匆忙忙穿那件短皮大衣。他也就是随便看看而已，没有任何想法。看着看着，突然一下子警觉起来，因为外婆出门到走廊时，没好气地杵了一下妈妈的腰。

门砰的一声关上了。托利克诧异地向妈妈回过身去，看见她嘴唇在哆嗦不止。托利克以为，妈妈这是被外婆用拳头杵疼了。他被杵过，那是很疼的，但妈妈猛一下子跑到托利克跟前，扑通一声跪下。

"托利克，"她急急忙忙地说，"乖儿子！"话刚一说出口，眼泪就大滴大滴地往下掉。

"你怎么啦，妈妈，你怎么啦？"托利克喊道，并试图站起来，但妈妈把他按住。她紧趴在他肩上，哽咽着大声痛哭，哭得很伤心。

托利克不知所措地抚摸着妈妈的头，像是哄小孩子，嘴里说着一些前言不搭后语的话，自己却忍不住要哭起来。

"托利克！"妈妈含泪小声说，"托利克，乖儿子，我们怎么办，怎么办哪？你爸爸走了，撇下我们娘儿俩走了。怎么才能叫他回来呢，有什么办法吗？"

怎么才能叫爸爸回来？托利克如果知道有什么办法，他早就已经上百次地叫爸爸回来了，不过，问题在这吗？再说，外婆在妈妈的默许下把爸爸赶出家门，莫非这是爸爸的过错？

妈妈一直在抹眼泪，托利克也在咬牙挺着，免得哭出声来。

"那你怎么办，怎么办哪？"他声音颤抖地问，"眼泪是无济于事的。"他重复了一遍别人的话。

"是啊。"妈妈抬起头来说。她两眼哭得通红，脸上也像布满了皱纹，一副可怜巴巴的模样。

"托利克，乖儿子，就你能把他叫回来！就你一人……"妈妈歇了口气，"你应该再写一封……"

"什么？"托利克惊讶不已，小声地说，"什么？"

"一封信不够。应该再写。这样他就回来了。他一定会回来的。"妈妈站起身，嘴里嘟嘟哝哝地说。托利克突然感觉眼前的人不是妈妈，而是外婆，在向她那尊神像祷告一番后向他走过来。

"你说什么？"托利克大声说道，"你怎么不害臊？"

他全身都在发抖，心想："写信？再写一封信？再写就是不折不扣的犯罪！这她难道不明白？"

"难道你还不明白？"托利克大声喊道，但是妈妈打断了他的话。

"我明白！"她也大声说，"我知道自己有错，不过，托利克，重要的是得让他回家！不管怎么样，回家就行！你听见没有！"妈妈呼哧呼哧地喘着粗气，像是在追赶爸爸，两只手抖个不停。"他如果能回家，肯定会是另外的样子！这我保证！"

托利克想象了一下他写信告爸爸的情景，不禁一阵战栗。"不，不，"他想，"无论如何也不能干！"他突然想起来了，外婆在门口曾杵了妈妈的腰一下，当时他还摸不透外婆的用意，难道？他头脑中掠过一个可怕的猜测。她们串通起来了！"我真傻！"他笑自己，"当时还觉得有些不可思议呢，心想那不像她们的为人，她俩不可能串通在一起。实际上多像啊！她俩是串通一气了，一切都预谋好了！"

"真不知羞耻！"托利克恶狠狠地喊道，"还许愿呢！这都是外婆要你这么干的？"

他以为妈妈会抵赖一番，又会大哭一场，但她却是擦去眼泪，伤心地说道：

"外婆叫我让你写……可怎样才能让你写呢？揍你？我可不让她再揍你了，所以我才求你。怎么样，你要我向你下跪？"

托利克不声不响地奔向挂衣架，拿下短皮袄。

"孩子，"她喊起来，一把抓住他，"孩子，难道你不希望爸爸回家？"

妈妈失声痛哭，两肩瑟瑟发抖，可托利克还在往外挣扎。突然，她一把推开托利克，声音刺耳地喊起来，活像个落水人在呼救：

"你走吧！你走吧！走吧，你这个自私鬼！你和你爸爸是一路货！心里只想着你们自己！"

托利克出了门。短皮袄还夹在腋下，可也怪，一点儿也不觉得冷。刚才他还全身发抖，现在却热得冒汗。托利克穿上皮袄。"无论如何也不能干！"他心情逐渐平静下来，想道，"就是严刑拷打，这辈子也不干！"他早就拿定主意，不再有任何回旋与犹豫的余地。他本来就臭骂了自己，把自己当成一个毫无用处的卑鄙小人而加以蔑视。"我已经受够了！"他坚定地对自己说。然而，虽然下了决心，但心里还是不轻松。

妈妈仿佛就在眼前，那么丑陋，全身浮肿，可怜巴巴的。她在他面前低三下四，央求他，她确信写信能起作用。一封不起作用，再来一封一定能奏效，只要爸爸回家，完全可以不择手段。

"唉，妈妈，"托利克心里很痛苦，"难道可以不择手段吗？难道可以依赖别人吗？我怎么能让爸爸回家呢？既然你自己都留不住，我怎么能叫他回家？而且你当时就不想留他……"

托利克停下脚步。"可她许了愿，保证爸爸一回家，一切都会改变……"他暗自发出一声冷笑。如果他写信告状，别人就会让爸爸回家，而爸爸一回家，家里的一切都会改变，外婆对爸爸表示热烈欢迎，对爸爸毕恭毕敬，事情要能这么简单就好了。才不会这样呢！你就等着瞧吧！

　　所有这些都是明摆着的事，可妈妈就是不开窍。她央求托利克。她那张变得可怕的脸一直浮现在托利克眼前。

　　托利克在街道拐角处站住了。一只邮箱在路灯的照射下显得黄澄澄的，银白色的徽记闪闪发亮。外婆就是把状告爸爸的信投进了这只邮箱里。

　　托利克走近邮箱，小心翼翼地摸了摸。能有多少封信投到这里面来呢？大概得有上千封吧？难道这上千封信中就不能有一封丢失？

　　身后传来一声刹车声。托利克回过身去，只见一个很好玩的大胡子小伙子从一辆红色的"莫斯科人"牌小汽车里钻出来。他头上戴一顶插着翎毛的帽子，小伙子还年轻，可胡子长得又厚又密，像个玩魔术的，而且这个魔术师在用滑稽的声调唱一支正儿八经的歌：

　　　火，火啊，像普罗米修斯的火把一样熊熊燃烧！

　　　火，火啊，像普罗米修斯的火把一样熊熊燃烧！

　　大胡子小伙子腋下夹着一个铁边口袋。他嘴里哼哼着，走近邮箱，打开口袋，使个法儿让它兜住邮箱底，然后他突然很有礼貌地对托利克说：

　　"你好！"

　　托利克笑笑，亲眼看着兜住邮箱的口袋鼓了起来。这个口袋很像正在吞咽兔子的大蟒，眼看着一点点地胀大。信落入袋子里发出窸窣声响，大胡子小伙子像个音乐家，仔细听着这窸窸窣窣的声音，独自在那里笑。

　　戴帽子的小伙子灵巧地从邮箱底拿下口袋，撩逗地向托利克使了个眼色，还是那么彬彬有礼地说：

　　"再见！"

　　小伙子哼着他那支歌，正要走开，托利克这才想起得叫住他。

"您说说！"托利克喊道，"信有丢失的情况吗？"

托利克的心在怦怦直跳。他在等着这位滑稽的小伙子回答，因为这可是关系重大。他确实像望着一个魔术大师，望着大胡子，而这位帽子上插有翎毛的人果然没让他失望。

"世界上，"小伙子在"莫斯科人"牌小汽车的驾驶座上坐定，说道，"什么事没有啊！"

小汽车嗤地响了一声，四个轮子一声尖叫，就幻影般地不见了。托利克走到邮箱跟前，看了看它的底部。邮箱底是铁的。托利克摇摇它，一动也不动。托利克拍了它一下，邮箱发出低沉而暗哑的声响。

四

波利娅大婶在大门口叫住托利克。她在长凳上坐着，大概是在等什么人，鼻子都冻青了。

托利克站住，波利娅大婶走到他跟前，犹豫不决地用手套擦了擦鼻子。

"托利克啊，"她清清嗓子，说，"你听我说，你和爸爸不能把妈妈一人扔下，外婆会把她折磨坏的。"

如果碰到的是别人，托利克早就扭头走开了——别多管闲事吧！但波利娅大婶虽说是邻居，却像亲人一样。

波利娅大婶说，托利克是她看着长大的。他自己也还记得，四五岁的时候他常常在家里说："我去喝茶了。"实际上是去波利娅大婶家做客。她总为托利克准备好吃的东西，像醋渍的黄瓜，或者盛在高脚盘里的水果软糖。也许是那时候还小，托利克到波利娅大婶家去就为了这些，为了能吃到黄瓜和水果软糖。现在却不同了。波利娅大婶家里舒适、清静、亮堂，他自己家的屋子虽说打扫得干干净净，但很不舒适，让人觉得别扭，

波利娅大婶的房间对托利克来说犹如天堂。

波利娅大婶是一个人过。她丈夫还很年轻时就在战争中阵亡了，那时候托利克还没出生，就连他妈妈和爸爸也还在上学呢，可见这是很久以前的事了。波利娅大婶年轻丈夫的照片挂在她房间窗旁的一角，宛如圣像一般。只是波利娅大婶并不盯着相片祷告，而是常常用阴郁的目光久久地望着。从前波利娅大婶经常边端详丈夫的照片边哭，但随着岁月的流逝，她变得苍老了，她丈夫却像战死疆场的时候一样年轻，波利娅大婶现在已经不哭了。

她只是瞪着一双冷漠而红肿的眼睛望着。

她久久地望着，视线模糊了，心不知飞到哪儿去了，也许是飞到了遥远的、托利克不知晓的年代，那时候她还跟丈夫那样年轻，又快活，又漂亮，而不是像现在这样，干枯得像一棵弯曲的老树。

托利克常想：波利娅大婶从自己的过去能看到些什么呢？她在回忆些什么？她为什么会偷偷地笑？又为什么她那哀痛而满是皱纹的面容会突然变得开朗明快，一下子似乎都变得年轻了许多？

托利克可怜波利娅大婶，尊敬她。她不多说话，没用的话绝对不说，和那些包打听——与他们共用一条走廊的那些长舌妇不一样。所以他看见波利娅大婶，感到很高兴。

"这可不是那么简单的事，"波利娅大婶向托利克俯下身来，悄悄地说，"而且当然也不是小孩子的事，不过又该怎么办呢？"她叹了口气，"你应该去看看爸爸。"

托利克点点头，他的心重又充满了激情。波利娅大婶说得对——他应该，真应该去看看爸爸！

家里桌上的茶炊在咕嘟咕嘟地响，外婆五指张开，举着一只小碟儿在一口一口地啜茶。妈妈面前也摆着一个杯子，但她像是没看见一样。

托利克望着一动不动的妈妈，也往自己的杯子里倒满了茶，不怕烫地喝开了。

他们三人围桌而坐，第四把椅子空着，于是托利克内心充满忧伤。他想，如果现在门突然打开，爸爸走进屋，那该有多好！爸爸坐在自己的座位上，妈妈笑眯眯地给他递去一杯褐色的浓茶。他呢，按照老习惯把一份登有最新消息的报纸放在面前，慢条斯理地不时啜上一口。他们能这样静悄悄地坐着也好，就是和外婆吵上几句也可以……可是现在，三个人坐着，而第四个人不见影儿……

他在哪儿呢？是提着个网袋在车站上待着，等着姗姗来迟的夜晚来到，在车站的长椅上躺下来过夜？还是在宿舍里和同事们抽烟、聊天，自己却在思念他们——妻子、托利克，乃至外婆？要不就是在已经远离这里的车厢里晃悠着，坐车去出差？他呀，亲爱的好爸爸在哪儿呢？为什么会造成这种骨肉分离的局面？

妈妈突然一声哽咽，双手捂住脸，也不知是对谁嚷道：

"不！不能这样，我要找他去！"

"哼，"外婆眼睛盯着茶碟底，不慌不忙地说，"你走吧，给他下跪去吧！捧他的臭脚去好了！"

如果妈妈没有突然大声地喊上一通，如果外婆不那么随随便便地说出那几句可恶的话，什么事也不会发生的。托利克绝不会冲外婆发火，别的事也不会有。

但是，一切都不像预料之中的样子。托利克终于按捺不住，歇斯底里地喊道：

"妈妈，让我们离开这个老妖婆吧！"说完，他用鄙夷不屑的手势指了指外婆。

他怒不可遏，甚至想把那盛有褐色茶水的茶杯向外婆掼去，但外婆马上就给他泼了一瓢冷水。她没嚷嚷，只是哼了一声，还看了妈妈一眼。就那么看了一眼，可是那一眼真叫人不寒而栗！她那意思是说，你回答你儿子吧，我倒要看看你说些什么。

妈妈瞥了托利克一眼，她的目光凄然无神，低下头来小声地说：

"好儿子！托利克！你写吧！"

托利克一动不动。多渺小和可怜的一个人啊！完全是外婆的奴隶。

"你求他干什么？"外婆仍旧盯着茶碟，说，"我自己都知道该往哪儿写。"

托利克像是太阳穴挨了一拳，他又喘不过气来了。头脑里像有好些滚珠、螺栓、螺丝或者别的什么东西在疾速地转动。他想起了邮箱，想起了那个头戴翎毛装饰帽子的小伙子，想起了对方哼的小曲儿和他们简短的谈话。"如果外婆自己动手写，那就更糟。"他掠过这么一个念头。

像做梦一样，托利克站起身，取了纸又坐下。

"你们说吧！"他声音颤抖地说。他看见外婆和妈妈都有些不大相信自己，正在紧张地望着他，"说吧，"他用压低了的嗓音又重复了一遍，"快说呀！"

"写给市委。"外婆犹豫不决地嘟囔道，但马上又变得威风凛凛，感到自己重又占了上风。

"你等着吧！"托利克心想，"不要高兴得太早了。"他狠命地写起来，把笔弄得嘎嘎响。

等他们把信写完，已经很晚了。外婆说，等早上再把信投出去。

五

托利克已经在邮箱前等了好几个小时。

他全身都在发抖，同时也在安慰自己：好在今天是星期天，也就不用为昨天的事耽误功课了。

昨天他扑向枪眼，用胸口堵住了。

就在想出这个解围的办法之前，他还一再发誓，她们就是严刑拷打也不会迫使他就范，去写信告爸爸的状。可外婆说她要自己写，他才着急了。

"她肯定会写的，她绝不会说空话。"托利克害怕地想，他知道，他不能，也没有权利袖手旁观。上次揍他的时候，他没能挺住，这是实情，所以他得为那封信负责。但是这还不够。他现在得为所有的一切负责。如果外婆再递上一本状子，他也得负责。

这时他想起了那位戴翎毛帽子的大胡子小伙子。托利克一跃而起，拿上一页纸，就照外婆说的写了一封信。他满怀着怨恨，写得特别卖劲儿，一笔一笔地把字母写出来。他相信，他写出来的这封信送不到市委。

大胡子小伙子从信里向他微笑。

大胡子小伙子从信里调皮地冲他使了个眼色，托利克就看出对方会帮忙。

一切都很简单，非常简单。

托利克在邮箱前来回走动，用一只毡靴碰打着另一只毡靴，为能战胜外婆而沾沾自喜。像打冰球一样，进攻时他从外婆身边把球带了过去。托利克欢喜雀跃，来回跑上几步，对着空气打上几拳，好让身子暖和一些，这时他的兴致好极了，还哼起了昨天大胡子小伙子唱的那支歌：

火，火啊，像普罗米修斯的火把一样熊熊燃烧！

火，火啊，像普罗米修斯的火把一样熊熊燃烧！

是啊，他昨天能遇到那个小伙子，并在关键时刻想起来，简直是太好了，纯属一种机缘。现在一切都好了，一切都简单了，只是要有耐性，冷一点嘛，倒不怎么可怕，只求大胡子能来就行。

红色的"莫斯科人"牌小汽车的刹车一响，他俩就像老相识那样问候一通，然后托利克提出要收回自己写的那封信，就说是地址写错了，或者说是改变了主意，不想再寄了。再不——托利克甚至感到一阵燥热——再不就对小伙子说实话吧。邮递员是个好人！他会理解的，会把信还给自己。

托利克都冻僵了，但他仍不灰心，还在精神十足地走来走去，哼着那支唱普罗米修斯火把的歌，夸自己用胸口堵住了枪眼，没有胆怯，把信写了。这样做太对了！如果大胡子不相信，他可以当面把信拆开，向对方证明信不是别人的，而是他的，他就是这封信的主人。如果是外婆写的，邮递员就可能不相信，人家会说，学生的字绝不会写得这么潦草，这样事情可就糟了，告状信就会寄出去了。就因为这样，虽说昨天已经考虑好了，托利克还是把每个细节都想了一遍。

托利克冻得直打冷战，他突然想起了曾从收音机里听过讲座，说打冷战不只是因为怕冷，而是肌体的一种应变能力。不管愿意不愿意，你都得打冷战，这是肌肉块为了暖和而在运动。托利克因为这一应变能力而称赞打冷战的肌体，今天它们甚至非常称他的心，真不赖！

刹车嗞的一声响，托利克身上的肌肉块顿时停止战栗。他奔向小汽车，已经想好了要对那个头戴翎毛装饰帽子的小伙子说的第一句话，他在邮箱前走来走去时，这句话已经想了很久。这是一句客气的话："叔叔，劳驾您听我说句话！"托利克很有把握，相信小伙子一定会把车停下，听了这句话后会马上待他很客气。

车门砰的一声响，托利克都要张口说出那句客套话，却发现从"莫斯科人"牌小汽车出来的根本不是那个大胡子小伙子，而是个绷着脸的胖大叔。

邮递员从托利克身边走过，胳膊肘险些碰着他，但看也没看他。邮递员把一个口袋塞到邮箱底下，使劲地抖了抖，然后马上往回一拖。他不去听信件发出的窸窣声，他简直顾不上听那声音。大叔沉着脸，在想自己的心事，干活心不在焉。

托利克听说一个人如果很年轻就开始工作，已经习惯了所干的活儿，这个活儿对他就无所谓了。女售票员坐在公共汽车上，打开票夹，一分一分地往回收钱，可看她脸上的表情，却像是在干别的事，不像是在给票，天晓得是在给些什么。这个人在想着自己的心事，可干的事却像根本与此无关，至于给票收钱，那纯粹是下意识的。

还有商店的女收款员，面前排着队，她却突然数起钱来了。数呀，数呀，数着那些摸脏了的钞票。如果规定要交银行或别的什么地方也好，可实际上她就是这么坐着数来数去，也不知是为什么。再说如果她很有兴趣也罢了，可情况并非如此，收款员像一台用来算钱的计算器，在那里机械地工作着。而且目光也是呆滞的，既不看排队的人，也不看钱。

眼前这位大叔就是这个样子。他乘"莫斯科人"牌小汽车来了，下车，把袋子塞到邮箱底下，又拽出来，然后向小汽车走去，很像一个机器人。一步，两步，三步，四步……大叔在往回走，再过一分钟他可就要开车走了。托利克绝望之中向他跑去，完全忘了已经想好的那句客套话。

"大叔，"托利克喊道，"请您把信退还给我。"

"什么信？"对方用伤了风的嗓子问。

"我往邮箱里投了一封信！"托利克大声说，"可是写错了收信地址！"

"那你就再写一封好了！"邮递员哑着嗓子说。

"怎么能这样呢，大叔？"托利克喊道，"我怎么能再写一封？"

"我不能给你，不能，"邮递员大叔晃了一下肚皮说，"这是规定。"

托利克的全部想法刹那间成了泡影，这太可怕了，简直是不可思议。刚刚他还为想出这个办法而自鸣得意呢——没有一个人会猜到这是怎么回事！有过一封信，可又没有了。写过吗？写过。投进邮箱了吗？投进去了。可信就是没有了，简直跟玩魔术一般。

瞧，还真是玩上了魔术，太可怕了！

托利克绝望了，拉了拉大胖子的袖口，哭了。

"大叔！"他喊道，"我说的是真话！我以少先队员的名义保证！请您把信还给我。还给我吧，我把情况都告诉您。"

"去你的！"邮递员用一只大胖手推开托利克，吼道，"走开！真是个无赖！"

邮递员钻进"莫斯科人"，压得车身都歪到一侧去了。他从肩上卸下口袋，扔进车厢，开始发动车。

"大叔！"托利克苦苦哀求地抓住"莫斯科人"的车门把手，不知叫了多少遍，"大叔啊！"

邮递员猛地开动汽车，托利克只好松开手，险些没倒在车轮底下。

"规定不允许！"大胖子开车走时冲他吼了一声。

"莫斯科人"牌小汽车轧着水洼里的薄冰，向前飞驶而去。

托利克马上意识到事情的严重性，顿时发出几声拼命的吼叫。他跑到橙黄色的邮箱前，恶狠狠地给了它一拳。已经冻僵的手顿时感到一阵剧痛，托利克无能为力地放声大哭起来。

"傻瓜，白痴！"托利克骂自己，"我这是干了些什么呀！我干了些什么呀！怎么会这样呢？一心想做好事，结果却适得其反，成了坏事……"

六

俗话说得好：星期一是个倒霉的日子。不过话又说回来，托利克早就没有顺当的日子了，而是一天比一天难过。

托利克上课都跟做梦一样。老师的声音恍如从很远的地方传来，他根本听不进去。然后又像是在很远的地方响起最后一遍铃，这时托利克才慢腾腾地走去穿皮袄。他在寂静无人的楼梯上走着，对一切都是漠然置之的态度，突然他走空一级台阶，险些没像陀螺一样滚下楼梯。

下边，爸爸背向托利克站着。

爸爸背对着托利克，正在看课程表。

看到爸爸，托利克赶紧闪到一旁，溜进更衣室。他钻进一个单间，用门钩将门插上，额头顶着门。

心脏在怦怦地剧烈跳动，他感到呼吸困难。只要有人进更衣室，托利克就想那会是爸爸。他屏住呼吸，害怕让人听出他在里面。

喘息方定，托利克摘去门钩，把门打开一条缝，向走廊里望了一眼。爸爸依旧站在课程表前，在往楼梯上看。班上的同学都走光了，可爸爸还在耐心地等着，把帽子拿在手里团来团去。

托利克觉得心口发紧，胸闷。他看见了爸爸那副委屈的面容，鼻梁两边是两道浓黑的皱纹。爸爸瘦多了，一副孤独和可怜的模样，托利克心疼得几乎要向爸爸扑去。

他克制住自己，把门关上，从一排单间门口走过。怎么办呢？等爸爸走了再说？但托利克的皮袄还挂在衣架上，爸爸一定会看见。爸爸可能会去跟女清洁工打声招呼，自己到教室里找，然后再到更衣室来，在这里把他找到。

托利克看了一眼窗外。他们班的同学在校园里互相追逐，闹得正欢。只有叶妮卡一人瘪着嘴站在一旁，体谅地望着大伙儿。

突然，托利克奔向窗口。

那边有个换气窗，就是一个胖胖的大人也能从那里爬出去。

托利克爬上窗台，把书包从换气窗扔出去。书包在嬉闹的同学中间啪的一声落地，惊得他们一个个都惊恐地站住了，抬起头。托利克抓住换气窗的横掌，撑住窗把手，向上拔起身子。

同学们看见他了，高兴得直嚷嚷。

托利克钻进换气窗，身子悬在窗外。

虽然是在一层楼，还是有一定的高度。不过一看下面是一堆黢黑的正在融化的积雪，托利克于是松开手。

玻璃和墙一晃而过，托利克掉进齐腰深的脏雪堆中。

周围的同学哈哈大笑。齐帕拍了拍托利克的后背，喊道：

"好家伙！真没想到你还有这一手！"

然而托利克已没工夫听人夸奖了，他爬出雪堆，抓过书包，回头望望爸爸随时都可能从里面出来的门，拔腿向家跑去。

从站在一旁的叶妮卡身边跑过时，托利克匆匆地瞥了她一眼。她挤眉弄眼地望着他，就像专门站在这里等着他从更衣室里钻出来似的。

"蔫人出豹子。"她在托利克身后说。

托利克不想跟她抬杠。

他顾不得叶妮卡。

他不戴帽子，也不穿大衣，像个疯子在大街上一阵猛跑，过路人都看着他，不知道发生了什么事。

晚上妈妈去学校取回了皮袄。

她回家时眼睛都哭肿了，叹了好大一阵子气，最后才说：

"听清洁工说，他等了你整整一天……刚走不久……"

外婆嘿嘿一笑，架上眼镜，嘴里念念有词地用笔在纸上划拉。

"她又在写！"托利克绝望地想，"她又在写！！"他突然感到累极了，简直是太累了，他觉得对付不了这个让人厌恶的老太婆。

外婆摘下眼镜，沉思中咬住弧形的眼镜腿，转过身去问托利克：

"你说他吓唬你了？用拳头吓唬你了？"

托利克一时都透不过气来了。

"你疯啦？！"他大喊道，"他就没有看见我！"

"嗯。"外婆还在想她的心思，也不听托利克说些什么。

托利克头脑里轰地一下，他甚至产生了一个可怕的念头——他真希望外婆死去……

七

他在这场较量中累坏了，实在是太累了，他不是外婆的对手。但是退却，就此善罢甘休，并对自己说：我已经尽了最大努力，再也无能为力——这就意味着举手投降。

这就意味着第三次当了下流坯。

第一次他在武力面前屈服；第二次是无意的，他是好心；还有第三次，就是这次，他投降了。

托利克闭上眼睛。

那些控告信像一只只滑溜溜的灰色癞蛤蟆，正张开大嘴落在爸爸的面前。"同志们，党委，我求你们让我爸爸回家。"癞蛤蟆笨拙地一蹦一跳，肥得啪啪落地，向爸爸步步逼近。

托利克不由得抽搐一下。

他得当机立断。

他睡着了，醒来时自问道：该采取什么措施呢？怎么办好？

第三只封在天蓝色信封里的癞蛤蟆就趴在桌上。托利克马上就该上学去了，等他上学后不久，外婆就该放出她这只滑溜溜的灰色活物。

"怎么办？"托利克绞尽脑汁地想着，"是不是把那天蓝色的信封拿过来，当着外婆的面扯了？"她又会写一封的，而且还会写得比这封更恶毒，因为那时候她要报复的不只是爸爸，还有托利克。神不知鬼不觉地偷走？不，应该这样，等她把信投进邮箱以后，去把邮箱砸掉。

可邮箱是铁的。

炸掉？

用什么去炸呀？

放火烧？

放火烧！就往里扔划燃的火柴。

为了燃得更旺，还随身带上胶片——旧的幻灯胶片。新的胶片不燃，旧的却像火药一样。《青鸟》和《大灰狼和七只绵羊》，都是给孩子看的童话片。

托利克曾以无限欣喜的心情看着这些童话片。世界上的一切都是美好的，尽是些青鸟、小绵羊和小红帽，只有大灰狼是大坏蛋。而且大灰狼总是要遭到猎人的捕杀。

是啊，过去是这样，但现在不这样了。现在托利克对大灰狼知道得更多了。

您呀，亲爱的外婆，等一会儿托利克要让你们尝尝一个真正的猎人的厉害！这可不是给孩子看的童话！

托利克火气越来越大，抓起胶片便往走廊里跑。他今天不去上学了，他顾不上去学校了。

从家里出来，托利克先在拐角的地方躲了躲。外婆没有磨蹭，只见她手里拿着那个天蓝色的信封，拖着无力的碎步，从他面前走过。

托利克偷偷跟在外婆身后，就像一个惯于在大街上跟踪的高级侦探。

外婆投了信，急忙往回赶。托利克则开始四下顾盼，等着大街上的人走光了再下手。可大街上的人像故意为难他似的，一点儿不见少。

两个大婶手提网袋，像鸭子一样左右一颠一颠地慢慢走了过去。网袋沉得把她俩往下拽，但她俩像没什么感觉，仍在喊喊喳喳地说着什么。

后边又跑过来一个一年级的学生，到邮箱跟前像是绊了一下，停下来不动了，反复打量着托利克。托利克只好撵他走了。那个学生并不生气，向前跑去，比先前跑得更快，仿佛他刚刚看到的不是一个人，而是一只乌鸦。乌鸦飞走了，再看也没什么意思，所以他跑开了。

今天的天气好极了！大地洒满了阳光。太阳在水洼里碎成小块，像一颗颗银色的星星令人目眩，钻进人们的衣领里，胳肢着，跳跃着，像一个足球从天蓝色的屋顶直接掉进有候鸟喳喳叫唤和撒欢儿的椋鸟巢里。

如果在平日，托利克一定会对椋鸟归来的春天欢呼雀跃，但今天太阳与他无缘。他等待着，可人们还在不断地走来走去，托利克急得手都抖起来了。

大街上的人终于都走光了。托利克一步跨到便道边上，以便看得更清楚一些。是啊，一个人也没有了，现在就只等那辆翻斗汽车开过去。

汽车从托利克身旁驶了过去，它身子一晃，稀泥溅了托利克一身。托利克像是在水洼里浸泡过似的，皮袄变得像一绺绺破布条，脏水从脸上往下流淌。托利克啐了好几口，几股脏水甚至流进了后脖领子里。

托利克愣了一下，而后突然骂了几句，骂得很难听。托利克这辈子还从来没骂过街，那些骂人的脏话他说不出口，可这次他忍不住了。因为那个司机肯定是特意从水坑开过去，故意要溅他一身，而且连车也不停，便扬长而去。

所有的人，所有的大人，整个世界，在托利克眼里实在是太可怕、太下作和太讨厌了。

托利克一步跑到邮箱跟前，把胶片塞进它的铁洞里。胶片的一端从里面向外伸，看上去很像是橙黄色的邮箱在往外吐舌头。

托利克嚓的一声划着了火柴，没等他点燃胶片，火柴就灭了。托利克马上划燃了另一根，但一阵微风又把它吹灭了。

托利克尽力稳住神，想起爸爸在大街上点烟的时候都是用两个手掌护住，这样才能保住火苗不被风吹灭。

心在突突地跳，仿佛铁锤在敲击着铁砧。这突突声听起来像是从回声很响的冰冷邮箱里发出的声音，像钟声一样发出轰鸣，似乎街区之外都听见了。托利克屏住呼吸。他觉得太阳穴里嗡嗡直响。他在对自己发脾气，怪自己这么简单的事都不能平心静气地处理好，火柴不是熄灭，就是折断，像是野草秆。

身后响起吧唧吧唧的脚步声，托利克的心跳得更快了，恍如火车轮通过轨缝咯噔咯噔直响。托利克把火柴放进衣服兜里，试着装出一副若无其事的样子。

但他的耳朵和脸都在发烧，像那辆"莫斯科人"的停车灯一样通红，手脚都在瑟瑟发抖。他像个初试身手、但又不知该如何下手的扒手。

脚步声远去了。过路人对这个靠在邮箱上的小男孩不感兴趣。

他划燃一根火柴，用手掌护住微弱的火苗。手被燎得生疼，但胶片点着后又熄灭了。

托利克扭过头去，大街上重又变得空寂无人，只在远处能见到几个孩子的身影。

他急忙取出一大卷彩色电影胶片，塞进邮箱里，一直等硬挺挺的胶片碰到软绵绵的信为止。

"这就是那些信件了，乖乖。"托利克想，全身不禁哆嗦了一下，"里面可是还有别人的信件啊！别人的？那又怎么样！别人才不管他托利克呢，他的痛苦有谁问过吗？"他想起了外婆，想起了那个溅他一身泥的司机，他看见了伊佐利达·帕夫洛夫娜那呆滞而冷漠的目光。别人的事与他无关，他的事也与别人无关！

胶片点着了，火苗像个小偷，一下子蹿进橙黄色的邮箱里，然后从里面冒出令人窒息的黄烟。不一会儿工夫，邮箱里传出噼噼啪啪的声响，宛如里面烧着一只煤油炉子，炉子上茶壶里的水正开着。

托利克松了口气。好了！信件烧着了。

他笑了笑，拍拍烫手的邮箱壁，听见了一个奇怪的声音，一种嘶嘶声。

托利克转过身去。

路旁停着那辆"莫斯科人"牌邮车，只见那个快活的小伙子正大步流星地走过来。还是那个满脸胡子的小伙子，就是有翎毛装饰的帽子不知放哪儿了，托利克险些儿没哈哈大笑——原来大胡子是个秃子。

是啊，一个人经常有一些奇怪的举动。在应该溜掉的时候，却伫立不动。不是有这么句俗话吗：有人给你就拿，有人揍你就跑。

托利克却跟中了魔似的站在那里，呆呆地望着有一把浓密大胡子的秃顶小伙子。

眨眼的工夫，小伙子一步跨到托利克跟前，抓住了他的肩头。

"你在干什么？"小伙子困惑不解地喊道，"你这是为什么呀？"

没等托利克回答，小伙子就放开托利克，把带来的邮袋塞到邮箱下面。刹那间他扽回来，然后像在马戏场表演魔术的魔术师一样把口袋翻过来。托利克脚边掉下一堆还在冒烟的烧焦了的信件。小伙子用皮鞋在上面踩了踩，信件不再冒烟了，但却被踩脏了，踩坏了，颜色也发暗了，什么都看不出来了。

就在小伙子打开邮箱，摆弄邮袋，扑灭信件上的火时，托利克一直站在一旁，一动也不动。他其实完全可以跑掉，有充足的时间，再说邮递员又是背对着他，但他纹丝不动，好像是在等着小伙子把事干完。终于小伙子转身面向托利克。

小伙子不嚷嚷，也不骂人，只是看了托利克良久，然后俯下身，将自己的脸向对方凑近。

"你这是干吗呀？"小伙子困惑地问道，"这都是信件呀，你明白吗？别人写了信，等着对方回音，可你却一把火烧了……你明白吗？"

小伙子的声音不大，两眼凝视着托利克的脸，想尽量弄清楚他为什么点火把信烧掉。托利克想说，昨天他等这位快活的小伙子来着，可来的是那位大胖子，那个铁石心肠的胖大叔。他想说出全部事实真相。

托利克刚要张口向小伙子道出这一切，可突然看见了叶妮卡，不觉一怔。

她从邮递员身后探出个小脑袋，眯起双眼，像伊佐利达·帕夫洛夫娜那样严厉地打量着托利克。

"这下子可糟了！"托利克难过地想。就是严刑拷打，他也不愿当着叶妮卡的面，当着这个小密探的面，向小伙子和盘托出事情的原委。

可邮递员还在一个劲儿地追问：

"你这是干吗呀？干吗呀？"小伙子穷追不舍，已经开始生气了，还轻轻地晃了晃托利克的肩头。

"不干什么。"托利克战战兢兢地回答。

"咳，不干什么！"邮递员火气上来了，"把你当个人，你却来个'不干什么'！不干什么就把一大堆信烧了？！"

小伙子的火气越来越大，叶妮卡又一个劲儿地在小伙子的身后晃来晃去，还不走——哼，你就是轰也别想把她轰走！过了一会儿，大胡子小伙子终于息怒，问道：

"那你说说，你家住什么地方？在哪个学校上学？"

他问这话时声音不高，没有动气，但语气很坚定。大概在他看来托利克是个无赖，起码是个未成年犯罪分子，这种人必须坚决予以管教，否则后果不堪设想。

托利克没回答，只是耷拉着脑袋，在原地踏了踏步。要问自己在哪所学校上学，这可是糟糕透顶的事；还问自己住哪儿，那就更不能说了。

可是叶妮卡却挤过来了。一听小伙子问托利克住哪儿，在哪所学校上学，她就把书包背到身后，大模大样地摇晃着，向前迈了一步，她可是什么都干得出来的呀！于是托利克从一旁扬起拳头吓唬她一下，要她别多管闲事。

这都枉费心机。只听见叶妮卡扑哧一笑。

"好像有什么了不起似的！"她说，然后停了停，似乎甚至还想了想，而不是不假思索地对小伙子补充道："叔叔，他在我们学校念书，就是那所学校……"

小伙子牢牢地抓住托利克的肩头，把他拽到学校去了。

叛徒叶妮卡跑在前边指路，等快到学校，她一溜烟钻进了大门。

小伙子拉着托利克刚进校园，迎面走来面色苍白的伊佐利达·帕夫洛夫娜。

她用刺人的目光看了托利克一眼。

托利克心想："完了！"

八

托利克在大街上吃力地走着，眼前是伊佐利达·帕夫洛夫娜那张苍白的面孔，耳边是她恶狠狠的声音："明天不把你妈妈叫来，就别来上学！"他真不知道该怎么办。

他讨厌在家里待着，但又不能老在大街上溜达，而且这还有可能撞到爸爸。

托利克走进美食店，百无聊赖地在玻璃弯成弧形的柜台前溜来溜去，并且拿定了主意，只要商店不关门他就这样一家一家商店地走到底。

托利克不经常上商店。外婆都是自己跑商店，不放心给他钱，或者在不得已的情况下派妈妈去，但每一次他到商店去，不知道为什么脑子里总要冒出同一个想法。

他常想，商店里的弧形玻璃里面摆有这么多的东西，有一根根香肠，有一块块大奶酪，还有堆成山的各式糖果、挤满柜台的瓶酒和各式各样带外国字母的果脯、果冻，会不会有人一下子全买光呢？

因为人们老在说共产主义，那共产主义是什么样子呢？说是物质极大丰富。所谓物质极大丰富，就是说你要什么有什么，好东西都吃厌了，果脯、果冻、奶酪等应有尽有！

托利克想象进入共产主义阶段将是个什么模样。给每个人发很多很多的钱。人们就到商店去采购很多很多好吃的东西，直到吃腻了为止。等都吃腻了，一些人就不见了。是彻底不见了，还是改造好了，这就不得而知了。一句话，反正他们是不存在了。

主要是外婆不存在了。那时候什么都不缺了，不用把钱装进自己的钱夹里了，也没必要让爸爸为了多挣钱而调工作了。钱本来就有的是，爸爸只管在顺心的单位好好工作吧。到那时外婆还有什么好干的呢？就剩看电视了，坐下来瞪大眼睛看。外婆像撒了气的皮球，再不那么颐指气使了。她会变得病恹恹的，满脸皱纹，最后一命呜呼！

托利克沿着柜台走呀，走呀，像是从一条食品街上走过，心里笑着自己的那些想法，他望着各种食品，每每到糖果部便放慢了脚步。

瞧，那边摆的是大虾糖，一百克二十八个戈比，豆面点心十八个戈比一个。还有一种用契诃夫小说命名的糖果，叫做"卡什坦卡"糖。契诃夫爱吃这种糖，然后在小说里又这么称呼狗。有可能是先叫狗后叫糖的吧，不过反正都一样。托利克倒挺想尝尝这种"卡什坦卡"糖是个什么味道呢。

可哪里买得起呀！本来能尝尝那种十戈比一百克的枕形糖果就很好了，可是他身无分文。

"好呀，"托利克想，"该有就有，该没有就没有，这没什么好委屈的。"

他从来就不怎么喜欢吃甜食，也从未有人请他吃过"卡什坦卡"糖和大虾糖。外婆什么都舍不得买，不过话说回来，难道有糖吃就算幸福？不，有些同学成天嘴里塞得满满的，而后又闹牙疼，托利克并不羡慕他们。

托利克脸上露出讥讽的笑容，对那些糖果看来看去，猛然听见一个女售货员对另一个女售货员说：

"你快瞧呀，母女俩。"

托利克一开始对这句话并不在意：母女俩，有什么了不起的，到处都可以看到妈妈和女儿，多得很。可后来转念一想，那些售货员也不是少见多怪的人，于是回过头去看了一眼。

哪儿有什么母女俩，他只看见一张小桌旁站着两个小老太婆，两人互相帮着往网袋里装面包。一个人抻着网袋，另一个人往里面装长方块面包和城里人吃的那种小面包。

托利克到处看了看，想找到她们说的母女俩，但小店里空空的，只有卖酒的地方有几个大叔，于是他明白了。

那两个小老太婆就是售货员所说的母女俩。两个小老太婆——怎么会是母女俩呢？！

托利克更仔细地瞧了瞧——太有意思了！两个小老太婆长得还真有点儿像！两人都从帽子下面露出两条小辫子。还有两个人的眼睛和鼻子也一样。不错，其中一个比另一个老些。她俩装好了面包，那个年轻的一只手拎着网袋，另一只手去搀扶她的妈妈，两人就这样郑重其事地向出口走去。

两个小老太婆从托利克身边经过时，他再一次为她们长得如此相像感到吃惊。她俩的脸孔、身上穿的大衣和头上戴的帽子，都是一样的，甚至大衣的两个狐狸领，两只安上玻璃眼球的红棕色狐狸领也非常相像。

托利克痴呆呆地望着两个小老太婆从他身旁走过，他也着了魔似的跟着她们出去了。

商店旁边有三级台阶，当两个小老太婆往下走时，那个年纪大的突然严厉地望了另一个老太婆一眼，说：

"当心，闺女！"

另一个也像是被吓着了，连忙嘟嘟哝哝地回答说："是的，妈妈！"接着两人哈哈大笑，活像两个小女孩儿。托利克也跟着笑了，想象着等他长大以后，成了老头儿，跟爸爸或妈妈出去走，最好是三个人一同去逛商店。妈妈是个老太婆，爸爸是个老头儿，托利克也是个老头儿，到那时候售货员们也会偷偷地说："你们瞧呀，这是一家子——母亲、父亲和儿子。"

托利克想象自己成了老头儿，和契诃夫一样留一把山羊胡子，不禁哈哈大笑。只是他不想戴夹鼻眼镜，伊佐利达·帕夫洛夫娜戴夹鼻眼镜就让他腻烦透了，他要戴那种普普通通的眼镜。头戴那种船形帽，而且还得拄拐杖，这样走路就不那么费劲了。

瞧，原来这样一个老太婆的妈妈还健在，而且她们互相还很体贴哩。你瞧她们一个挽扶着另一个，一个帮另一个往网袋里装面包。她俩笑得那么开心，她们肯定一直都这样和和睦睦、相亲相爱。

托利克想象妈妈老了以后和外婆在一起的情景。妈妈不用说也会挽扶外婆的，会帮她往网袋里装面包，会关心她。但她们不会在一起笑，不会！

唉，妈妈呀，妈妈！她心肠好，待人和蔼可亲，但她的善良和仁慈没给她带来任何好处，没给爸爸和托利克带来任何好处。因为妈妈不能当着外婆的面站出来保护他们，为他们鸣不平，说出自己的话。

妈妈喜欢清静，就是看电视也总是把音量开得很小。

过去托利克很喜欢妈妈坐在窗前。当她在那里沉思默想的时候，你走到她跟前，望着她的眼睛，就会看见外面的树、板墙和人都映在里面了，只是它们都是天蓝色的，因为树也好，板墙和人也好，都不是真的，而是在妈妈眼里的影子。

现在却不同了。现在妈妈到窗前去一坐——而且还得是外婆不在家的时候——她那双眼睛马上模糊起来，泪水在睫毛上颤抖。

要在过去，托利克早就会跑过去对妈妈说："看你，不要这样，别哭了！"现在他只顾怅怅地望着，像个大人似的闷着不说话。

他怜悯妈妈，不过话又说回来，一个人应该靠自己的努力，既要使自己保持良好的情绪，又要使身边事事顺心。哪能老抹眼泪呢？与其成天抹眼泪，与其成天琢磨向组织部门告状，不如去找到爸爸，和他谈一谈，然后照他说过的，一家人跑到另一座城市去，远远地离开外婆，重新开始生活，重新开始一种没有眼泪的生活，开始一种欢天喜地、充满种种乐趣和欢笑声的生活。以后到了晚年，像这两个小老太婆一样，对人间也没什么好抱怨的，不是成天唉声叹气，而是脸上带着欢快的笑容！

天色已晚，商店纷纷打烊，只有市中心的昼夜食品商店还在营业。

食品商店里闹哄哄的，有一股发霉的气味。

托利克在人堆里挤来挤去，看着酒瓶上五颜六色的标签，刚要转身往回走，忽然一下子怔住了。

一个双目失明的女人正好就站在他的面前。她满含恐惧，不断地翻动眼珠，同时两只手在很快地摸钱。

"二十卢布……四十。"那个双目失明的大婶说，把钱交给身边一个浅黄头发的小男孩。

小男孩很不情愿地接过钱，抱怨道：

"妈，别这样，啊？"

瞎眼妇人一直眨眼睛，翻眼珠，然后数够了她所需要的钱，手指颤抖着摸摸小男孩，把他推上前去，脸色变得非常可怕，说：

"去！"

小男孩走到柜台前，排队买东西的人闪开一条道。小男孩把钱递过去，但女售货员将他的手推开，像是急着赶路似的匆忙喊道："不卖给小孩。"瞎眼妇人大声骂了一句娘，托利克听了全身一颤。

"卖给他！"排队的人当中有个大叔对售货员说，"他是替她买的！"

"不卖！"女售货员撇着涂满口红的嘴，高声说道，"我也不卖给她！她喝酒！会把孩子教坏的！"

排队的人忽然变得激愤起来，纷纷数落那个女售货员。

"卖给他！"大叔们喊道，"卖给他！这关你什么事？是她自己的事嘛！她是个盲人啊！"

女售货员又撇了撇嘴，接过小男孩的钱，塞给他一瓶酒。

托利克看着瞎眼妇人挽着小男孩的胳臂，两人小声地咕哝几句什么，不慌不忙地向出口走去，排队的人都静了下来，男人们满怀同情地目送他们远去……

俄罗斯人只要一苦闷，第一件事就是喝他个一醉方休！

托利克很晚才回家，老老实实的，一句话也不说。瞎眼妇人和那个小男孩还萦绕在他的脑海里。

托利克想象着那个瞎眼妇人在双手哆嗦地摸小男孩的脸，小男孩则一动不动地站着，半合上眼睛，在等妈妈摸他，等她把他"看"个清楚。

在那一瞬间，托利克把自己想象成盲人，眯紧了双眼。面前马上变得一团漆黑，只有一片片玫瑰色的斑点在飘动。

他用双手搜索一阵，又睁开眼睛。不，真不能想象他今生今世成了盲人，什么也看不见……不能想象他再也看不见这间屋子，看不见吊在天花板下面的这个灯罩和妈妈……

突然，托利克重新思考起妈妈的命运。

瞎眼妇人无疑是太不幸了，而妈妈的不幸却完全怪她自己，他相信这一点。

她只要鼓起勇气就行，只要下决心改变一下自己的生活方式，离开外婆，和爸爸搬到另一座城市去住，就万事大吉了。

他想到了那两个老太太，想到了那位妈妈和她的女儿。

妈妈就做不出她们的举动！不应该吗？她跟外婆在一起过日子显然是过得不舒心，如果不跟外婆在一起，她一定会很快活，这也是明摆着的。

托利克总是说妈妈太软弱，办不成什么事，这时他才突然开始理解她为什么总是那么优柔寡断，总是那么软弱和无能。他突然对妈妈性格上的软弱有了新的认识。妈妈情愿自己痛苦，也不愿扔下外婆，这就是托利克忽然间明白的道理。

他已经脱去衣服，在折叠床上躺下来准备入睡，可又蓦地想起要为妈妈做一件好事，这个念头在他头脑里牢牢地扎下了根。

他挂起一只胳膊肘，欠起身子大喊一声，好让外婆也能听见。

"妈妈！"他喊道，"快来呀，快点过来！"

妈妈惊惶不安地爬起来，一个明亮的影子挡住了窗户。

"你怎么啦？"她惊慌地问。

"没什么，"托利克回答，"你低头！"

妈妈俯下身子，以为托利克会背着外婆偷偷地告诉她什么事，没想到他却将她搂住，亲了她一下。

之后他马上背过身去，用双手堵住耳朵，不想听外婆不堪入耳的粗话。

可外婆什么话也没说，于是托利克伸展身子躺下，很快便进入了梦乡。他梦见了伊佐利达·帕夫洛夫娜，看见她那锐利的目光，又一次听到了她那句话：

"明天你不把妈妈叫来，就别想来上学！"

"我就是要去上学。"他执拗地想。

九

托利克什么也没对妈妈说。第二天早上，他刚来到学校，就和伊佐利达·帕夫洛夫娜撞了个满怀。

她像拿破仑那样叉着双手，正站在存衣室前等他。

托利克踌躇起来，不时望望老师那闪亮的夹鼻眼镜，不知该怎么办好，是做出样子假装把昨天的事都忘光了，和和气气地打一声招呼，就从她身旁溜过去呢？还是趁早——反正豁出去了——转身向后跑，到城里去逛上一天？就在他苦苦思索的当儿，伊佐利达·帕夫洛夫娜不耐烦地说：

"快进去！"

托利克莫名其妙地脱去大衣，跟在老师身后走着。

她的皮鞋在走廊里敲击出有节奏而单调的橐橐声，托利克像只被蝮蛇吓呆了的小兔子，老老实实地跟在她身后，快走到校长办公室时，才明白是怎么回事。"原来如此！"托利克感到周身发冷，心里想，"如此说来，又要把他送磨坊了？送去夹在两块古罗马的大磨盘中磨了？"

校长办公室的门漆成白色，托利克觉得好像待在里面的不是马哈尔·马哈雷奇，而是个牙科大夫。伊佐利达·帕夫洛夫娜马上就会抓住托利克的双手，不让他乱蹦乱动，然后由校长来给他"嗡嗡嗡"地钻牙！托利克想到这儿，甚至疼得哼哼起来。就在这时，白门开了，他走进去在门口站住。

　　"瞧，我把他带来了！"伊佐利达·帕夫洛夫娜说，她呼哧呼哧的，像是她硬拽托利克来的，而他却硬撑着不肯走，"你们认识认识吧，就是他给你们写的信。"

　　托利克环顾办公室一眼。

　　学生们为了叫着方便，称呼校长米哈伊尔·米哈伊洛维奇为马哈尔·马哈雷奇，此刻他正坐在办公桌后面。学生们有时还叫他双料的熊瞎子，因为他的名字中有两个米哈伊尔（俄罗斯民间把熊叫作米什卡，而米哈伊尔的昵称也是米什卡）。除了马哈尔·马哈雷奇，办公室里还有另外一个人。此人两手背在身后，站在办公室中央，一会儿用脚尖、一会儿用脚跟着地，像吸墨器那样摇来晃去。这位大叔高个儿，满头银丝，看上去倒挺和善。

　　"好呀，好呀，"他一摇一晃地说，向托利克伸出手来，"很高兴跟你认识。"

　　白头发大叔站在办公室中央，把手伸出来，托利克只有向他走去。

　　"瞧，"白头发大叔说，"我就是那位收信人'党委的同志们'。"

　　托利克觉得手指发冷，脑子里面变得空空的、凉飕飕的，仿佛里面装的不是大脑，而是有股寒风在吹来吹去。

　　"你说吧！"白头发大叔精神十足地吩咐说，"你把事情从头到尾讲一讲，我洗耳恭听。"也许是看出托利克非常紧张，又和颜悦色地补充道，"你别害怕！把事情原原本本都说出来，一切都会变好的，你不会白白信任我们！"

"瞧，这就是报应啊！"托利克心情极度紧张地想。他也曾料到有人会来找他，但没想到党委会派人上学校来找他。

托利克备受折磨。托利克鄙视自己，和外婆干仗，见爸爸就躲，所有这些统统都是他个人的事，旁人无权干涉。这些都是托利克埋藏在心底的秘密。可现在全校都会知道了！就像他在玩多米诺骨牌，最后把底牌都亮给大伙儿看了。

完了！彻底完了！

托利克突然平静下来。

现在他像是以旁观者的身份来审视自己，就像是现在深深埋在校长办公室黑色软沙发椅里的不是五年级学生博布罗夫，白头发大叔也不是在跟他说话。他觉得自己像个观众，像个局外人。

"我在洗耳恭听呢。"白头发大叔又说，"为什么你认为党委能帮你这个忙，而不是你的爸爸和妈妈他们自己呢？"

托利克下意识地想："对方一点儿也不厉害。"

"我等你回答哩！"白头发大叔又重复了一遍他的要求，"你既然写了信，你就说说吧……"

托利克不吭声。

"是你自己写的信吗？"白头发大叔从衣服兜里掏出两封托利克熟悉的信，又问。

托利克还是不吭声。他怎么办呢？承认第一封是他在挨揍的情况下糊里糊涂写的？那第二封他就说不清楚了。他就是说清楚了，他们也不会相信，反倒会说你扯谎，偷奸耍滑，胡编出这一套来。不，最好是来个一言不发。

"你说，对你该怎么办？！"白头发大叔叹了口气，"看来你这个人很拗，脾气不小，从你嘴里掏不出一句话来。这就是说，你是经过深思熟虑后郑重其事写的？"

"看来是爸爸得罪你不轻，"马哈尔·马哈雷奇小声说，"看来他是罪大恶极喽！"

托利克觉得血一下子涌向心口，涌向脑袋和手，他似乎从头到脚都通红了。

"这么说来，他们认定爸爸有罪过。看来爸爸要倒大霉了。"他想，然后连他自己也没料到他会脱口喊道：

"不对！"

他已经背叛过爸爸一次，往后再也不能这样，无论如何也不能这样。

"讲吧，讲下去吧。"白头发大叔说，"就是说，你认为爸爸没什么错？"

"没错！"托利克又一次回答。

"那为什么你要写状子告他？"白头发大叔觉得不可思议，"而且有一封是寄给市委的。再说你是怎么知道可以给厂党委和市委写信告状的呢？"

"如此纠缠不休，"马哈尔·马哈雷奇从办公桌后面对白头发大叔说，"如此有始有终，绝不是一个孩子的作为，只有那些惯于惹是生非的人才干得出来。"

校长站起来，走到办公室中央，和白头发大叔站在一起。

"那你们说这是为什么呢？"伊佐利达·帕夫洛夫娜拉着长音慢条斯理地说，她的夹鼻眼镜闪闪发亮。这之前她一直站在一旁，一句话也没说，仿佛在等着什么。"这两封信，可以说明很多问题，比如家庭不和呀，外界的恶劣影响呀，等等。"她对白头发大叔说，全然不理会校长，"您知道吧，我就发现这个孩子老是一个人闷着，心里有事。这是个不祥之兆。俗话说得好：蔫人出豹子嘛。"

马哈尔·马哈雷奇像是因为什么事在生伊佐利达·帕夫洛夫娜的气，猝然快步向窗口走去，用手骨节大声地叩击窗台。而托利克还在想，他不久前在哪儿听过这句话，不记得是谁对他说的了。

他想起来了！是爸爸来学校的那次，托利克从换气窗爬出来，扔下大衣就跑回家了。叶妮卡站在一个小坡上，冲着他身后说："蔫人出豹子。"托利克当时并没往心里去，现在想起来了。原来是这么回事啊！叶妮卡是在重复她妈妈的话。怪不得班上的同学都听她的话，都怕她三分。这时白头发大叔说：

"可你爸爸却是一名优秀工作者，是个好党员。"

"哼，怕未必吧！"伊佐利达·帕夫洛夫娜笑笑。马哈尔·马哈雷奇从窗口那边转过身来。

"咱们是不是该让孩子走了？"他神经质地问道。

"好呀，"白头发大叔板起面孔，仔细地打量着托利克，说，"咱们来总结一下。就是说，你认为爸爸毫无过错，但又写信告了他的状，这显然是件怪事，说明你很讨厌爸爸！"

白头发大叔直接对着托利克的眼睛看了一眼，托利克没把目光移开。他俩就这么对视着，托利克都觉得，再看上那么一会儿，他就要哭出来了。泪水已经在眼眶里打转儿，眼前的一切都变模糊了，厂党委的那位白头发大叔也模糊了，但是托利克还是死死地盯住对方。

有人轻轻地摸摸他的头，托利克回过身去。马哈尔·马哈雷奇站在一旁，冲他频频点头。

"没事儿，"马哈尔·马哈雷奇说，"一切都会变好的。你走吧……"

托利克慢步向门口走去。这时伊佐利达·帕夫洛夫娜却像是遭到了什么不幸似的，深深地叹了口气：

“唉……”

“伊佐利达·帕夫洛夫娜！”托利克听见校长那很不客气的声音。

托利克走出了校长办公室，随手把门关紧，然后将前额靠在雪白的门框上。

托利克在无声地抽泣。在学校里要想哭一会儿也不成，很快，托利克身边就停下来两个好奇的一年级学生。

十

一直到快响铃了，托利克才进教室。教室里鸦雀无声。作业本和教科书都整整齐齐地码在课桌上。同学们一个个背着手坐在座位上，很像展览会的模型。他们全都头发梳得溜光，脸上大放光彩，仿佛过一会儿就该给他们送蛋糕来了，而不是上课。靠墙有一张长椅，坐着几个打扮得花枝招展、衣着漂亮的女大学生，像一群母鸡落在栖架上，挤得紧缩着身子。她们的发式都很漂亮，身上喷了香水，熏得托利克直皱眉头。

铃声响过，伊佐利达·帕夫洛夫娜进了教室，她首先提问叶妮卡。叶妮卡今天的衣领子浆洗得雪白，她眼睛放光，回答起问题来滔滔不绝，特别流畅，像照书本念一样。

托利克向后扭过头去，看见女大学生们都在啧啧赞叹，对叶妮卡的回答频频点头称是，并飞快地在笔记本上记东西。

其中一个女大学生比谁都动得勤，啧啧声更响，兴奋之中二郎腿翘得比别人都高，为的是更好地做笔记，但结果连浅蓝色的短裤都露了出来。她两耳通红，仿佛站起来回答问题的不是叶妮卡，而是她。只见她鼻梁上一个个棕红色的雀斑在跳动，托利克还冲她笑了笑。简直还是个小丫头嘛，可是都已经是大学生了。

叶妮卡还在那里滔滔不绝地回答问题，她把课文当成诗一样背下来了。伊佐利达•帕夫洛夫娜打断了她，还是给她打了 4 分。女大学生们发出一声惊叹，交头接耳议论开了，但伊佐利达•帕夫洛夫娜像是没事一样，又叫了她信得过的学生齐帕来回答问题。

齐帕自打那次挨了伊佐利达•帕夫洛夫娜的剋之后，每堂俄语课都把课文背得烂熟。不过即使每次的答案都对，他回答伊佐利达•帕夫洛夫娜的问题时也是没精打采的。

这次齐帕一反常态，回答问题像是在向元帅报告俄语的规则。他干瘪的胸脯在外衣里面一起一伏。他毫无顾忌地望着女大学生们，铿锵有力地把规则说得头头是道，恰似一名老练的鼓手在击鼓。

"真棒！"托利克不无兴奋地想，齐帕都变得让人快认不出来了。他明显是该得 5 分的，可伊佐利达•帕夫洛夫娜只给打了个 4 分。

"美人鱼"严格要求叶妮卡是正常的，可这是齐帕呀，如果在平日齐帕早该得 5 分了！这肯定是伊佐利达•帕夫洛夫娜有意这样做。她故意把叶妮卡和齐帕叫起来回答问题，免得出她的洋相。她以后可以吹嘘：你们看呀，大学生们，就该这么教！

自从经过校长办公室的那件事后，托利克把伊佐利达•帕夫洛夫娜看成一条弄得不好就咬你一口的毒蛇。听她说他和他爸爸的那些话，有多损啊！她一般说话都很不客气！托利克一向就讨厌这个老师，今天就更不用提了。今天她简直就像商店橱窗里的模特儿，看上去也像个人，实际上冷冰冰，毫无生气，而且阴险狡猾。

不用说，她事先肯定是特意向叶妮卡和齐帕打过招呼，让他们把功课准备好。托利克两只手哆嗦不止：怎么样，要不来检验一下？

齐帕口若悬河地回答完那些规则，这时托利克举起了手。他马上就

会知道他的猜测是否正确了，也将验证伊佐利达·帕夫洛夫娜是否会提问他。虽说昨晚并没温好功课，他还是把手举得老高。那又有什么！得2分有什么了不起的！但是问题很快就会弄清楚了。

可要是还弄不清楚呢？她如果真的提问他呢？

那好呀，他就可以对她在校长面前说他的那通坏话采取报复行动了——到黑板跟前去，在上面胡画一通，拿个2分。她是很不愿意在这种课上有学生得2分的。

心在扑通扑通地猛跳，可托利克还一直把手举得老高。伊佐利达·帕夫洛夫娜已经注意到他。他发现她已经注意到自己，看见她的夹鼻眼镜表示不满地闪了一下，还听见她沙沙地翻动点名册，在里面找某个人的名字。她注意到了，但装作没看见。

托利克感到幸灾乐祸。这么说来，他猜对了！看来她是不想提问他，免得让她下不来台！

看到托利克一直不把手放下，"美人鱼"不再看点名册，严厉地瞅了托利克一眼，问：

"博布罗夫，你要方便？"

有人发出哧哧的笑声。

"不是！"托利克回答。

"那你有什么事呢？"老师问。

"我要回答问题。"

伊佐利达·帕夫洛夫娜翕动她那苍白的薄嘴唇，冷冷一笑，忽然说：

"你今天不必回答问题。因为你今天怕是连上课都顾不上哩。家里出了那么不愉快的事，你还是歇歇吧……"

她说这话时慢声细气的，旁人听起来还以为老师挺关心家里出事的托利克，以为她是个大好人。

托利克脸唰地变得苍白，他看见同学们都在好奇地打量他，就像他是从火星上来的客人。班上还从来没谈论过哪家有不愉快的事，既然这次伊佐利达·帕夫洛夫娜说出口，而且做出一副悲天悯人的模样，还当着这些女大学生的面，就是说托利克家里确实出事了。

托利克万万没料到伊佐利达·帕夫洛夫娜会这样做！当然喽，她一定把托利克写信的事告诉叶妮卡了，由她再去转告所有同学，这是毫无疑义的，可没想到她会像现在这样当着大伙儿的面说出来。托利克用仇恨的目光望着她，尽可能去捕捉她的眼神，但伊佐利达·帕夫洛夫娜的眼睛却朝着教室的上方看。瞧呀，她就是这么残酷无情！而且那么虚伪，虚伪透顶！

不过托利克还是知道了事情的真相——她不想提问他。她只提问叶妮卡和齐帕，好让那些女大学生对她的威严折服得五体投地。

"等明天吧。" 伊佐利达·帕夫洛夫娜像猫一样轻手蹑脚地来到托利克跟前，突然抚摸起他的头。托利克像是被烫着了，连忙闪到一边。"明天，"她又亲昵地重复了一遍，"也许会提问你的……

"你们认识认识吧，同学们。"她从托利克身边走开时继续说道，"明天由实习老师叶罗什金娜来给你们上课。"

整个教室顿时变得非常活跃，课桌被弄得噼啪乱响，大家纷纷回过头去。托利克也回过头去，看见有个长着棕红色头发的女大学生站起身，脸红得宛如红果羹，像舞台上的演员，向大家鞠了一躬。

同学们喊喊喳喳地说起了悄悄话，偷偷地笑，但伊佐利达·帕夫洛夫娜声音不高地说道：

"安静！"

一声令下，大家都不吭声了，人人都想当遵守纪律的模范。

"因此我请求你们别太使我难堪！"伊佐利达·帕夫洛夫娜冷冷一

笑，开了个玩笑说。托利克已经预感到事情不妙，身上顿时起了一层鸡皮疙瘩。

课间休息时，同学们都来找他打听：

"你家谁死了？"

"是失盗了吧？"

托利克站在走廊里，勉强地笑着，皱着眉头望着大伙儿，尽量躲开他们的纠缠。

满面春风的齐帕不知从哪儿钻了出来。整个课间休息时间都不见他的影儿。托利克看见，刚一下课叶妮卡就从走廊跑过去了，齐帕跟在她的后边，瞧他现在满面春风地回来了，脸亮得像一枚十戈比的硬币。

齐帕发疯似的跑过走廊，全身湿透，开心得脸通红。托利克冷冷一笑。真是个傻瓜，跟叶妮卡跑了，准是被伊佐利达·帕夫洛夫娜叫去表扬了一通，所以正在开心哩。

突然，齐帕在托利克身旁停住。

"你怎么啦？"齐帕问。

"他家好像是死人了。"玛什卡·伊万诺娃若有所思地说，"他不说。"

"哈，死人了！"齐帕大声说道，"我可知道他家死人的底细！他那是扯谎！他写信告了亲老子的状，自己却装出一副可怜相！"

他的话音未落，托利克就一头向齐帕撞去。

同学们好不容易才将他俩拉开，而且还是科利亚·苏沃洛夫为了吓唬齐帕，喊道：

"齐帕，'美人鱼'来了！"

齐帕赶快站好，他的一只眼睛下方青了一大块。

"你等着吧……"长腿的齐帕边摸着青斑边说，"我会让你知道我的厉害，我绝轻饶不了你……"

十一

第二天，轮到托利克值日。他敏锐地感到同学们对他的态度已经大不一样。他如果不值日，课间休息就可以在校园里逛逛，也许还能上街去一趟，吸几口春天的空气，或者从屋檐下敲下一小块冰溜，舔它几口，也好凉快凉快。再不就是跑到另一个楼层去，那里没有他们班的同学。反正不会那么无聊就是了。可今天他得一个人老老实实地待着，别人在走廊里疯跑，他却得坐下来想自己的心事。

就在第一次课间休息时，教室的门开了一条缝，一只染上墨水的手将一只风筝从走廊里放了进来。托利克将风筝抓住，本想扔出去，但看见了上面写的字："出卖生父的叛徒。"旁边还画了一张龇着牙的凶脸。

托利克把风筝揉成团，从换气窗扔了出去，将额头顶在窗玻璃上。

"这准是齐帕捣的鬼。"托利克生气地想，"其实我现在就可以跑出去，像昨天那样在他脸上再添几块青斑。但齐帕不配。要不呀，再过上一会儿他就成英雄了。"

叶妮卡在课堂上特别卖劲。她斜过目光去看托利克，眯缝着眼睛，瘪着嘴，像是蹭着了什么又黏又脏的东西，还跟齐帕说悄悄话。他俩望着托利克哧哧地笑着，带着谴责意味地摇摇头。

托利克了解这两个宝贝，但要知道一个班不只是他们两人。快活而主持正义的科利亚·苏沃洛夫在惊诧地望着托利克，目光是那么的专注。他看见托利克也在看他，开始还有些难为情地扭过脸去，不过过后又回过头来，向托利克投来困惑的目光。和蔼可亲的玛什卡·伊万诺娃也在蹙额皱眉地望着托利克，玛什卡虽然是只会死记硬背又丢三落四的人，但是个好姑娘，是个知己。托利克从她的眼神里看出她在怪自己，但是又该怎么办呢？玛什卡是对的，科利亚也是对的，他俩还都蒙在鼓里……

第三节课后是一次课间大休时间，同学们都到教室外面去了，门口出现了实习教师叶罗什金娜。

她的脸发红，鼻梁上的雀斑在颤抖。教室里瞬间有一股香水味。

"你好，小同学！"她有点激动地说，"是你值日？"

托利克点点头，冲叶罗什金娜笑笑。"骑大马的叶罗什卡。"他顺口胡诌一句，想要耍耍她。

"我在黑板上写好例句！"她拿起粉笔，说，"你可得留心别擦掉！"说完，她开始在黑板上一笔笔地写，写出来的字母圆圆的，很好看。

"副动词例句。"她写下好几行字，并在一些字的下面画了条粗线，"一枚钢镚儿往下掉，颠了几下，叮叮当当响得欢。马儿咬紧嚼环，飞奔向前。鹿为逃脱追捕，在树林里一阵猛跑。"

叶罗什金娜一边写着一边突然问道：

"你准备好了？"

"准备好什么？"托利克不得其解。

"准备好功课没有？"

啊，这么说她没忘啊！也许是关怀备至的伊佐利达•帕夫洛夫娜关照过她了。

托利克叹了口气，伸手去掏课本。他过去从来没在课间休息的时候准备过功课。临阵磨枪，不快也光嘛。

昨天当然是特殊情况，和伊佐利达•帕夫洛夫娜发生冲突后托利克本应好好准备功课，可他又去逛商店了，一直逛到商店打烊才回家。

"那就是说，你还没准备好？"叶罗什金娜转过身来问。

"我马上准备，您别着急。"托利克回答，还冲她勉强一笑。

"还来得及吗？"叶罗什金娜笑了。

"来得及，完全来得及。"托利克嘟囔着。

"那好。"她表示认可，然后向门口走去。"只是呀，"她走到门口又转身说，"只是你得去把抹布准备好。"

托利克向她点点头，跑到厕所。等他把抹布弄湿往回走的时候，上课铃响了，托利克和同学们一同涌进教室。

他将抹布扔进抽屉里，一下子傻了——因为叶罗什金娜写在黑板上的例句不见了，像是被人用舌头舔光了。

他一直站着，傻乎乎地望着黑板，这时女大学生们一个个打扮得花枝招展地鱼贯而入。伊佐利达·帕夫洛夫娜缩着脖子，跟在她们身后，一副骄傲的神态。最后进来的是叶罗什金娜，她满脸通红，径直走上讲台，打开点名册。这时后面一阵骚动，紧接着伊佐利达·帕夫洛夫娜飞也似的跑出教室。

坐在末排的同学叽里咕噜地闹开了，女大学生们急得也跑出教室。叶罗什金娜用绣花手绢大声地擤了一下鼻涕，托利克打心底里可怜她。

很快，伊佐利达·帕夫洛夫娜又一头冲回教室，指着同学们大声说道：

"快说！是谁干的？一！是谁干的？二！谁干的？三！……"

门开了，马哈尔·马哈雷奇出现在教室门口。

"像个变戏法的。"托利克这样想"美人鱼"。

教室里鸦雀无声，校长从一排排座位前走过，走到最后一张课桌在座位上坐下。

"那好吧，"伊佐利达·帕夫洛夫娜冷冰冰地说，"我们会弄清楚的。是谁值日？"

托利克站起身，低下头。

"噢！"伊佐利达·帕夫洛夫娜惊讶地说，"原来是你值日，博布罗夫！这么说，是你把黑板上的例句擦掉的？"

"我干吗要擦呀？"托利克不知所措地问。

"我也说不上来，" 伊佐利达·帕夫洛夫娜挖苦地说，"谁知道你是怎么回事……"

托利克一下子火了。真是岂有此理！他当值日，就认定是他擦的。他一个人担当的罪名是不是太多了？

"我出去投抹布了，"托利克尽量平静地回答，"叶罗什金娜让我去的。"

"是吗？"伊佐利达·帕夫洛夫娜不相信地说，"那好吧，全体起立！"

课桌盖噼噼啪啪一阵乱响。全体同学起立。

"只要干坏事的人不招认，你们就一直站着好了！" 伊佐利达·帕夫洛夫娜一字一板咬牙切齿地说。

全班人都站着，只有马哈尔·马哈雷奇一人坐在最后一张课桌后面，而且他看来很不自在。他站起来，走到窗前。

校长和伊佐利达·帕夫洛夫娜望着窗外，同学们规规矩矩地在课桌后面站好。托利克越来越觉得自己是有错的。老师已经暗示了该怪谁，每个人都站着，大概都在想："我干吗要在这里受处罚？干坏事的人反正是找不着的，谁也不会承认，那就让值日生来承担责任好了。他是应该看好黑板的吧？应该！是不应该随便放人进教室的吧？不应该！那就是他的责任！"

一节课上完了，课间休息时间也过去了，又响起了上课铃，这堂课该上文学。马哈尔·马哈雷奇突然说：

"伊佐利达·帕夫洛夫娜，让他们坐下吧！"

女教师向校长闪了一下夹鼻眼镜的镜片，托利克觉得她火气不小。马哈尔·马哈雷奇看来也有这个感觉，所以他进一步解释说：

"坐下会让他们更便于考虑自己的过失。"

伊佐利达·帕夫洛夫娜倨傲地点点头，全班同学坐下，教室里再度变得鸦雀无声。

伊佐利达·帕夫洛夫娜依旧纹丝不动地站在那里，只有马哈尔·马哈雷奇在一排排课桌间走来走去。他身体肥胖，个子又矮，圆脸，真像一只大笨熊。

同学们互使眼色，心不在焉地笑笑。大家都想吃想喝了，得回家了，托利克发现同学们向他投来不安的目光。

伊佐利达·帕夫洛夫娜终于吩咐叶妮卡走出教室，她跟在后面走了。

全班同学不约而同地大喘一口气，一阵骚动。

"我们还得坐很长时间吗？"玛什卡·伊万诺娃壮着胆子问马哈尔·马哈雷奇。

只见校长耸了耸肩。如果伊佐利达·帕夫洛夫娜听到有人这样问她，准会尖声尖气地嚷上一通，马哈尔·马哈雷奇却只是耸耸肩。

"有人干了坏事，却罚我们坐着！"玛什卡胆子大起来了。

"这就不好了，"校长在黑板前停下，对同学们说，"太不好了。你们应该像俗话说的'大家为一人，一人为大家'嘛。大家都来为一个人说情，大家都来为一个人承担责任。"

托利克饶有兴味地望着校长，他喜欢听马哈尔·马哈雷奇讲话。

这话说得有道理。大家都得为一个人承担责任，这早就人所共知；而一个人得为大伙儿承担责任，托利克还是头一次听说。

"我们都坐累了！"科利亚·苏沃洛夫不客气地对校长说，"再说，我们什么时候做功课？"

马哈尔·马哈雷奇留心地看了科利亚一眼。

"同学们，"他小声地说，"你们的班主任是伊佐利达·帕夫洛夫娜，不是我，所以这个问题得由她决定。不过我可以给你们提个建议。

你们就答应伊佐利达·帕夫洛夫娜吧，这事由你们自己来搞个水落石出。不用拳脚相加的办法，而是平心静气地解决。我还得告诉你们一句话，这句话你们大概每天都能听到：你们可是少先队员啊。不仅如此，你们还都是顶天立地的人！"

他停下来不说了。大家都静悄悄地，聚精会神地注视着校长。伊佐利达·帕夫洛夫娜从来没对他们说过这种话。

"一个人什么情况都可能遇上，"校长说，"但是无论在什么情况下都应该自尊自重。"

校长站了一会儿，也出去了。不过没有一个人动弹，没有一个人嚷嚷。同学们坐在教室里，悄无声息。门开了，叶妮卡走进教室。她板着面孔，像往常一样眯着眼睛，可却忘了擦嘴。她不知是吃了夹肉面包，还是吃了果泥，两片嘴唇油光光的。

同学们不再瞧托利克，而是盯着叶妮卡。托利克还感觉到，沉默中有一种无声的愤懑正在缓慢而不可抗拒地增长。

作为老师的女儿，叶妮卡给人的那种恐怖感，眼看着在大伙儿身上涣然冰释。

伊佐利达·帕夫洛夫娜一直都在努力向全班同学证明，叶妮卡和别的女孩子没什么两样，完全平等，甚至提问时对她要求更严。可现在她却是这么一副尊容。过去大家看不见的东西现在一下子都暴露无遗。叶妮卡吃得满嘴流油地坐在那儿，其他同学却饥肠辘辘。

玛什卡·伊万诺娃扮了个鬼脸，她这样做明显是冲叶妮卡来的。后面座位上还有人把钢镚儿弄得叮当乱响，以示抗议。

科利亚·苏沃洛夫和旁边的同学偷偷说了几句什么，于是大家马上凑起硬币来，有五戈比的、一戈比的、十戈比的。而叶妮卡和齐帕合坐的那张课桌成了一座孤岛。谁也不跟他们说话，谁也不收他们的钱。科利亚·苏沃洛夫走到门口，探出身子向走廊看了一眼，随后便不见了，回来时上衣鼓得老高。

教室里顿时变得空前活跃，同学们从课桌下面传递着一个个黄灿灿的煎肉饼。托利克饿得肚子早就咕咕叫了，但他并没让人看出来。此时托利克高兴极了。怎能不高兴呀！同学们敢于稍稍表示自己的反抗了，这不错嘛。这就是说，大家并不都想当齐帕那样的乖学生。

突然，有人捅托利克的肩头。

他回过身去。原来是科利亚·苏沃洛夫。对方向托利克紧使眼色，递给他一个肉饼。

"不！"托利克惶然地大声说。

"给！接着！"科利亚小声地对他说，还亲切地冲他一笑。

这比什么都让托利克感动。就是这时候爸爸进教室来将他抱住，他也会铁着心肠拒绝的；就是伊佐利达·帕夫洛夫娜来向他道歉，说她错怪了他，他也会无动于衷；就是外婆跑来双腿向他下跪，他也只会一笑了之。可现在……

托利克接过肉饼，忍不住放声大哭。

他那瘦削的肩膀在抽搐，大滴大滴的泪水滚落下来，托利克为眼泪感到害臊，强使自己镇静下来，但无济于事……

同学们不再作声，都望着托利克。

科利亚·苏沃洛夫笨拙地抚摸着托利克的头顶，没有一点温柔劲儿。

天已黄昏，教室里昏暗下来。

十二

雨，不管怎么下都会有停的时候。

不管这雨下得多久，沙沙地打在湿漉漉的墙上，不管这雨在排水管里流得多凶，好像都要把管子撑破了，也会有云销雨霁的时候。

托利克还在啜泣，努力让自己平静下来，好心人科利亚·苏沃洛夫还在抚摸着他的头，这场严酷审讯的主谋伊佐利达·帕夫洛夫娜还没回教室，头上还是乌云密布，但托利克一下子变得舒心多了。

他多少天来一直承受的无法推卸的重压忽然卸掉了，他的呼吸变得畅快多了，他的心里如同连天阴雨后升起了小太阳。

托利克抬起头。

他最怕同学们用怜悯的目光看他，可实际情况并不是这样。他们都在给他鼓励。他们都在冲他点头，一个个神情严肃，不带一点儿笑。他们那是在说：你这个小家伙，挺起胸来吧！

托利克笑了。

多少天来，他第一次无忧无虑地笑了，还如释重负地长嘘了一口气。

门砰的一声开了，门口站着扬扬得意的伊佐利达·帕夫洛夫娜。她俨然凯旋的将军一样打量着整个教室，像是打听到了某一个新闻，掌握了某个重大军事秘密。看她那模样，仿佛她只要说出一个字，肇事者就会招供。而且这还不够。大家都得向她下跪，手里还捧着面包。下跪的人都低着头，而伊佐利达·帕夫洛夫娜头上有个明晃晃的光环，就和圣像上各式各样长老头上的光环一模一样。你们这些亵渎神明的家伙，趁现在还来得及，快向神祈祷吧！还有时间！圣徒伊佐利达·帕夫洛夫娜还能饶恕你们。

伊佐利达·帕夫洛夫娜用咄咄逼人的目光打量着一排排课桌，最后挑衅地大声说道：

"好呀！太好啦！"

然后，她又威风凛凛地环顾教室一眼。

"家长们都来了！我叫他们到教室里来！"

伊佐利达·帕夫洛夫娜一闪身，门口出现了两位妈妈、一位爸爸、一位奶奶，甚至还有一个十年级的学生，他是玛什卡·伊万诺娃的哥哥，他们都在很不好意思地左顾右盼。

玛什卡·伊万诺娃的哥哥也在这所学校念书，一看见他，同学们都活跃起来了，加上他还冲妹妹挥了挥拳头，意思是说：当心我揍你！

全班同学都笑了，那位满头银发的老奶奶大声说道：

"他们还乐呢！"

"瞧瞧！"伊佐利达·帕夫洛夫娜悲戚地附和说，"他们还乐呢！"

而后她把两手叠放在肚子前面，伤心地说：

"亲爱的家长们，我们班出大乱子了！今天我们班一位实习老师的课被搅了……"

她说话时很严肃，又把声音压得很低，让人觉得她对这事很想不开，像是班上发生了天大的事，甚至好像五年级甲班有人暴死在课堂上，而罪魁祸首毫无疑问是这些学生。

家长们都不吱声，低着头，仿佛这事全都怪他们。尤其是伊佐利达·帕夫洛夫娜冷冷地看着他们，目光中透出一种威胁，言外之意是家长们对五年级甲班发生的事负有不可推卸的责任。

接着她长出一口气，教室里笼罩着一种不安的气氛。

"他们就没有承认错误？"科利亚·苏沃洛夫的妈妈小心地问。

她还没来得及解下围裙，披上大衣便惴惴不安地来了，敞开的大衣里面都能看见围裙。托利克听见她从科利亚身边走过时小声说："我们都以为你丢了呢！"

"没有！"伊佐利达·帕夫洛夫娜又沉重地叹了口气。

"那就是说，他们在互相包庇，"那位满头白发的奶奶说，"这显然是互相包庇。看我们教育出来的都是些什么样的孩子呀！说不定他们还要成群结伙去打家劫舍呢！"

同学们都笑了起来。

"笑什么！"伊佐利达·帕夫洛夫娜吼道，"从小看大嘛。"

门乒乒乓乓地开来关去，又进来一批家长，伊佐利达·帕夫洛夫娜对每一个刚到的家长都不厌其烦地絮叨上一遍："我们班出大乱子了！今天我们班一位实习老师的课被搅了……"

而且每一次都引起孩子们哄堂大笑，大家丝毫不觉得难为情。

齐帕的上校爸爸来了，他知道是怎么回事后，顿时脸红得像个西红柿。盛怒之下他环视整个教室一眼，同学们都不出声了。上校正步走到齐帕跟前，正颜厉色地问道：

"我想这不是你干的吧？"

齐帕摇摇头，眼珠子滴溜溜地乱转。上校又正步向家长席走去，像发布命令似的说：

"应该一个一个地问！"

"这么说，是要搞审讯喽。"托利克心想。他看见同学们一个个脸都拉长了，脸色一下子变得煞白。

"也许没有必要吧？"后边一排椅子上有人不安地说。

托利克回过身去，看见说这话的是科利亚的妈妈。她脖子上有根青筋在频繁地搏动，两只手在不停地颤抖。

"是不是放他们回家？已经很晚了。"她对那些大人说，"明天他们自己就会明白这事儿做得不对了……"

上校涨红了脸，大声说：

"腐败的自由主义！"

自由主义为何物，托利克不知道，但既然说它是腐败的，就说明应该是类似土豆的东西。但是每个人都听得出来，上校是在批评科利亚的妈妈，因为他在说"腐败的自由主义"的同时看了科利亚的妈妈一眼。白头发奶奶嚷嚷开了，说如果原谅这些坏家伙，半年之后他们准会变成不可救药的恶棍，结成一个土匪团伙。不知为什么她这样怕土匪。有个同学的爸爸激动得解开上衣扣子，显得格外生气，甚至托利克都觉得，再过一会儿这位大叔就要从腰间把皮带抽出来了。

教室里一时变得闹哄哄的。科利亚的妈妈耷拉着脑袋，不吭声了。

家长们吵吵嚷嚷的时候，伊佐利达·帕夫洛夫娜犹如普希金长诗《青铜骑士》中的那尊铜像，站在那儿一动不动，不说一句话。等到教室里静下来，她的夹鼻眼镜一闪，像是借此告诉人们，科利亚妈妈的提议纯属笑话，不屑一顾。而且还不等托利克反应过来，她挨个儿审问开了。

"这是你干的？"老师第一个问玛什卡·伊万诺娃。

"不是！"玛什卡惊悚地大声答道。

"你要以少先队员的名义保证！"

"我以少先队员的名义保证！"

"那你知道是谁干的吗？"

"不知道！"

"你要以少先队员的名义保证！"

"我以少先队员的名义保证……"

伊佐利达·帕夫洛夫娜一张课桌一张课桌地依次把大家叫起来。同学们站起来，当着父母的面红着脸，很不好意思，因为他们得以少先队员的名义起誓，所以该大声说出来的话都是吞吞吐吐的，他们觉得非常厌恶、丢脸。刚才还在吵吵、抢着说话的家长现在也尴尬得在后排椅子上一阵干咳。

只有伊佐利达·帕夫洛夫娜一人自我感觉良好。

她从这张课桌走向那张课桌，眼睛盯着同学们的上方，丝毫不觉得这别出心裁的做法有什么难为情的成分，相反嘴角还流露出笑意，似乎是在欣赏自己的杰作。

"哼，真的疯了！"科利亚·苏沃洛夫悄悄地说了一句。托利克笑了。

他早就预料到伊佐利达·帕夫洛夫娜会干出卑鄙的事来，早就觉得她像魔术师的那口双底箱子一样变幻莫测，但爱胡思乱想的他也没想到她会如此心安理得地去审问每一个学生。

托利克知道，其实班上没谁能引起她的兴趣，就连她的亲生女儿叶妮卡也一样。叶妮卡本应得到 5 分，当妈的却给 4 分，伊佐利达·帕夫洛夫娜这样做不是为了叶妮卡，而是为了她自己。可以说，五年级甲班能引起伊佐利达·帕夫洛夫娜兴趣的只有一个人——那就是伊佐利达·帕夫洛夫娜本人。

过去她还遮遮掩掩，还得装假，现在已经暴露无遗。

就像伊佐利达·帕夫洛夫娜拿下了夹鼻眼镜，大家终于看清了她那双眼睛毫无光泽，冷酷无情。

十 三

伊佐利达·帕夫洛夫娜不慌不忙地从一张课桌走向另一张课桌，同学们像念咒语一样重复着："我以少先队员的名义保证"，"我以少先队员的名义保证" ……这让托利克想起古时候的刑罚。还在革命取得胜利之前，犯罪的士兵要从队列之间走过，两旁的人用枝条鞭笞他们。这里虽然没有鞭笞，但每个人都必须穿过队列。仿佛这些学生不是人，而是一只只手套。伊佐利达·帕夫洛夫娜拿起每只手套，把里儿翻出来，当着大家的面抖几下，看里面有没有有伤大雅的玩意儿。

伊佐利达·帕夫洛夫娜扬扬得意地审问每一个人。每一个被问的学生羞辱地发誓没有过错后，家长们总会发出一声如释重负的叹息。

轮到问托利克了，这时门又被打开了。托利克的妈妈累得上气不接下气地站在门口。

每次有人开门，托利克都战战兢兢的，尽管他有把握妈妈是不会来的。多少天来，他都是逛到大半夜才回家，也不做功课，但妈妈就像是没理会似的。她心里装的只有她自己的事。她像是被施了催眠术似的，全然顾不上托利克。比起他每天在各个商店闲逛的时间，今天还不算晚，因此他根本就不抱希望妈妈会突然想起他，然后跑来学校。

然而妈妈来了，正靠着门框，站在门口。托利克凝神地望着她那苍白的面容，知道又出事了。

"啊——"伊佐利达·帕夫洛夫娜看见了托利克的妈妈，亲切地拖着长音说，"快请进！我们正在等您呢……我们班出大乱子了……今天我们班一位实习老师的课被搅了……"

这次再没有人笑，班级里只剩下一种压抑感。伊佐利达·帕夫洛夫娜老师还在对托利克的妈妈说：

"我不得已把全班同学都留下，现在正在逐个问他们。一半同学都以少先队员的名义下了保证，说不是他们干的……"

她十分得意地瞥一眼整个教室，脸上掠过一丝似笑非笑的表情。

"您也知道，"她依旧冲着托利克的妈妈说，"我相信这些孩子。而且我很怀疑，干坏事的恐怕就是我马上要问的那个学生。"

托利克的心又提到了嗓子眼儿。

"他功课没准备好，" 伊佐利达·帕夫洛夫娜扬扬自得地说，"对此他已经向实习老师承认了，所以决定要让课上不成。"

妈妈低着头站在黑板前，仿佛让这堂课上不成的是她，是她没准备好功课，并且还向实习老师说明了这一情况。

"您知道这个学生是谁吗？" 伊佐利达·帕夫洛夫娜假惺惺地问。

妈妈呼哧呼哧地喘气。

"您饶了他吧！" 妈妈的声音小得勉强才能听见，"这是我的不对！是我不好！"妈妈的眼睛里噙满了泪水，"警察局我刚刚去过。他把邮箱烧了。不过不是他的过错！错的是我，是我！"

托利克全身都在颤抖。他周身发冷，手像两块冰，脚也冻僵了，脑袋像被铁箍箍住了似的。

教室里静得连掉根针都能听得清清楚楚。

突然，教室里又是一阵骚动。孩子们把课桌弄得噼啪乱响，家长们有的说话，有的咳嗽，闹哄哄一片。

"那这是为什么呀？"科利亚的妈妈气呼呼地嚷嚷，"您既然知道是谁干的，何必还要把全班同学都留下？为什么要让三十个孩子都饿着肚子在这儿待着？"

"为什么？" 伊佐利达·帕夫洛夫娜气势汹汹地进行回击，教室里又变得鸦雀无声，"就为了给孩子，也给那些不明事理的家长，"她看一眼托利克的妈妈，"上一堂教人忠诚老实的课！"

"简直莫名其妙！"科利亚的妈妈边扣大衣边向门口走去，说道，"莫名其妙！也许您有自己的教育方法，但这实在是太令人不能容忍，居然安排了这么一出闹剧！再说托利克家里也确实是出了事！"说着她指了指可怜巴巴的托利克妈妈，"难道您没看见？"

伊佐利达·帕夫洛夫娜的脸变得绯红，但没说话。

"咱们走，科利亚！"科利亚的妈妈边说边把门打开，差点儿和校长撞个满怀。

校长一步跨进教室，托利克看见他光亮的头顶上渗出一层汗珠。

"伊佐利达·帕夫洛夫娜，"他惊讶地问道，"您还没把事情处理完？"

但是几乎没人在意他的这句话，也没人去理会伊佐利达·帕夫洛夫娜了。家长们纷纷从长椅上站起身，大声地说着话准备离开。

忽然，科利亚·苏沃洛夫的喊声盖过了大家的声音。

"妈妈，你等等！大家都等等！"

走到门口的那个女人停下了脚步，上校也呆住了，白头发奶奶又在长椅上坐下。

"你们等等！"科利亚又喊道，向校长转过身去。"我知道，"他说，"我知道是谁擦掉了黑板上的字！"

大家都愣住了，等着看事情如何收场。

"但是我不能说出来，"科利亚说，他两眼发亮，头上一绺蓬起的毛发像公鸡一样支起来，"因为您说过大家得替一个人承担责任！如果有谁不愿意替大家承担责任，他就是叛徒！如果别人为他而受到责难，他又不吭声，他也是叛徒！"

托利克看见科利亚的妈妈有些困惑地望着自己的儿子。但她似乎并不觉得吃惊，只是咧嘴笑了笑，像是在赞赏科利亚，在为他高兴，因为他像个大人那样一点儿也不怯场，说话那么大声，所以对他的勇气表示赞赏。

科利亚停下来不说了，大口喘着气，仿佛准备要潜入更深的水底。

"现在嘛，"他说，"您可以检查一下每个人的手……"

"您去检查一下每个人的手吧，米哈伊尔·米哈伊洛维奇。"科利亚把话又重复了一遍，"因为博布罗夫把抹布拿到厕所去了，这就是说，黑板上的字是用手擦的。我确定是用手擦的，而且那只手不管怎么搓，也会留有粉笔灰。"

科利亚坐下了。托利克满怀感激和诧异地看了他一眼。科利亚今天是第二次帮托利克的忙了。他真是个好样儿的！托利克望着科利亚，心里变得快活多了，就像他在海上游泳，当力气已经用得差不多了，真可谓筋疲力尽的时候，科利亚游了过来，扔给他一个救生圈，或者伸手给他，把他拉上了岸。

马哈尔·马哈雷奇沉默片刻，然后如释重负地舒了口气。

"米哈伊尔·米哈伊洛维奇！"伊佐利达·帕夫洛夫娜惊讶地叫起来，"这算怎么回事呀？"

校长用询问的目光望了望家长们：

"怎么样？咱们来查查怎么样？"

"那太好了！"那位害怕土匪的白头发老奶奶没好气地说，"查到底吧！"

"查到底！"齐帕的爸爸也说。

而这时马哈尔·马哈雷奇已经在一排排课桌间走开了，检查每个人的手。

十四

忽然，托利克看见齐帕在裤子上使劲地搓手。

是齐帕干的！一定是齐帕干的！他这是做贼心虚！原来他是想报复托利克，坏蛋！

马哈尔·马哈雷奇检查过叶妮卡的手，看了看齐帕的小手掌，竟什么也没发现。他就要去检查下一个同学了，玛什卡·伊万诺娃忽然说：

"还有裤子！"

马哈尔·马哈雷奇又回过身来。

"喂，请站起来！"他对齐帕说。

齐帕慢腾腾地从课桌底下抽出两条骨瘦如柴的长腿。

齐帕裤子上的膝盖部位一片白，好像在黑板上爬过一样。

齐帕脸色变青，他回过头看看家长们。

齐帕的爸爸脸像切开的红瓤西瓜，他走到儿子跟前，大手啪的一声打在儿子的腮帮子上。

"你这个混账东西！"他吼道。

五年级甲班全体同学哈哈大笑起来。有人趴在课桌上，有人躺倒在地板上，像着了魔似的放肆地哈哈大笑。

齐帕在那里号啕大哭。伊佐利达·帕夫洛夫娜的夹鼻眼镜不再一闪一闪的了，她溜到一个角落去了。家长们惊惶地拉起自己孩子的手，要他们安静下来，玛什卡的哥哥还重重地打了妹妹一拳，但都无济于事。

猛然间，科利亚·苏沃洛夫的妈妈不再站在门边，很快地从一排排课桌间走过。她眼睛睁得老大，目光中流露出恐惧。她从一排排课桌间走过，摸摸孩子们的头，轻轻地拍拍他们的脸，同学们才慢慢地平静下来，偶尔还会听见几声抽泣。

教室慢慢平静下来，好久没有笑过的托利克突然像个大人一样悟出了一个道理：如果在这种时候孩子们哈哈大笑，大人们就该呜呜哭了。

他来不及好好考虑这个问题，忽然听见挨着玛什卡·伊万诺娃坐在第一张课桌座位上的妈妈哽咽着失声痛哭起来……

第三章 新认的儿子

一

在铺着一块方格漆布的桌子中央，放着一张纸，桌布像大海在大晴天里闪烁发亮，那张纸则像一个木筏。如果能给它装上一面帆，又能有温煦的清风从后面吹送，它就能漂走了……只是不知漂到何处去！

外婆、妈妈和托利克围桌而坐，他们盯着那页白纸，谁也不说话，好像在想如果给木筏子安上帆，又有温煦的清风吹送，它会漂到何处去的问题。

不，外婆是不会去想这种事的。而且她也不是在盯着那张纸看，她的目光像是穿透了漆布和桌面，她大概是又在酝酿新的惩罚手段吧！

妈妈望着那张纸，脸上很痛苦，就像她身体的什么地方在疼，可她不说，强忍着。她后来不再看那张纸，目光落到旁边的空椅子上。爸爸过去就是坐这把椅子。

妈妈望着这把椅子，目光中流露出忽而惊异、忽而询问的神情，像是想向椅子打听什么，然后又重新垂下目光，低下头，盯住那张纸。她顾不得去想木筏，顾不得去想大海，也顾不得去想温煦的清风。

只有托利克一个人觉得这漆布像大海，那张纸像木筏，而绝不是什么法院的传票。

他根本就不明白——怎么会和法院扯上关系了呢？

到法院去受审的都是小偷、流氓，可为什么要传讯爸爸和妈妈呢？他们犯了什么罪吗？

爸爸离家出走，他做得很对。他不想再像从前那样生活下去。可妈妈愿意这样。两个人就这样走散了。正像俗话所说，两个人各奔东西，分道扬镳了。至于说托利克遭罪，那是他的事。至于说妈妈抹眼泪，那就别抹好了，如果真想解决问题，就另想办法吧。爸爸离家出走，那是他自己的事，别人管不着。也许还与外婆有关。别人就不用多管闲事了。

这下子可好了——法院送来了传票！托利克想象着法官穿一件黑色大礼服、戴一顶小圆帽的模样，跟演电影差不多。而爸爸和妈妈坐在一条黄灿灿的长凳上，那是被告席。

"会怎么审判你们呢？"托利克问妈妈。

"也就是协商协商。"妈妈没精打采地回答，"看怎么样把你给分了。"

真新鲜！还要分他！他是个大蛋糕吗？托利克觉得很好笑。他想象着法官摘下小圆帽，挽起黑色大礼服的袖口，接过一把形同比目鱼又长又宽的刀——托利克在食堂里见过这种刀——然后把托利克像切大蛋糕一样一分为二，一半给妈妈，一半给爸爸。

早上妈妈不去上班。她打开衣柜，取出那身漂亮的连衣裙。

"傻瓜！"外婆撇了撇嘴，说，"穿次一点儿的！法官又不是草包，他们都比较同情穷人！"

妈妈听从外婆的话，穿上一身旧衣服，抹上口红。

这时外婆又发话了。"去你的吧，"她说，把围裙递给妈妈，"把口红擦干净。法庭上还会有听众，你想想看，你会给人一个什么印象……"

外婆从暗兜里掏出一把钥匙，咔嚓一下打开塞满破烂的箱子。她取出一条补丁摞补丁的旧裤子，递给托利克。

"干吗呀？"托利克莫名其妙，"法院是传妈妈，又不是传我。"

"妈妈不是你的？"外婆发脾气了，一看托利克蔫了下来，又说，"你跟我坐在一起，如果问什么问题，你就回答。你还得注意瞧……"她把腰板挺直，"注意瞧我……"

托利克心想，法院一定是个圆柱大厅，而且那里一定比医院安静多了，因为是法院嘛！人民法院！人们在那里决定什么人该下大牢，什么人该无罪释放。

实际上法院却是一幢灰色的房子，一幢又脏又破的灰色房子。大厅里烟雾腾腾，痰迹遍地，像一个偏僻的小车站。

托利克惊惶地左顾右盼，透过烟雾仔细看每个来人的脸。他觉得来到这里的人都应该很激动才是。因为这是法庭，不是游乐场，人们都是因为发生了不幸的事情才上这儿来的。

但周围的人都在闷闷不乐地走来走去，好像他们是在逛商店，等运来牛奶。他们已经等得不耐烦，可还在等。

托利克有那么一刹那觉得，来到这里的人的脸都是一个样——拉得长长的，蜡黄。里面的空气太闷了。托利克想出去，可这时他看见这些长脸上都有了表情，两眼也有光了。身后的门砰的一声响，托利克转过身去。

一名警察进了前厅，走在他前面的是个剃了光头的中年男人。他的眼睛看着地板，两手背在身后，从托利克身旁走了过去。

像学校里一样，天花板下面的铃丁零零地响了。人们骚动起来，又吵又嚷，拥进那扇高高的门。

"唉，这些人哪！"从托利克身后传来一个熟悉的声音，"就像来看马戏一样！"

他回过头去，看见波利娅大婶跟外婆和妈妈站在一起。波利娅大婶摇了摇头，转过身去对外婆说：

"我看你的良心都叫狗叼走了，你就不怕上帝惩罚你？"

外婆连眼皮都不眨一下，一动也不动，好像聋了似的，仿佛别人不是在跟她说话。波利娅大婶只好责备地看了妈妈一眼。

"还有你呀，玛莎，怎么能这样呢？你们让孩子受的罪难道还不够，还要把他拉到法院来？"

妈妈的脸红了，眼睛马上变得潮湿，她不知道该说些什么才好。波利娅大婶来到托利克跟前，抓住他一只肩膀。然后对妈妈和外婆说：

"我同他到外面去等。"

妈妈点点头，于是托利克跟波利娅大婶向门外走去。

六月的风似一股清泉冲刷着托利克，他如释重负地舒了口气。

此时，爸爸就站在他面前。

爸爸离家出走之后，家里墙上的日历本已经撕去了一大半。

爸爸脸色苍白地站在他面前，这段时间发生的事像快镜头一样，一桩桩地在托利克的脑海里浮现开来。

他记起了最后一次拥抱爸爸的情景。当时爸爸站着，好久不刮胡子，绷着个脸，提着一只塞满皱巴巴衣服的网袋；他记起了写第一份状子的情景；他还记起了那位邮递员，那辆红灯一闪一灭的"莫斯科人"牌小汽车，那个烧着的橙黄色的邮箱，那位从党委来的大叔，那次和齐帕的厮打，黑板上的字被擦掉的事件和薄嘴唇的伊佐利达·帕夫洛夫娜：这些往事乱哄哄地从托利克的眼前掠过。

托利克急忙从爸爸跟前闪开。有多少不幸、委屈与眼泪使父子俩变得天各一方啊！最重要的是一种恐惧感使他俩疏远了。

托利克害怕见到爸爸。他这些天来都怕见爸爸，前些日子这种害怕心理还是模模糊糊的，这次却不一样，他感到害怕，爸爸站在面前就足以使他害怕。

托利克等爸爸开口骂他，或者更糟糕——从他身边走过去，像个陌生人。为那两封信爸爸说什么也轻饶不了托利克，说什么也不能原谅他！因为就是为了那两封控告信，他们才来到法院，法官将会判父母离异，然后再分托利克。不，他干过的那些事是无论如何也无法挽回了，是不可饶恕的！

爸爸突然一步跨到托利克跟前。托利克全身缩成一团。

"托利克！"爸爸声音沉痛地叫道，"托利克！我的儿子！"

爸爸向托利克伸出双臂，所有痛苦和可怕的往事在这一瞬间顿时烟消云散，就像有人用一块神奇的橡皮在墨迹斑斑的作业本上擦了一下，那张脏纸一下子变白了似的。

托利克张开双臂向爸爸扑去。

他扑向爸爸，像一只雨燕在大街上凌空飞起，飞得老高，用双翅冲破阻挠，从屋顶、白杨树梢和烟囱上空一掠而过。他看见了大大的太阳，看见了身边的云彩。他轻松地、无拘无束地笑了。

二

可现在他又落到地上。眼前是一幢破破烂烂的房屋。就在这幢房屋的灰墙里面，爸爸和妈妈正在出庭受审。

托利克曾在画上见过司法女神。那是一位蒙住双眼的阿姨，手里举着天平，很像集市上的女贩子在称东西。她在称什么呢？在称罪过！谁的罪过大，天平就往哪边沉。

托利克毫不怀疑，如果称得公平，就会往妈妈那边沉。她的过错更大。爸爸一点儿过错也没有。不过谁又知道会怎么样呢……那位神话中蒙住眼睛的阿姨什么也看不见，很可能这次也是如此。

托利克的身子动了动，他从纷扰的思绪中回过神来，问波利娅大婶：

"被判有罪可怕吗？"

"那就看是谁了，"波利娅大婶摇摇头，"想必是怪难堪的。"

托利克想起了那些拉长脸的家伙。波利娅大婶骂过他们。他们都是些什么人，他到底也没弄明白。

"啊！"波利娅大婶一挥手，"这里面有各种各样的人。别人遭到不幸，他们却像跑来看电影一样，就是爱凑热闹……"

是这样吗？托利克不相信。这不可能！法庭不可能随便让人进来，而且还是免费。那等于是对大伙儿说：随便看吧，随便听吧，看法院怎么裁决。

"里面也是这样？"他点了点头，不知所措地问。

波利娅大婶明白地说：

"里面也是这样。"

托利克心怀忐忑地又想象起那个黄灿灿的被告席。妈妈和爸爸坐在上面，旁边是那些幽灵一般的人。他们死死地盯着妈妈和爸爸。他曾以为里面只有一个法官。就是对一个法官也不能什么都说出来，可里面还有那么些拉长脸的家伙，这太让人难堪了！

太阳高悬在头顶上，隔着一层衣服还烤得后背热辣辣的。波利娅大婶把头巾拉下来挡住眼睛，突然问道：

"要是判他俩离婚，那你跟谁过呢？"

托利克惊惶地看了波利娅大婶一眼。这话问得真对啊！他怎么忘了呢？得赶快做出抉择才是。跟爸爸还是跟妈妈呢？托利克想起了他在厂门口等爸爸的那天。如果那个时候问他跟谁，他会毫不犹豫地说：跟爸爸！爸爸被赶出家门那天，托利克就做了义无反顾的决定，他要跟爸爸一起过。爸爸当时说了，这事很难办到，得等一等，于是托利克同意了。

可后来事情弄得一团糟。

今天一切又照常了。托利克原以为爸爸会不理他，爸爸却向他伸出了手。这不就是说一切照常吗？要和过去一样？这不就是说他应该跟爸爸在一起吗？

托利克陷入了沉思。

跟爸爸在一起！他本想把这意思告诉波利娅大婶，但不知为什么没说出口。好像没见着爸爸的这些日子以来有一根线断了。他曾无比兴奋地扑向爸爸，可现在想，他那时候如此欣喜若狂，大概是因为得到原谅的缘故。爸爸原谅了他，向他伸出了手，于是恐惧心理一扫而光。这些天压在他心灵上的包袱终于卸掉了，马上又变得一身轻松。也许就因为这个原因，他才如此欣喜若狂？

托利克为自己像个自私鬼一样考虑问题而深感惭愧。

是啊，托利克惭愧极了。可波利娅大婶在等他，得回答她提出的问题，这时托利克不知所措地耸耸肩膀。

"他们还要把我分了呢！"他苦着脸说，"像分东西一样。"

"是吗？"波利娅大婶觉得奇怪，"可我还以为你是个活人哩，会自己拿主意。"

托利克满头是汗。他感到羞愧难当，又再次耸耸肩膀。

"好吧，"波利娅大婶边叹气边说，"你答不上来不怪你。再说爸爸和妈妈都是亲人，如果说要在他们之间做出选择，那是他们的过错。不是你外婆的过错，不是别人的过错，是他们两个人的过错。"

"爸爸没有错。"托利克坚定地说。

"噢！"波利娅大婶长叹一声，"他没错！那好吧，就照你说的……"

两人都不说话了。

托利克想起冬天波利娅大婶曾对他说过，要他和爸爸别把妈妈扔给外婆。托利克当时点了点头，不过他又能有什么法子？

"唉，如果我的科利亚还活着就好了！"波利娅大婶突然怅怅地说，"我们根本就不会去离婚……"

托利克惊讶地向她转过身去。波利娅大婶的眼睛瞪得老大，她在往前看，仿佛想尽量瞧见前方有什么东西。

"他如果还活着……"她痛心地重复了一遍，突然又激烈地说道，像是在和谁抬杠，"是啊，男女都是为了爱才凑到一块儿的，就了白头偕老，不求同年同月同日生，但求同年同月同日死！"

她停了停，又说：

"这么幸运的人不多，但是真有同一天死去的。"

这有什么可幸运的？托利克觉得费解，但没说话。波利娅大婶说得太伤感了。

"说得也是，还提这个干什么？"她叹了口气，抹去了眼泪，"各人都有自己的命。不过即使所有的人都要受这份苦，我也不愿意让别人遭这份罪。"

波利娅大婶用头巾擦去眼泪。只听见门砰的一声响，外婆从法庭里出来了。她容光焕发，脸蛋儿亮得像擦得干干净净的茶炊。托利克却心中一怔。外婆要是笑，就说明事情不妙了。

"天哪！"波利娅大婶一声叹息，"莫非她遂心了？"

妈妈和爸爸尾随在外婆身后。他俩绷着脸，谁也不理谁。

"你刚才在这里看样子是很难过吧？"外婆走到波利娅大婶跟前审视着她，大声说，"你呀，可怜的人！"

"真拿你们没办法。"波利娅大婶警觉地一会儿看看爸爸，一会儿看看妈妈，千方百计想猜出庭审的结果。

"到此结束了！"外婆高兴得皱起尖尖的鼻子，宣布说，"玛莎真够棒的！往后谁要想告状，最好先动动脑子。"

爸爸眼睛望着脚下，在离妈妈远点儿的地方停下来。

"唉，瓦西里耶夫娜呀！"波利娅大婶心里很不是滋味地说，"你这个人既不懂得怜悯，也不知道疼人。你哪怕可怜可怜女儿也好呀！"

"关你什么事，你这个老绝户！"外婆大发脾气。

波利娅大婶站起来边走边对外婆说：

"你的上帝会惩罚你的。"

"我们见识过这样的上帝。"外婆冷冷一笑，干瘪的手指往天空一指。

"玛莎，"爸爸叫妈妈，"咱们是不是再谈一谈？"

头顶突然响起长长的雷鸣，吓了外婆一跳。托利克不禁哈哈大笑。

雨下起来了，越下越大，这是夏天清新的雨。

妈妈淋着雨，不时望望外婆，急得团团转，最后还是下定决心一步跨到爸爸跟前。爸爸小心翼翼地挽起她的胳臂，领她向两幢大楼之间的玻璃亭走去。妈妈开始走得很慢，像是有所顾虑，后来跑起来了，像小孩子一样跑得飞快，把水坑里的水都溅了起来。

托利克从远处看了他俩一眼，也跑过去。

玻璃亭是个冷饮店。

等托利克跑进去，爸爸和妈妈已经面对面围桌而坐。一看见托利克，爸爸显得有些尴尬，妈妈脸也红了。

"是你？"她觉得奇怪，问道。

托利克一怔。这么说，他俩把他忘了？或者，他俩想单独待一会儿？

他咬紧颤抖的嘴唇，转身便往外走。马上离开这里，直接钻进雨幕中去，让他俩见鬼去吧！突然爸爸的大手搭到他肩上。

"过来坐下，托利克！"爸爸说，"咱们仨来谈谈。"

如果在平日，托利克早就跑开了，但这次已顾不得去生气。爸爸的声音听起来有些不安。托利克像个象棋裁判，只是选手面前摆的是插有彩球的花瓶。

"怎么样，玛莎？"爸爸板着面孔说，像是开了局，"正如你现在看到的，我们的事也做得太绝了。"他掏出一支烟来吸，"我只想声明一句：如果不是我对法庭抱有最后一线希望，是绝不会先到法院来起诉的。"

他狠狠地吸了口烟。

"所以，就像在法庭上那样，我再一次向你表示：咱们还是一道离开这里吧。这是唯一能拯救咱们的办法。"

"不，别佳，不！我不能走。"她急促而低声说，"不能扔下母亲不管。"

"可你也该懂得！"爸爸大声说，以致店里的人都朝他们转过身来。"你该懂得，"爸爸小声地重复了一遍，"母亲和母亲也不一样……哼，这还有什么好说的！"他失望了，"你又不是不明白这些道理。"

"我怎么能把她扔下？她已经上了年纪，"妈妈又说，还可怜巴巴地看了爸爸一眼，"不，我不能这么做……"

"那好，"爸爸把烟头摁灭，回答说，"现在一切都取决于你了。那个家我肯定是不回去的。我再也不能那样生活下去了！"

妈妈呜呜地哭起来。店里的服务员聚在一起喊喊喳喳议论，还不时地把目光投向他们的桌子。但妈妈已经控制不住，任凭眼泪一个劲儿地往下淌，直接就滴在冰激凌上。托利克看不下去了。

"妈妈！喂，妈妈！"他绝望地小声说，"难道你真的不同意？"

妈妈匆匆地瞥了托利克一眼，含着眼泪笑了笑，又深情地对爸爸说："你应该回家，我不能没有你！"

"唉，玛莎呀玛莎！"爸爸苦笑着说，"你这个人真怪，难道瓜能强扭吗？"

托利克关心的是他的问题，他一直等着他们谈起他的事。他怎么样了呢？判给谁？是怎么分的他？然而爸爸、妈妈都不提他的事，就像是把他给忘了。

"那我呢？"托利克不安地看着妈妈和爸爸，问道，"我怎么办呀？"

"你？"爸爸若有所思地反问道。

爸爸看了看妈妈，问道：

"我想，托利克是咱俩共同的吧？"

妈妈惊惶地点点头。

"那你说，我什么时候去看儿子？"

"星期天。"妈妈回答说，抬头望了一眼玻璃墙。

外面雨停了。

然而妈妈的眼睛里再一次涌满了泪水。

三

从那天起的每个星期天托利克都被分成两半。头天晚上他是妈妈的，但从早上开始就属于爸爸了——法官还是把他像一块蛋糕似的分成了两半。

托利克早上起来，用完早点，然后眼睛就一直盯着窗外，望着大门。等爸爸在大门外出现，当爸爸的身影刚一闪现，托利克就大声对妈妈说：

"我走了！再见！"

父子俩一直逛到天黑，去看电影，到玻璃亭去吃冷饮，去坐电车，坐到终点站再返回。各种甜饮料喝得不能再喝。热得实在受不了时，便到河边去。

托利克最喜欢天气炎热的星期天。碰到这种天气，他们就到河边去。托利克在齐胸深的水里瞎扑腾，睁着眼睛扎猛子，看着闪烁着光芒的太阳在河底跑来跑去。

爸爸则有些懒洋洋地游泳，他伸出双臂一划，身子便马上向前冲去，只见浪花在他身边翻滚。爸爸的双臂青筋暴起，非常有力，皮肤在太阳下被晒成了古铜色。

　　爸爸还教托利克游泳。他让托利克骑在肩上，就像古罗马神话中的海神尼普顿一样在水里穿行。波浪在爸爸的面前分开，他一步步地向深水走去，走到齐脖子深的地方，叫托利克在他肩头上站起来，并喊道：

　　"往水里扎！"

　　托利克心里很害怕，因为这里距离浅水区还有一段距离，再说从爸爸的肩头往下跳怪吓人的。但他不做声，免得丢人现眼。他闭上眼睛，朝岸边方向一跳，便全力抡起胳臂。在"哗啦哗啦"的拍水声中，他听见爸爸在一旁给他鼓劲，不知不觉竟然游到了岸边。

　　游累了，他俩躺在岸上，悠闲地聊着天，托利克给爸爸身上堆满黄沙，把腿、肚皮和胳臂都盖住了，只留下脑袋在外面。

　　爸爸脑袋枕在沙土上，嘻嘻地笑着，讲着各种各样有趣的故事。比如说，工程师都是怎么来的，"工程师"这个词意味着什么，原来呀，这个词源于拉丁文的"ingenium"，意思是一个人有天分，会发明创造。如此说来，工程师是发明家。托利克很奇怪：莫非每个工程师一定得是发明家？爸爸说是毫无例外。有的发明创造能力低一些，有的高一些。但一般说来，工程师大概算得上是国家最重量级的人物。任何一部机器，哪怕就是其中一件最最普通的零件也是工程师想出来的，是由他们设计和精确计算出来的。

　　"那熨斗呢？"托利克笑了。

　　"那还用说。"爸爸笑着说，"一个人没有熨斗能不能活下去？当然能喽。只是……如果大家都是那么衣着不整，那还叫什么生活？"

　　"茶壶也是？"托利克觉得不解。

"茶壶也是，吊灯也是，还有飞机、电灯泡，甚至一根针……"

他俩说着笑着。突然托利克不放心地问：

"你既然已经转到车间，那就不再是工程师了吧？"

爸爸向他一眨眼，回答说：

"我又回去了。"

"这么说，你又在设计机器了？"托利克高兴地问。

"不是机器，而是一个部件。"

托利克笑了，因为这么说来，外婆还是输了。她这是活该，以后叫她别再多管别人的闲事！托利克为爸爸高兴，因为爸爸又变得和从前一样乐呵呵的，不再愁眉苦脸了。

托利克每次和爸爸见面，和爸爸下河去游上一阵，到沙滩上去躺躺，似乎觉得自己变得更强壮有力了。

而过去的多少天来他是那么垂头丧气，早上醒来不知道白天要干什么。一句话，一个人要失去生活的信心，那是最糟糕的，他的生活就会变得枯燥乏味，充满忧愁和痛苦。托利克在太阳底下晒得太久了，以致全身爆起了皮。但托利克已不再缺乏信心，他变得越来越快活，越来越高兴，越来越有力，自由自在地过着日子。

可托利克万万没有想到，给他力量的爸爸也会打他耳光。

事情是这样的。

一个星期天，他们父子躺在沙滩上，聊着托利克长大后干什么。爸爸要他去当工程师。工程师——这可是太好了！走在大街上，汽车迎面开来，这汽车就是你设计的。

他俩躺着，心平气和地聊着。突然，托利克看见齐帕和老师的女儿叶妮卡正在离他们不远的地方安营扎寨。他俩老练地将伞插入沙土里，脱掉衣服，然后两人手拉手到水里，像一对鸭子在那里拍水嬉戏。

如果爸爸不在身边，托利克大概也不会去重温那些旧事，但爸爸就在身旁，所以托利克简直都憋不住了。他真想到齐帕和叶妮卡跟前去，让那两个坏蛋看见爸爸，让他们知道托利克不是什么叛徒。

　　"你怎么啦？"爸爸看见托利克的眼睛里流露出一种猎人常有的目光，惊诧地问他。

　　"我马上就来！"托利克边说边一路小跑向齐帕和叶妮卡跑去。

　　齐帕和叶妮卡还在那里瞎扑腾，呜哇乱叫。快跑到他们跟前时，托利克突然想起他俩那次课间休息也是这样互相追逐着往楼下跑。他们是跑去找伊佐利达·帕夫洛夫娜要表扬的。"好，好，"托利克怒火中烧地想，"我现在就来问你们这件事。"

　　"喂！"他向齐帕和叶妮卡跑去，喊道。

　　他们一看见托利克，吓得不再呜哇乱叫，也不再瞎扑腾。

　　"怎么样？"托利克稳住呼吸，问道，"天气还好吧？"

　　叶妮卡一侧身子从水里露出来，但托利克后退一步，像在会上那样举起了手。"你们别忙，"他说，"等一等。我向你们提一个很迫切的问题。"

　　叶妮卡停下来不动，斜着眼睛看托利克。

　　"那次，"托利克问，"就是你们得 4 分的那次，事先是伊佐利达·帕夫洛娜给你们打过招呼，告诉要提问你们的吧？"

　　齐帕脸红了，叶妮卡大叫起来：

　　"这关你什么事？"

　　不过托利克并不打算和她纠缠，好男不跟女斗嘛。

　　"是不关我的事。不过我想跟齐帕算那笔旧账，给他一个嘴巴。"

　　说实在的，托利克根本就不打算去打齐帕一嘴巴。那老兄原来是个胆小鬼，站在那里直发抖呢！不过揍他一下还是应该的。不是为了算老账，也就是给他那么一下罢了，然后再回转身，不慌不忙地向爸爸走去，让他俩都瞧见他是和爸爸在一起。

托利克稳稳当当地瞄准好，朝齐帕的下巴就给了一拳。齐帕弯下身子，一个趔趄倒在浅水区里。

托利克掉转身子，像事先安排好的那样，不慌不忙地从叶妮卡身旁走过，找爸爸去了。

他原想爸爸不会说什么，因为爸爸应该明白是怎么回事——托利克跟爸爸聊过学校的事。

但爸爸从沙堆里爬出来，迎着托利克走过来。两人快走到一起的时候，爸爸一扬胳臂，托利克顿时感到脸上有一种火烧火燎的感觉。

"你记住，"爸爸说，"任何时候也不许炫耀自己的力量，或者炫耀自己有后台。"

托利克闹了个大红脸。

"居然当着叶妮卡的面，"他想，"当着这个大坏蛋的面，让人下不来台！"托利克抓起衣服，拔腿便跑了。

"你站住！"爸爸冲他喊。

但托利克没有回过身去。都到家了，他才平静下来。晚上他想来想去觉得爸爸是对的。事情都过去好长时间了，现在不应该再去找齐帕的后账。

托利克心里对爸爸备加赞赏，决定等星期日向爸爸承认他打人不对。

但爸爸星期日没来。

又过了一个星期也没来。

过了一个星期又一个星期，还是不见爸爸的身影。

四

托利克不着急，也不烦恼。他猜爸爸大概是又出差了，所以得耐心等候。因为爸爸不会因为他打架而生他的气。

星期日他哪儿也没去，就看书，他坐到窗台上，让爸爸能看见他，他也能看见他们约定的地方。

托利克悠然自得地看书，心里却在惦记爸爸，同时不无惊奇地发现，妈妈在家里急得像热锅上的蚂蚁。她还从来没有这么着急过，可今天动不动就往窗外瞅，好像爸爸不是来接托利克，而是来接她。

托利克发现，每当爸爸来家里，他俩从院子里走过时，妈妈总是目送他们往外走。她从不走到窗前来，而是站在屋里远离窗口的地方，可托利克直到拐弯前都还能感觉到她的目光。有一次他把这事告诉了爸爸。爸爸回过身去，托利克看见妈妈马上离开窗口，爸爸皱起了眉头。

"她在看你呢。"爸爸说。

"你说什么呀！"托利克叫了起来，"哪有这种新鲜事！她那是在看你！"

"绝不可能！"爸爸叹了口气，又抽起烟来。

大人总是有些奇怪。瞧，妈妈多想跑出来见爸爸啊，可她不动一步。爸爸也是如此。好像他们之间横着一条不可逾越的鸿沟。

唉，托利克多么希望妈妈和爸爸重归于好啊！很愿意他俩又能偎依在电视机前，很愿意他俩又能相视而笑，很想拉着他俩的手，把他俩领到跟前，对他们说："你们和好吧！"

正好明天就是妈妈的生日。他应该马上就去把爸爸叫来。也许，他们喝上几杯酒，聊一聊，两人就和好了。不，这样并不高明，爸爸不会来的。况且爸爸出差在外，又到哪儿去找呢？

过去，每逢妈妈生日，爸爸都要送她一小把花。大把他买不起，半个卢布他都是省了几天中午饭才攒下来的。虽说礼物不贵重，但每次妈妈都高兴极了。她总是小心翼翼地把花抱在胸前，抚摸着，然后放进温水里，好让它们开的时间更长。

爸爸如果能回家，而且还带着鲜花，那可真是太好了！跟从前一样。可托利克知道，爸爸不会来了，这是毋庸置疑的。

他从窗台跳下来，来到走廊。波利娅大婶就像专门在等他似的。一听见有人敲门，马上便出来了。他向她借了五十戈比，便去邮局了。那儿有大量的彩色明信片出售。托利克挑了很久，最后买了一张带鲜花图案的，好像是母菊，只不过是红的。他在明信片的背面写下几句祝词。

托利克回家把明信片夹在书里，等晚上天黑下来，又出了门。

城郊的一片老坟地后面有几处温室，里面好像是培育有香菇和黄瓜。紧挨着这些温室，还有一大畦一大畦的鲜花，看上去很像一条五彩斑斓的长河。

托利克来到花畦的篱笆前，小心地向四周观望。

四周静悄悄的，篱笆里面好像一个人也没有。

托利克翻过篱笆，一头钻进香气馥郁的花丛里。花朵在他头顶上摇曳，纤细的花枝在颤动，托利克慢慢地顺着花畦爬，到处找那种大朵大朵的母菊。有只狗突然在附近汪汪地叫了几声，接着拉长声一阵狂吠。

"像是有人钻进来了。"寂静中传来一个尖溜溜的嗓音。

托利克一动也不敢动，狗不叫了，他赶紧下手摘花。他已经顾不上什么红色的母菊，最好是赶紧走掉。他一下子从地里拔出一大抱花，站起身，拔腿便向篱笆跑去。

鲜花遮挡了他的脸孔，妨碍他的视线，再加上野草也缠腿，跑到篱笆跟前，托利克将那抱花扔出去。虽说那只狗已经气得只顾狂吠，但声音还是从原来的老地方传来，并没向他靠近，所以他并不紧张。看样子狗是用链子拴着的。托利克对此感到庆幸，刚爬上篱笆，他就傻眼了，知道大事不好——有只强劲的手抓住了他的衣领。托利克一挣，小褂撕开个大口子。

"小无赖！"是个老人的尖嗓子，"小无赖！连根带土拔的。"托利克觉得有双强而有力的大手在扒他的裤子。

"大伯！"他大声喊道，"别这样，大伯！"

狗还在远处狂叫，月亮就悬在头顶上，映出冷峻的青铜色光辉。托利克突然觉得他像是被浸入热得烫人的水里。他全身抽搐了一下，疼得哼哼起来。

"活该，活该！"还是那个尖嗓子在吼叫，"我叫你尝尝荨麻的滋味，小无赖！"

"大伯！"他又喊道，"大伯，别这样，我不是无赖，我是给妈妈摘的，她今天过生日。"抓他的那双手松开了。

"原来如此！原来如此！"那个尖嗓子惶然地说，"既然是要送给妈妈，干吗不买？"

"我没钱。"托利克一边提裤子，一边小声说。

月光里，老人那把大胡子和鹰钩鼻特别显眼，还有身后挎的枪。

"这么说，真的是给妈妈摘的？"老人不好意思地干咳了几声，问他。

托利克小声地哼哼着，点了点头。他觉得后背火烧火燎地疼，真想哭，但忍住了。还不知道下一步会怎么样呢，要是进了警察局，就什么礼物也别想弄到了。

老人不停地捯着脚说：

"我也觉得奇怪，多少年来都没人溜进来偷花，你还是第一个钻进来的呢。"

托利克擦去眼泪。

"咱们走！"老人厉声说道，转过身去。

托利克全身哆嗦，小声地呜咽，提着裤子跟着老人走。

老人在两个花畦中间走着，不断弯下腰去，把小剪子弄得咔嚓咔嚓直响，一边把花归成一把，一边说：

"我本想把枪装上盐粒儿打你的，要用盐粒儿打你更疼。"

托利克连连点头。老人像个内行的理发师在花间剪来剪去，最后将一小把香喷喷的花交给他。

"漂亮吗？"老人突然问。

"漂亮！"托利克哼哼呀呀地应了一声，拔腿便向篱笆跑去。

"你先别忙！"老人冲他身后喊道，"干吗要翻篱笆呀？那边有栅门嘛！"

托利克咬紧牙跑出花圃。

他一只手提着裤子，另一只手像攥火炬一样攥住花束，在黑暗中跑着，不时被树枝绊得跌跌撞撞。

突然，托利克发出一声尖叫。

一个歪歪斜斜的十字架耸立在他面前。在银色月光的映照下，十字架的两侧石板闪烁发亮，看上去很像是十字架从里向外反射出一种清冷的霓虹灯光。托利克甚至觉得还听见了轻微的噼啪声响。

他像是被蜇了一下，向旁边一闪，然后不顾一切地跑起来。

托利克跑得飞快，觉得路两旁像是有什么东西在闪光。他告诉自己只朝前看，目不斜视，而且最好就盯着花看，盯着那把抖动着的香气扑鼻的鲜花。但是他还是那么害怕，恐惧像一根无情的鞭子一直在追随着他。

托利克找到波利娅大婶时已浑身冒汗。被荨麻抽过的地方跑起来时顾不上疼，现在一歇，又疼了起来。他的唯一慰藉是那把鲜花。

那一支支花在抖动，散发着清香，托利克觉得它们比明信片上画的更耐看。

托利克请波利娅大婶将花插在水里保存到第二天早晨，而他自己却浑身晃悠，一跳一蹦，呼哧呼哧地直喘气。

"你怎么啦？"波利娅大婶双眉颦蹙问道。

他不得不红着脸实话实说，波利娅大婶听了不禁哈哈大笑。

"没钱还想搞来东西呀！"

说着她去厨房拿来一条湿毛巾。

"你听我说，小伙子！"波利娅大婶依旧笑着说，"脱下裤子，在这上面坐半小时。我嘛，到厨房去待一会儿。"

波利娅大婶走了，托利克对她的吩咐一一照办。

坐在毛巾上，马上舒服一些，不再是那么火烧火燎地疼了。他盯着老人送的花，忍不住笑了。

假如商店的牌子上写着"挨一顿揍可以得到一把花"，那会出现怎样的情景呢？

五

星期一妈妈上班去了，托利克把他弄来的花摆出来，花束间还塞进了那张明信片。

妈妈如果问起来，他就说是爸爸让转交的，别的什么也不说。

托利克吹着口哨上了街，一切烦恼已经丢到脑后。太阳像个小男孩在白云里沐浴，迸射出它灿烂的光辉。树叶泛着银光，一棵棵大树看上去很像身披铠甲的巨人，正在摇摆巨臂般的树枝。它们就差佩上威严的长剑了。

唉，放假什么都好，就有一点不如意——城里生活太枯燥。托利克这个假期没去夏令营。因为他过去是参加爸爸工作的那家工厂组织的。

这次嘛，就不能这样了。不过这也不算倒霉，因为夏令营也好玩不到哪去。整天都是操练队形，吹号吃饭。第一次还不错，第二次凑合，第三次就腻烦了。

城里夏天人少，有的人走了，留下来的人又都躲在家里纳凉。

是啊，无所事事的日子太难熬了。托利克不愿过这种日子，于是上街去逛。他不慌不忙地在暑气熏人的大街上游荡，看到什么都挺感兴趣。

整天对着柏油马路看来看去，好像是无聊透顶的事。其实不然，太有意思了。柏油马路上尽是一个个小洞，它们是高跟鞋留下来的。年轻女人都爱穿细高跟鞋。这就是说，有不少年轻女人从这儿走过去了！还有火柴棍。人们点燃了烟，把火柴棍扔掉，有人往上面一踩，火柴棍便陷入柏油里。仔细一看，这一根根火柴棍还挺像黑乎乎的河中放流的木段子呢。

汽车站有两个老太太在等车。其中一个全身都在发抖，她年纪很大了，但眼睛还明亮，只听见她在对另一位老太太说：

"我做了个梦，梦见一个小孩，他还对我说'你是上帝的奴仆'。看来是个好兆头。"

托利克心里直犯嘀咕：做梦有什么好兆头可言呢？可他对老太太却是怀着敬意，因为她已经这么大年纪了，还对生活抱有希望。老太太真不简单！

在火车站附近，托利克在一个擦皮鞋的小摊前站住了。一个胡子拉碴的大叔头戴一顶小圆帽，满头大汗，正在给一个军人把鞋子擦得锃亮。毛刷子随着他的手上下翻飞，然后沙沙作响。他不时推开靴子，将毛刷抛起来，只见小刷子像小小的螺旋桨在空中急速翻飞，然后又落到擦鞋师傅手里。

托利克看着毛刷子在空中翻飞，满是尘土的皮靴像上了漆一样又变得锃亮，觉得很神奇。他看了很久才往回走，一路上还在琢磨怎样去告诉妈妈，说花是爸爸送的，不料却面对面和爸爸撞上了。

托利克高兴极了，一把抓起爸爸的手。真是太幸运了！他想马上告诉爸爸鲜花的事，然后劝他回家。哪怕是去待上半个小时也好！给妈妈说上几句好听的话，向她表示祝贺……

托利克想开口，但当着外人又觉得难为情。爸爸身旁还站着一个满脸不高兴的男孩，看上去也就是个六七年级的学生。他留着短平头，像个拳击运动员，宽宽的肩膀从蓝色的足球衫里向外突，再加上一条用大针脚缝得密密麻麻的德克萨斯牛仔裤，就更像一个运动员了。一看见托利克，"拳击运动员"眨巴几下眼睛，然后目不转睛地望着托利克的爸爸。

爸爸默默无声地掏烟来吸。他显得有些慌乱，大口大口地吸着烟，目光呆滞，像是在痛苦地思索着什么。

最后他用沙哑的声音说：

"你们认识认识吧！"

托利克有些不可思议，走到男孩跟前，向对方伸出手去。男孩握了握托利克的小手，轻轻地抖几下，向托利克表示问候，然后突然用力一攥，疼得托利克"哎哟"一声。

"我叫焦姆卡。"男孩的声音像是雷鸣。

"你听我说，托利克，"爸爸好像什么也没留意，自顾自地说道，"我成新家了……"

"新家是什么意思？"托利克想，"爸爸这是在吓唬人。得赶快告诉他花的事。"

"今天是妈妈的生日，"托利克提醒爸爸，"你没忘吧？"

"没忘，没忘，"爸爸慢条斯理地说，"请向她转达我的祝贺。只是我……"

"只是……只是什么？"托利克内心里没好气地把爸爸的话重复了一遍，"如果我代表爸爸把花拿回家怎么样？"

"只是，"爸爸大口大口地吸着烟，接着说，"我怎么跟你说呢？一句话，我成了新家……焦姆卡就是我的新儿子……"

霎时托利克的耳朵突然变得不灵了。他看到爸爸翕动嘴唇在说着什么。一辆电车无声地从一旁驶了过去。焦姆卡踢了踢一块石头，也没一点儿声息，像踢一团棉花。

大街上铺设了有轨电车的铁轨，街两旁是巨人般的白杨树，街面上铺着黑色的沥青，现在它们都突然歪向一旁，慢慢地旋转起来。托利克看见吓坏了的爸爸和困惑不解的焦姆卡，后退一步，背靠在了墙上。他摸到了那些麻麻拉拉的砖块，大声喊道：

"傻瓜！"

他听不见自己的声音，但是看见过往行人都朝他转过身来。

突然，他又听到声音了。

"托利克！托利克！"爸爸急得连连叫他。

焦姆卡还在那里踢石头，马路上又驶过去一辆电车。

"托利克，托利克！"爸爸一直叫他，抚摸着他的肩头。

托利克用尽全力一拳向爸爸的胳臂打去。

这就是说，焦姆卡成了爸爸的儿子。既然有了儿子，也就有了妻子。爸爸有了新家。说得再简单一些，那就是爸爸永远离开他们，一去不复返了。以后再不会有什么生日可言，也不会再有什么鲜花。

托利克想哭，但哭不出来。托利克只是觉得嘴里特别苦，还有一种重压感。就像他肩上扛着一只铅桶，压得他想在地上坐下，靠着墙，疲惫地合上眼睛，用两只手堵住耳朵，什么也不想听，什么也不想知道，一切都去它的吧！

"多卑鄙啊！"托利克心想，"爸爸的举动多卑鄙啊！"

他一直认为爸爸在这件事上是无辜的。他一直都在恨妈妈，认为妈妈像个古时候的奴隶，不起来反抗外婆。她像个哑巴，老是不吭声。她不站出来支持爸爸，要怪都得怪妈妈的软弱。是她不表态坏了大事！他一直是向着爸爸的，一直都认为爸爸是对的。

托利克突然产生怀疑：爸爸能干出这样的事吗？

他可以起誓！他可以像替自己担保一样替爸爸担保。可没想到……

就是说，就在他俩一同上浴场，一同在玻璃亭里吃冷饮，一同乘电车闲逛的那些星期天以外的日子里，爸爸还过着另外一种生活？他另有所想，另有所思？

只有星期天他才变成原来的爸爸，和托利克东聊西聊，教他游泳，甚至还打了他嘴巴，说是要教他懂得什么叫公理。

公理……那叫什么公理呀？爸爸先打了他耳光，然后又让他和新儿子认识，那公理又何在？

新儿子！啊，这听起来有多别扭啊！新儿子，就像有老儿子似的。

在托利克的想象中，那些老儿子一个个都是蓄着胡子的小老头儿。他们吹着铜号，打着鼓，排着整齐的队列向他走来，他在这个队列中看到了他自己，他像契诃夫一样蓄着山羊胡子，也戴眼镜。

托利克看了焦姆卡一眼。新儿子一直在踢那个石块。他双手插兜，平头在太阳下闪闪发亮，根本就瞧不起自己这个老儿子。

托利克突然攥紧双拳，向那位具有运动员体型的小伙子扑去。虽然这纯粹是鸡蛋碰石头，焦姆卡的身高与体宽都是他的一倍，但托利克完全不在乎这些。他使出全身的气力，小拳头雨点般无力地落在焦姆卡身上，嘴里还不停地念叨说：

"揍死你，坏蛋！揍死你，新儿子！"

六

回到家，浑身无力的托利克咕咚一声倒在床上，眨眼的工夫便进入了梦乡。

他梦见自己是那个蓄着山羊胡子的小老头儿。眼镜像伊佐利达·帕夫洛夫娜的夹鼻眼镜那样闪闪发亮，手里转动着鞋刷子。旁边被细高跟鞋戳了很多小洞的柏油马路上站立着一个不穿裤子、有一对小小翅膀的婴儿——如此说来，婴儿就是圣子了——正在饶有兴味地望着托利克转动手中的小刷子，还若有所思地一再重复说："你是上帝的奴仆！你是上帝的奴仆！"

梦境中托利克像是被什么人推了一把，醒过来了。妈妈站在他面前，正抚摸他的肩头。

"你呀，我的丈大（夫），我的丈大（夫）。"她笑吟吟地说。

"怎么啦？"托利克吃力地问。一个小时以前所经历的事像又黑又脏的雾气，从他心头泛起。

妈妈递过来明信片，托利克看到了昨天他在邮局写下的那几个字："亲爱的玛莎，衷心地祝愿你生日愉快。你的丈大（夫）别佳。"

托利克苦笑了一下，写错字了，是丈夫，不是丈大，丈夫是从大丈夫气概、男子汉大丈夫这些词来的。瞧这下子出了多大的错啊！而且现在也不是大丈夫了，没有了一点儿大丈夫气概，没有了一点儿男子汉大丈夫的样儿……成了一名叛徒……

托利克看了看明信片上的花，一把夺过小纸片。

"你这是要干什么？"妈妈很惊讶。

"不干什么。"托利克沉着脸回答说。"说不说呢？"他想，然后毅然摇了摇头。如果将今天见到爸爸的事告诉妈妈，真难以想象会发生什么事情。他最好是不吭声，把爸爸和那个新家埋藏在心底。

妈妈望着托利克，乐滋滋地笑着，因为有人给她送花了。她穿一件跟她眼睛颜色相近的蓝色连衣裙，打扮得漂漂亮亮，而且看来还想对托利克说些什么。

"爸爸在那儿？"她小声问，还朝窗口点了点头。

托利克一激灵。

"怎么啦？"他很快地问道。

"不，没什么，"妈妈有些不好意思地回答说，"是你叫他来的吧？"

托利克坐下。桌上的大蛋糕还在冒热气，一只深盘子里隐隐约约看出盛的是肉冻，几只酒杯中间戳着一瓶酒。"这就是生日！"托利克不时看看妈妈，心里很不是滋味地想，"她如果知道这是什么样的生日，该有多难受！"

"是你叫的吧？"妈妈心情激动地问，托利克看出她很希望爸爸能回来。

"不是。"他说，一步跨到窗前。

爸爸在大门口急急忙忙地抽烟，并不时望着窗口，看见托利克，马上对他招了招手。托利克的心顿时一阵紧缩。他和妈妈上次一样，从窗前往后退。

"你怎么啦？"妈妈在他后面问，"爸爸在叫你哩！"

托利克不说话，在餐桌旁坐下。

"那，"她没有把握地说，"那我自己出去一趟。"

妈妈看看托利克，再看看外婆，仿佛在征求他俩的意见，希望得到他们的同意。托利克绷着脸望着盘子，外婆却装出一副什么也没听见的样子。

"那我走了。"妈妈不知是在求得他们的同意，还是再一次表明自己的态度，说完便来到走廊。

"他不会进来的。"托利克很有把握地推想爸爸。还果真如此，妈妈脸色苍白、手足无措地回来了。

"他不来，"她说，"他叫你去呢，有话要对你说……"

托利克悄然无声地嚼着肉冻，却吃不出味道。太阳穴的血管在突突地搏动。"有话要说！"他满怀怨恨地想，"爸爸都说完了，还有什么好说的！"

夜里托利克常常醒来，而且每次醒来都要担惊受怕地想起爸爸，就像是他刚刚明白发生了什么事。托利克绝望中攥紧了拳头。怎么办呢？怎么办呢？……他泪如泉涌，为了不惊动妈妈，托利克只好把头埋在枕头里痛哭。

鲜花在夜深人静中散发出清香。托利克回想起他是费了多大的劲儿才搞来的花，把自己骂了个狗血喷头。他那样做都是为了爸爸啊！

他仰面躺着，一会儿昏昏欲睡，一忽儿又哆嗦着再次醒来，眼睛睁得老大。托利克觉得他是在迷宫里迷了路。他合上眼睛，迷宫又成了无底洞。他在向下坠落，掉进了黑洞洞的无底深渊。

早上托利克头疼欲裂，身子像灌了铅似的沉重。他往脸上泼了一把水，揣了块面包，便出门了。

院子里依旧空旷而冷清。太阳还是那么明亮，但它已经不再像那个犹如飘荡在云端中的小男孩，它就是一个叫人无法张望的火球，热得让人腻烦透了。那些大树也不再像巨人，成了一座座由上向下耷拉的树叶堆成的小山。柏油马路散发出呛人的暑气，路面上的大洞小眼已经让托利克兴味索然。

有人叫托利克，他转过身去，是爸爸。

"你等等，托利克，"爸爸叫他，"我有话对你说。"

托利克仔细地瞧了瞧爸爸的脸。从鼻子伸向嘴角的那两道皱纹更深了，额头上有好些乌黑的折痕，眼睛像一对凝结了的小冰块。托利克想，爸爸马上就变成陌生的路人了。

爸爸叽里咕噜地说着话，但托利克并不听，仿佛爸爸站在一块厚厚的玻璃后面，随后托利克转身跑开了。

"托利克！"爸爸叫他，"你等等！"

托利克听出爸爸的声音中有一种绝望的口气，但他更加快了脚步。

托利克像个运动员，曲着肘，用鼻子呼吸，两条腿用力蹬离地面，步子有节奏地跑着。突然，他听见身后有脚步声。

有人追他。身后的那个人越来越近，托利克撒开腿便朝前猛跑。他都已经把屈肘、用鼻子呼吸和用力蹬腿等跑步要领统统忘到了脑后。托利克在大街上飞快奔跑，只听见从身后传来时断时续的喘息声。

他想："这是怎么回事呢？是爸爸发火了，要找他像上次在浴场那样好好谈谈？让他好好把话听完，理解这一切？向他表明自己在这件事中没有过错？没门儿！这次不灵了！"

托利克越跑越快，已经觉得两条腿不听使唤，嘴发苦，胸发闷。他已经精疲力竭，扭过头去一瞧，原来追来的不是爸爸，而是爸爸的新儿子。"是爸爸叫他追来的！"托利克想，"要不就是他为昨天的事来找我算账！"

但是托利克已经累得跑不动了，他停下来靠在板墙上喘着粗气。

有拳击运动员体型的焦姆卡一步步向他逼近。

"好呀，你揍吧，揍吧！"托利克绝望地说。他又再度变得什么都无所谓了。

"瞧你跑得多快！"焦姆卡呼哧带喘地说，"好像有人追你似的！"

"好像他没追我？"托利克暗自说，但没说出声，心里还在犯疑：

这个新儿子怎么不慌不忙的呢？人们碰到这样的事一般都是挺着急的。

"你听我说！"焦姆卡的平头在阳光下闪亮，他已经逐渐平静下来，说道，"我找你有话说！"

"这小子还有话要说。"托利克下意识地想了想，不过还是二话没说就跟着焦姆卡走了。他俩在板墙根的一段原木上坐下，焦姆卡往外掏烟。

"你吸烟吗？"焦姆卡问，嗓音是低沉的。

托利克摇摇头，但是自己也觉得很突然地伸手去接过一支烟。

焦姆卡狐疑地看看托利克，递给他火。托利克吸入一口苦涩的烟，嗓子马上痒痒的，直想咳嗽，但他只是干咳了一声，尽量控制住自己，千万别丢了脸。现在托利克不再是一口口地往里吸了，而是大口大口地把烟吞进去，再从鼻子里喷出来，还挺像个烟鬼哩，就是呛得眼泪都快流出来了。

"你真傻！"焦姆卡在原木上直挺挺地躺下，对托利克说，"也不问问我稀不稀罕你爸爸，像个愣头青一样，一上来就要和我打架！"

托利克惊讶地注视着对方。

"你可是他的新儿子呀！"托利克说道。

"新儿子！新儿子！"焦姆卡生气了，"我有自己的爸爸！"

托利克莫名其妙。

"怎么，你有两个爸爸？"

"唉，你真傻！"焦姆卡一下子跳起来，"你真傻！我只有一个爸爸，妈妈把他赶跑了，而后就是你爸爸来了。明白了？"

托利克点点头。

"你这个爸爸与我毫不相干。明白了？我有自己的爸爸！明白了？我恨你的爸爸！明白了？"

焦姆卡每问一句，托利克都忙着点头。

"你快去找到他吧，"焦姆卡说，"就告诉他，说我恨他。明白了？让他走好了！"

托利克又点头。

"我自己也对他说过，"焦姆卡伤感地说，"可妈妈光知道哭，还说她要去上吊……"

焦姆卡叹了口气。

"如果不是为了妈妈，"他又说，"我早就跑得远远的了。"

七

从那次和焦姆卡见面之后，托利克又喜欢待在窗前了。他经常几个小时地在窗前戳着，两眼呆呆地望着窗外。其实，他什么也没看见。所有进入他视线的东西，头脑里都没留下一点儿印象。

托利克有自己的心事。

托利克想，要是新儿子恨爸爸，就是说爸爸的日子也不好过。可见他现在和焦姆卡的想法是一致的。托利克想叫爸爸回家，而焦姆卡是想叫爸爸离开他们家。

过去托利克什么事都由大人说了算。决定由他们去做，事情由他们去干。喜欢不喜欢，都不关他的事。就像把菜做得了，用盘子端上来，不管爱吃不爱吃，就往嘴里扒拉吧！

如今是彻底翻了个个儿。他不再是默不作声地任人摆布了，得采取行动，才能把事情办好，而不是等待！

托利克觉得，应该告诉爸爸，说焦姆卡恨他。焦姆卡有自己的爸爸，不需要新爸爸。爸爸怎么能跟恨自己的儿子一块儿过呢？爸爸应该离开那个家……

托利克心里盘算着这件事，始终也解不开心中的疑团：爸爸为什么要娶第二个妻子呢？他哪儿来这么大的勇气？爸爸在家里实在是忍受不下去了，所以才离家出走，这托利克是清楚的。他走是因为不能跟外婆过到一块儿去，他走是为了表示抗议。

那时候托利克可怜爸爸，喜欢并谅解爸爸，现在是蔑视爸爸。既然爸爸那么快就没事儿了，娶了新妻子，有了新儿子，就说明他说的那些话、他干的那些事，统统一文不值……

托利克心里在痛骂爸爸，他不相信会有这种事。爸爸居然是个叛徒，这像是荒诞的不可能的事，真叫人不寒而栗……他想起自己自从写了那两封控告信后，有多么苦恼啊。他认为写下那两封信是犯罪行为，当时他真苦恼极了，简直恨透了自己！但是他是别无他法。可爸爸呢，难道有人逼爸爸去这么干吗？

不，这一切都不可思议，所以托利克决定对爸爸采取报复行动。

看来焦姆卡的主意不坏。由托利克去找爸爸，告诉他，焦姆卡永远也不会成为像托利克那样的儿子，焦姆卡恨他。

托利克忽然想起了爸爸、妈妈上法庭那天，想起了爸爸和妈妈在玻璃亭里说的那番话。"强扭的瓜不甜。"爸爸当时说。强扭的瓜不甜，这话说得对极了。是不是他想用这句话告诉妈妈他是挽留不住的呢？

托利克从家里出来，听见了一种很奇怪的声音。

电车站上，有个戴草帽的小个子胖大叔被人团团围住。他看上去也就比托利克稍高一点儿，但比两个托利克还要胖。托利克马上对他起了怜悯之心。这位戴草帽的胖大叔很吃力地举着一支粗大的铜号，吹得脸都圆了。

胖大叔在吹奏一支老掉牙的华尔兹舞曲，这支舞曲叫《阿穆尔河之歌》，托利克听过多次。吹奏者眼里含着忧伤，好像还有几分醉意。

人群不时发出一阵阵笑声，可那位胖大叔还一直吹呀，吹呀，送走了一辆又一辆的有轨电车，好像他就专门站在这里为一辆辆电车送行。"嘟嘟嘟，嘟嘟嘟，嘟嘟嘟！"他的号声激越昂扬，而人们不停地走拢过来，哧哧地笑上一阵，用手指点着他，还有人从背后拍一下他的草帽。

胖大叔停下来不再吹了，回过头看了一眼，皱了皱灰白的眉毛。一辆电车开过来，他举着号爬上去，可是却卡在门口了。站上的人哈哈大笑，有人还吹了一声口哨。托利克看到这种情景，眼泪禁不住夺眶而出。这些人的心多狠啊！他一蹿跳上电车门口，帮胖大叔把号拿下来。号手登上了电车，托利克下来向站上的人群转过身去，看他们一个个都在努力傻笑，便喘着粗气大喊：

"你们这些坏蛋……"

有人止住了笑，但还有人在笑个不停，像什么也没听见似的。猛然，胖大叔从电车窗口探出身子，冲站台上的人群大声说：

"唉，你们真怪啊！还笑？我刚才那是在为一个朋友送葬呢。我们在一个乐队里一同演奏了三十年。"

他坐下来，将号伸出窗外，又吹起了节奏缓慢的华尔兹圆舞曲。

"嘟嘟嘟，嘟嘟嘟……"号声呜呜咽咽，电车缓缓地启动了。

车站上的人一哄而散，各奔东西。只有托利克还站在铁轨上，把牙咬得格格响，不让自己哭出声来，眼巴巴地看着载走号手的红棕色电车顺着蓝色的铁轨绝尘而去。

他觉得那些人是在笑他，是他的一个老朋友死了。是啊，情况实际上也是如此。这时，有人抓起了他的手。托利克抬起眼睛，原来是爸爸。瞧，爸爸就是那个死去的老朋友。

"我有话要对你说。"托利克像是甩掉了号手，深深地叹了口气说道。

"我也有话要对你讲。"爸爸一边掏烟，一边说。

他俩走进一间玻璃亭。托利克首先问道：

"你干吗要这么做？"

"你应该先想办法了解了解我的处境。"爸爸低下头说，"这种生活把我折腾苦了。你外婆真叫我受不了，你妈妈又不爱我，所以最好是一刀两断……"他看了一眼托利克的眼睛，"我唯一的希望，我唯一所想到的，就是要你谅解我，原谅我。我非常爱你。"爸爸说，"同时请你继续做我的儿子。"

他说"我的"这两个字时抬高了声音，似乎是在强调托利克应当成为他的儿子，而不是别人的。真是个大怪人！如果说你还有爸爸，难道可以做别人的儿子吗？

"你能谅解我吗？"爸爸问。

托利克回想起载着号手绝尘而去的电车，想起车站上围观的人。那些寻欢作乐的人根本就没心思顾及胖大叔的心情。唉，人们啊，就是缺乏相互谅解，不愿意谅解。所以爸爸才问："你能谅解我吗？"因为他自己理解不了也无力去理解别人。

"不，"托利克像看车站上围观的人那样，定定地看着爸爸，回答说，"我不谅解你，因为你不对。妈妈爱你，爱你，你明白吗？她只不过是太软弱，所以你应该帮助她才是。"

"怎么帮助？"爸爸高声问道。

"我说不上来，"托利克小声说，"但你应该帮助她。你们俩应该互相帮助。"

爸爸将目光掉开。

"不过这还不是我要说的。"托利克接着说。

"焦姆卡恨你，他不希望你成为他的新爸爸。他有自己的爸爸。他还说，要你离开他们。”

托利克想，这一定会给爸爸带来意想不到的打击，爸爸会很难过。

可爸爸只是点了点头：

“我知道，这我知道！”

八

又过了一天，早上，院子里传来一声口哨声。托利克向窗外看了一眼，瞅见了齐帕。

真是个不速之客！

来人不止一个，稍远处还站着几位托利克不认识的小伙子，他们显然是同齐帕一道来的。

“你出来一下！”身材细高的齐帕放肆地说，“咱们谈谈！”

托利克马上意识到事情不妙，但要窝在家里不出去又太丢人。他攥紧拳头走下台阶。

院子里没什么人，只有齐帕和那五个小伙子。

齐帕走近托利克，从上往下打量了他一眼，噘起嘴唇，用个手指狠狠地戳了他肚皮一下。托利克觉得意外，赶紧后退，小伙子们哈哈哈一阵狂笑，齐帕又慢腾腾地向他逼近。托利克脸憋红了。要是齐帕揍了他，他还不至于这么委屈。为报旧仇揍他一顿也就算了，可齐帕是用手指戳他，这是对他的侮辱。

齐帕在向他逼近，托利克则恶狠狠地向齐帕扑去。他瞅准齐帕噘起的嘴唇，但没够着，只击中齐帕的下巴。托利克的手感到一阵剧痛，弯下了身子。等他再挺直腰，发现自己已经被五个不认识的小伙子和齐帕团团围住。托利克转了一圈，想在这个包围圈里找个薄弱环节，后背却挨了重重的一拳，随后雨点般的拳头从四面八方落到他的身上，他仿佛掉进了脱粒机里。他眼睛直冒金星，有个人还击中了他的心口，大地倾斜起来了，托利克一屁股坐到沥青路面上。

过了好一会儿，托利克恢复了知觉。只见小伙子们在往冬天玩冰球的白杨树下逃窜。有个体格匀称、宽肩膀的小伙子跑得飞快，一会儿追上这个，一会儿追上那个，于是他们一个个像地球游戏中的木柱纷纷倒下。追他们的那个人两只胳臂都派上了用场。他右手没拿东西，就用这只手揍对方的鼻子。他左手提着一只鼓鼓囊囊的提兜，就用这只提兜揍那些胆敢抵抗的人。

托利克摇摇晃晃地欠起身子，跑过去帮那位救命恩人的忙。他一上去就碰见了齐帕。这次托利克打中了齐帕的嘴唇。齐帕大叫起来，嘴里吐出粉红色的泡沫。托利克还给另一个人使了个脚绊儿，正揍得起劲时和那位救星碰到了一起。

惊愕中托利克一动不动地站住了。

那个人原来就是焦姆卡。他喘着粗气，眼睛似乎冒着火，左手将那只沉甸甸的提兜抢得飞快。

小伙子们一哄而散。焦姆卡冲他们身后打了声唿哨，那伙人跑得更快了。托利克幸灾乐祸地笑了。他全身都在颤抖，还想追上齐帕和那伙人，揍得他们满大街乱滚。

"喂，"焦姆卡打量着托利克，说，"他们把你整惨了。"

托利克逐渐平静下来，动了动好像变厚的舌头。嘴里咸津津的，有颗牙还松动了，被打坏的那边脸也火辣辣地疼。

"快回家去洗把脸！"焦姆卡说。托利克转身回家去了。

他扫了一眼家里那几扇窗户，站住了。外婆正在忧郁地望着他。托利克不记得她什么时候这么看过人。外婆不再对托利克咄咄逼视，目光也不再那么刺眼。他觉得她就是在那儿沉思。过去从来不沉思的外婆突然沉思起来了。

托利克犹豫一阵儿，又转身向焦姆卡走去。

"不能回家。"

他俩向大街上的水龙头走去。一股强大的水流冲洗着托利克的脸蛋儿。他马上就变得凉快和舒服多了，也不那么疼了。

"没事儿，"等托利克用手绢擦干了脸，焦姆卡安慰他说，"宁要一个行家，不要两个力巴。"

他俩沿大街走着。

焦姆卡又说：

"你如果不想当力巴，就练拳击吧。"

"你练吗？"

"嗯！"焦姆卡稍稍举起提兜，里面是一副拳击手套。

他俩就这样在便道上站住了。托利克戴上鼓囊囊的拳击手套，嘻嘻笑着挥动几下。

"咱们走？"焦姆卡注视着托利克，问他。

"去哪儿？"

"去训练呗。你去看看。如果你愿意，我去找教练说说，他会收下你的。"焦姆卡打量了托利克一眼，笑笑说，"你身材合适，分量轻。"

运动大厅只让穿运动鞋的人进去。托利克没带运动鞋，所以他只有脱去皮鞋，赤脚往里走。大厅里凉快、安静，只听见好像从天花板上某个地方传来教练严厉的口令声，在大厅里引起很大的回响。小伙子们排成一列横队，又是跑步，又是跳绳，还弯弯腰，挥挥手。这些人一个个都像小牛犊一样肩宽体壮，又都留的平头，焦姆卡混在里面一时都认不出来了。

托利克一直盼着拳击练习开始，想一睹焦姆卡的雄姿，但这次没让焦姆卡上场。他正在一个角落里和另一个小伙子蹦来蹦去，揍对方戴拳击手套的手。上场的是另外两个人。其中一个浅色头发，留着刘海，一双小眼睛颜色素淡。他老是蹦来蹦去，躲躲闪闪，一次次地蹿到对手跟前，碰上别人伸出来的拳头。另一个小伙子黑不溜秋的，沉着冷静，似乎就只管出拳去揍那个浅头发的对手。

　　教练夸那个黑不溜秋的小伙子，对浅头发说，要学会吸引对手，而不是躲躲闪闪。最后浅头发的小伙子终于蹦出麻烦来了。黑不溜秋的小伙子伸出一个拳头，瞅准机会，用另一只手给浅头发的小伙子来了一拳，揍得对手身子晃了几下，鼻子流出了血。

　　托利克看得都着了迷，可等浅头发的小伙子鼻子流了血，他就到走廊去了。他看到浅头发的小伙子强作欢颜，小眼睛里却是凄苦的表情，他心里很不是滋味。

　　刚才托利克就大打了一场，那是一场真正的搏斗，把高个子齐帕的嘴唇都打豁了，自己也在水龙头前吐了血沫。可那是打架，那是一场战斗。托利克可以把院子里那场战斗的起因一是一、二是二地讲出来。在这里黑不溜秋的小伙子却无缘无故地揍了浅头发的小伙子的鼻子。也许他并不想这么干，因为黑不溜秋的小伙子看上去心肠不错，就在揍浅头发的那个小伙子时，也是心平气和的。

　　不，托利克不想无缘无故地揍人，也不想无缘无故地把别人的鼻子打出血。他只认那些真正的打斗。可这里是既认真，又像在闹着玩。

　　焦姆卡挥动着提兜出来了。

　　"不喜欢？"焦姆卡问，"你是还没真正弄明白这是怎么回事。"

　　"不，"托利克回答说，"我弄明白了。我就是不想这样打斗。"

　　焦姆卡笑了。

"想这样打吗？"焦姆卡说着，还冲托利克点了点头。托利克摸摸脸，颧骨上起了个大包，那颗牙还是那么松动，还在流血。

"也不想这么打，"托利克重申，又突然补充说，"总之，凡是打斗我都不想介入……"

他借这些话表达了自己的思想。在这场家庭纷争中他确确实实已经筋疲力尽。无休无止地跟外婆斗，跟妈妈斗，跟伊佐利达·帕夫洛夫娜斗，跟爸爸斗，跟齐帕斗，他的对手什么人都有，就是现在跟他和和气气走在一起的焦姆卡也成了他的对手。因为自从托利克和爸爸谈过话后一切都还是老样子，事情没有任何转机。爸爸仍然不回家，焦姆卡依旧是爸爸的新儿子。爸爸的新儿子就是托利克的敌人。

说是敌人，可托利克奇怪的是他对焦姆卡并没怀有任何敌意。恰恰相反，他觉得焦姆卡的所作所为像个同志，不，比同志还亲，像个朋友。托利克挥拳揍过对方，对方却没动过自己一根毫毛，甚至一次也没提起过这件傻事。今天的厮斗是跟齐帕那伙狐朋狗友，那就更没说的了。焦姆卡比托利克高两个年级，可说话和气，不摆架子，也不吹嘘自己力气大。就说现在吧，焦姆卡边走边考虑托利克说的关于打架的话，并没笑出来，也不作声，这意味着他表示理解。

"那你就不打吧！我只不过是敬佩那些力气大的人，不，不光是人！"焦姆卡笑笑，又说，"你愿意听吗，我来给你念一段？"

他俩在一条长凳上坐下，焦姆卡从提兜里掏出一本书。

"这本书是讲海豚和鲸鱼的，是一本好书。你听吧！渔夫用鱼镖捕获了一头抹香鲸。鲸鱼被捕时，总是想法偷偷溜掉，这头抹香鲸却不然，而是冲过来。"焦姆卡开始念道，"抹香鲸掉转头，向船只冲过来。一头十二三米长的鲸鱼用头猛撞了一下船舷。船只一下子倾斜得很厉害。鲸鱼那一撞相当有力，以致船上的钢板都吱吱嘎嘎一阵乱响。很多水手落水，船上发动机失灵，只好将船拖回港口。"

焦姆卡瞅了托利克一眼，赞赏道：

"听见了吧，多了不起的一头鲸鱼！"

"鲸鱼嘛，那当然喽！"托利克不以为然。

"可你还不如鲸鱼，"焦姆卡说，"每个人都应该学会自卫！"

九

和焦姆卡在一起真有意思。他对海豚和鲸鱼非常了解，提出的问题托利克都答不上来。

他问：

"你知道一头最大的鲸鱼有多长吗？"

托利克耸耸肩，答不上来。

"三十三米！它如果直立起来，得有九层楼房那么高，大极了！"

托利克觉得新鲜，如果有一头鲸鱼在大街上走，所有的人都得躲开，那可真是太有意思了。

焦姆卡又说：

"这样的鲸鱼会有多重，你知道吗？有一百五十吨。如果把它放到天平上去称，另一端就得放上两千人作砝码……"

托利克想象，游行的时候这两千人都能挤满一个广场。

"或者搁上四十辆大轿车！"焦姆卡继续说。

"那最小的鲸鱼也得有十米长吧？"托利克问。

"这是最小的鲸鱼，我最喜欢这种鲸鱼。"焦姆卡指着书上的图片说。

"你见过？"托利克觉得新鲜。

"没有……这样的鲸鱼最温顺了，又小，只有一米长。"

焦姆卡知识丰富，他像竹筒倒豆子一样把他知道的都倒了出来，使托利克大开眼界。原来海豚的游速是每秒五米，这和特别快车的速度相差无几；一头鲸鱼的心脏有一匹马那么重，它的血就有十吨；海豚之间还会说话，它们在海里能救人，一头海豚的大脑比人脑不知要大多少倍。

"你以后想干什么呢？"焦姆卡又问托利克。

托利克耸耸肩。他很久没想过这个问题了。最早他想当个飞行员或海员，不过这已经是很早以前的事了。后来他就不去想这些遥远的事了，顾不上……

"我要当个深海考察队员！"焦姆卡口气坚决地说。

"什么，什么？"托利克没听明白。

"当个深海考察队员。我以后要研究大海。你知道我这是什么意思吗？就是训练海豚！"

焦姆卡满怀激情地望着托利克，他那双眼睛熠熠生辉。托利克感到有些不可思议，焦姆卡住在一个陆地城市，城外只有一条小河，他怎么会对大海如此钟情？

"你见过大海？"托利克问。

"没有！"焦姆卡兴冲冲地说，"只在电影里见过！"

看电影的时候，托利克也多次见过大海，他饶有兴味地瞄了焦姆卡一眼。一次也没见过大海，可还热爱它，热爱海豚和抹香鲸，焦姆卡真是个有想法的人。

"哼，这没什么！"焦姆卡脸上放光，大声地说，"爸爸答应了要带我去看大海。"

爸爸！这两个字深深地刺痛了托利克的心。

"哪个爸爸？"他惊慌不安地问。

"我爸爸呗，我的爸爸。"焦姆卡沉下脸，"你别着急。"说着，闷闷不乐地吸起烟来。托利克也吸。他俩就这样边谈论爸爸边吸着烟。

"你的爸爸是干什么的？"托利克沉吟有顷，问道。

焦姆卡陷入沉思。"他当然不会，他不会带我去看大海。"焦姆卡苦笑着说，"我爸爸是个酒鬼。"

托利克睁大眼睛望着焦姆卡，原来是这么回事啊。

托利克想起爸爸喝得醉醺醺的那个晚上。爸爸过去从来也没喝醉过——虽然他常喝酒，但喝醉也就是那个晚上。所以托利克虽说常碰见顺着板墙磨蹭的酒鬼，但想不到会因为酗酒而失去爸爸。

"妈妈刚开始还可怜他，"焦姆卡说，"把他送去住院治疗，他却从那里跑了，喝得醉醺醺地回家来。就穿着医院的大褂，里面什么也没穿。妈妈一气之下就把他赶出了家门。"

焦姆卡嘘了口气，吐出一缕青烟，眯上了眼睛。

托利克可怜起焦姆卡来了，可怜他的爸爸和妈妈。

"你喝过白酒吗？"焦姆卡向托利克转过身去，突然问。

托利克摇摇头。

"我喝过，"焦姆卡说，"趁家里没人的时候，特意喝了几口，就想知道爸爸为什么这么爱喝酒。"

焦姆卡不说了。

"说下去呀！"托利克催促他。

"我倒了半杯，一口喝了。辣啊，真是辣极了！马上头晕目眩，就像在拳击场上被人击倒在地，感到恶心。后来妈妈回家了，她闻了闻杯子，解下皮带狠抽了我一顿。她边哭边揍，边揍边哭，可我什么也不能对她说，舌头都转不过来了。她吓坏了，担心我会成了酒鬼。"

焦姆卡冷冷一笑：

"你那个爸爸也开始酗酒了。"

托利克打了个哆嗦。爸爸开始酗酒了？不，这不可能！

"你撒谎！"托利克恶狠狠地说，"你说了他很多坏话，那是因为你恨他！"说完，托利克自己也为说出这样的话感到吃惊，好像他是在劝说焦姆卡要爱他的爸爸似的。

"喂，你听我说！"焦姆卡生气了，"要说我不喜欢他，那说对了。但要让我说他的坏话，去你的吧。"

是啊，焦姆卡不是那种信口开河的人。

"我只想让他快些离开我的家，"焦姆卡叹了口气，"但一直想不出办法。能有什么高招让他走呢？"焦姆卡向托利克转过脸去，问道：

"也许你能想出什么办法来吧？"

"有什么好想的！"托利克伤心地想，"往他身上浇一桶水，让他生气？在门口安一个捕兽夹子？这都是瞎扯，都是孩子们玩的把戏，不管事。"

"要不我离家出走？我很早就有这个念头了。"焦姆卡自言自语，然后长出了一口气，"不过去哪儿呀？能上哪儿去呀？"

他俩像无家可归的两只小狗，在城里游来逛去，找不到栖身之所。幸好天气还不错，焦姆卡从妈妈那里又拿了不少钱。他俩买来苹果泥馅的油煎圆包子，用汽水送着吃下去，这不比进饭馆吃饭差，甚至更有意思，因为既不用喝汤，也不用找座位，就这么站着吃，喝上几口汽水，吃饱了再往前走。

他俩去小河洗澡，还光顾了焦姆卡的拳击练习场，托利克在走廊里等他，然后两人又到处逛来逛去。他俩几乎把整座城市都逛遍了，没有他们走不到的地方，就是赫赫有名的臭虫村他们也去了。

很久很久以前，那时候既没有托利克，也没有焦姆卡，当时正在打仗，一列列军用列车开进了这个城市。人们从列车上下来，搬出沉甸甸的箱子，用马驮着送到白天黑夜都燃着篝火的各个地方去。那时正值冬天，人们燃起篝火把冻土烧热，然后把铁桩打进地里，匆匆忙忙地把工厂建起来，再在冰冷的车间里安上用箱子运来的车床。当时是数九寒天，不少人都饿死在路上，可运来的机器都上了油，一点儿也没生锈，如同新的一样，这是为了马上就能用来生产炮弹。

波利娅大婶曾告诉过托利克，那时候的人很少考虑自己，都是整天整宿地干活，三班连续地顶下来，生活却一点也不讲究。当时在市中心的一道狭长谷地里盖了不少简易木屋，为了取暖还在两道墙中间填上锯末或从机车上倒出来的炉渣。那些简易木屋一幢挨着一幢，形同蜂房，但没有一个人抱怨。人们都在想，等战争一结束，他们就能盖大楼了，马上日子便会好起来，可未能如愿。大楼并不能马上盖，简易木屋还得住。时间一天天过去了，像焦姆卡和托利克这样的孩子相继来到了世上，简易木屋里人口猛增，无论盖多少新楼也不能把这个木屋谷的人都迁出去。这个木屋谷就叫做臭虫村。

托利克和焦姆卡这些战后出生的人都长大了，臭虫村也几乎没人住了，可它依然存在。木屋的窗户都用木板钉上十字架，到了冬天雪一直堆到房檐。往日热闹的谷地如今变得荒无人烟，也凭添了几分神秘色彩。

托利克和焦姆卡肩并肩站在断崖边上，心想，从上面俯瞰，整个臭虫村酷似一张满是麻点的脸，皱纹一般的街道和流经谷地的小河把村子切割得七零八落。这张脸仿佛是石刻的，和历史教科书上古埃及的狮身人面像非常相似。但这张脸不是僵死的，而是恰恰相反。托利克觉得谷地在冷笑，在装聋、卖老，实际上却在准备玩点儿名堂。

"咱们下去吧？"焦姆卡向谷地点点头，问道。

托利克上千遍地眺望过臭虫村，从前甚至还到外婆的熟人家来玩过。不错，这已经是老早以前的事了，当时木屋窗户上的玻璃油油的，人们在狭窄的街道上走来走去。但现在再向那儿去……他变得不自在起来，有些害怕，不过焦姆卡不时地冲他笑笑，于是托利克想起了他们谈到的勇敢的鲸鱼。

他俩顺着陡急的阶梯往下走，太阳照不到这里来，就在路当中长了很多又细又高的向日葵，籽盘都很小。

"它们都跟着太阳转呢！"焦姆卡像说活人一样说起了那些向日葵，接着他俩吃惊地站住了。一只母鸡领着一群小鸡雏从他们面前走过。村子里早已没人住了，居然还有鸡满街跑，这真是件可笑的怪事。母鸡煞有介事地走着，毫不在意路上的人。

"真有意思！"托利克对勇敢的母鸡赞叹不已。

旁边是一幢简易木屋，它和其他的木屋一样，窗户都被钉死，只有门大敞着，这扇门的合页都生了锈，发出轻微的吱扭声，微风一吹就呼扇。

焦姆卡一步迈进去，又打开一扇门，往旁边一闪。屋里传来一声刺耳的怪叫，从他俩身旁蹿出一只怪物，焦姆卡一阵哈哈大笑。

"这是一只猫呀！"他喊了一声，"这儿的猫多极了。"

他俩进了屋。

地板上落着厚厚一层尘土，每走一步都会留下清晰的脚印。上面还堆着发黄的报纸和一摞旧书。

托利克缓过一口气。

"怎么样？"焦姆卡突然说，"这可是个好主意呀！这儿可以住。"

说完，他乐呵呵地看了托利克一眼。

十

和焦姆卡在一起，托利克可乐坏了。

从他俩一起闲逛开始，托利克就赞赏地望着焦姆卡的后脑勺，决定时时处处都效仿他，只有拳击除外。托利克甚至还学他去剃了个平头。

不过无论怎么说，托利克碰到的都是个怪人。人还不大，起码还不到成年，可办事多果断啊！直到现在托利克才开始真正明白焦姆卡那番话的含义，明白他为什么要说起鲸鱼和一个人要做个强人的道理。焦姆卡是个强人，他有着坚毅的性格，而且还努力锻炼自己的体力和意志。

托利克看出来了，焦姆卡和自己不同。比如说，焦姆卡喜欢海豚和鲸鱼，认为应该练拳击，他还讲了其他很多道理，对自己充满信心。托利克从内心深处对他的信心钦羡不已，在羡慕的同时决心向他学习。

过去托利克也喜欢他，不过那也就是喜欢而已。自从焦姆卡在臭虫村做出他的决定之后，托利克简直把他当作那条勇敢的鲸鱼了。

他俩迈着整齐的步伐。托利克想起了那支熟悉的歌，用鼻子哼哼起来。焦姆卡听见了，也跟着一块儿唱。托利克望望天空，唱得更大声了。他俩迈着大步，扯起嗓子高声唱，觉得事事如意，样样顺心。

> 你早些起来，
>
> 你早些起来，
>
> 你早些起来——
>
> 天刚破晓，
>
> 你就会听见，
>
> 快活的鼓手
>
> 用械木鼓槌敲响了鼓。
>
> 你就会听见，
>
> 快活的鼓手
>
> 用械木鼓槌敲响了鼓。

他俩引吭高歌，迈开大步，过往行人都回转身来笑嘻嘻地看着他们。

他俩像军人一样迈着大步，一本正经，队容整齐。他俩唱的那支歌也是支军歌。如果见到两个人在高歌前进，又有什么好笑的呢？说不定这还是个小分队哩，一支战斗小分队。谁说两个人就不能成为一支小分队？

托利克一直走呀，唱呀，只顾自己唱，竟没注意焦姆卡已经停下来不再唱了。托利克一直走了十来步才回过身来。

焦姆卡停在一个醉汉面前，那个醉汉站立不稳在往他身上倒。焦姆卡双手扶住醉汉，让对方往板墙上靠。托利克突然觉得醉汉是在找焦姆卡的碴儿，便返身跑去帮忙，忽然看见了焦姆卡那双闪亮的眼睛。

这双眼睛使托利克大为震惊。

焦姆卡勇敢无畏，镇定自若，但眼睛里充满了泪水。

"你走！"焦姆卡口气坚决地命令托利克，"你回家去。我得把他带走。他是我爸爸。"

托利克莫名其妙地望着醉汉。

这个人是焦姆卡的爸爸？焦姆卡不可能有这样的爸爸！这样的爸爸不可能有这样的儿子！

醉汉的脑袋耷拉在胸前，眼睛半睁半闭。他身上的衣服又脏又破，可见他是摔过，衣服都让东西剐破了。醉汉不时地抬头，用浑浊的目光环顾着四周，喊道：

"焦……焦姆卡！小……小家伙！"

焦姆卡让爸爸的一只手抱住自己的脖子，向前迈出一步。醉汉倒在他身上，险些没把他撞倒了。托利克连忙跑过去，从另一边扶住醉汉。

他俩架着焦姆卡的爸爸在大街上走。醉汉死沉死沉的。托利克觉得额头直冒汗，但他擦不了，只好朝从鼻梁上往下掉的汗珠吹气。可汗珠像故意地似的并不掉下，反而刺激得鼻端直痒痒，为此托利克很生醉汉的气。

焦姆卡在一旁喘着粗气。托利克偶尔看他一眼，都使他提心吊胆。焦姆卡的眼睛睁得老大，嘴唇哆嗦着，脸色苍白，太阳穴上青筋暴起。

过往的行人看着他们，说什么的都有，可托利克听得最多的就是：

"可怜的孩子！"

"可怜的孩子！"他气咻咻地想道，"不是可怜的孩子，而是可怜的大人！与其说可怜他们，还不如帮他们一把呢。"

他俩又朝前走，托利克发现焦姆卡脸色越来越苍白。他们最后在两扇由于年久失修和日晒雨淋已经发乌变黑的大门前停了下来。大门上生了锈的扣环吱扭一声响，两个孩子把醉汉架进院子里，然后扶上台阶，最后进入一个空间不大、又黑又暗的外厅。焦姆卡踢开一扇门，扶着醉汉来到一个小房间里。

托利克环顾一眼小屋，怔住了。

他看见自己的爸爸慢腾腾地从桌子后面站起来，爸爸旁边站着一个小个子女人。外面天很热，她却裹着披肩。

瞧，他们这是把焦姆卡的爸爸送到什么地方来了！当他俩架着死沉死沉的醉汉时，托利克从没想过焦姆卡会把他们带到这里。不过话又说回来，看到爸爸只穿背心待在别人的家里，待在别人家吃饭，和一个不认识的女人待在一起，这让他难以接受。

托利克的心脏一阵猛跳。刹那间他全身都是黏糊糊的汗水，两腿直打战，也不知是由于太累，还是因为他见到的此情此景。

与此同时，裹着披肩的小个子女人目不转睛地凝视着焦姆卡，目光也和焦姆卡一样火辣辣的，然后一步走到焦姆卡跟前。

"你干吗要把他弄到这里来？"她问焦姆卡，"你又不是不知道……你干吗要把他弄来，我在问你哪？"她喊起来。

焦姆卡直截了当，一口气大声地回敬她说：

"就因为他是我爸爸，明白了吗？就因为他应该在这儿住！"焦姆卡脸像纸一样白，冲托利克的爸爸喊道，"可您呢？您不应该住在这儿！您应该回到那儿去！"

焦姆卡指了指托利克，小个子女人好像直到这时才注意到托利克。她定睛仔细看了托利克一眼。

"您听见了吗？"焦姆卡大声喊道，"您这个叫彼得·伊万诺维奇的家伙！从这儿滚吧！……"

托利克的爸爸脸白一阵红一阵，呆呆地站在那里，什么话也不说。小个子女人也傻了，只有焦姆卡烂醉如泥的爸爸像死人一般头向后仰着，大声地打着呼噜。

焦姆卡向托利克转过身去，一步走到他面前，把他轻轻一推，推到了外厅。

他俩来到街上。托利克看见焦姆卡浑身颤抖不止……

十一

他俩来到街上以后，焦姆卡就不再提他爸爸了，一句话也不说，就好像没有那么回事儿似的，好像他们就不曾架过一个醉汉穿过全城。

"这么说，照我们讲好的。"焦姆卡的心情似乎已经平静多了。分手时他还握了握托利克的手。

托利克整整一天都在想焦姆卡。

他在想，他的种种不幸跟焦姆卡的比起来，虽然不能说不算一回事儿，但总可说是小巫见大巫了。

焦姆卡深知架着醉醺醺的爸爸穿城而过是件丢人现眼的事，托利克对此却连想也不敢去想。焦姆卡的妈妈现在有了另外一个丈夫——托利克的爸爸，而且她还要焦姆卡也喜欢对方。这种事叫托利克很难想象。

焦姆卡的处境比托利克难得多，难上一千倍！

托利克觉得比起焦姆卡自己幸运多了，焦姆卡在他的心目中因此也就什么都好。他喜欢焦姆卡。他甚至还想，如果焦姆卡是他的哥哥，那真是太好了。

托利克心里暗自为焦姆卡感到自豪，把自己的种种不幸都忘到了脑后。

当天晚上，妈妈叫上托利克一道去逛商店。托利克推却了半天，最后还是去了。他们一同来到市中心。妈妈的心情很好，一直都是面带笑容，给托利克讲了好些他小时候的事，后来不作声了。

"有一次你问我，"她说，"'妈妈，什么叫生活？'我对你提出这样的问题感到非常吃惊，可你接着又说：'我觉得它像是一场游戏。''这是什么意思？'我笑着问你。'像游戏一样，既叫人发愁，又让人好笑。'"

托利克笑了。

"我那时候多大？"他问。

"五岁。"妈妈回答。

"是啊，就是这么回事，"他说，"生活是既叫人发愁，又让人好笑。"

妈妈惊讶地看了他一眼。

"你那时候才五岁，能明白什么呀？"

"可道理是这样的吧？"托利克定神地望着妈妈，问道。

"所以这么些年来，"她叹了口气，"我都记住了……"

他们不慌不忙地走着，东拉西扯，不知不觉就剩下一个街区，一百步，十步的路程……

突然，妈妈站住了。托利克朝前方看了一眼。

爸爸从商店里出来，他挽着一个小个子女人，焦姆卡在爸爸的另一侧站，正在仔细端详托利克的妈妈，而妈妈则在细细观察那个女人。爸爸和托利克则相互对视着。

他们面对面地犹豫了一会儿，然后爸爸带上他那新组成的一家人向一旁走了。

妈妈身子一晃，托利克连忙过去扶住她。妈妈的脸色煞白，嘴唇紧紧咬着。托利克原以为她会像往常那样恸哭起来，但这次她眼里却没有泪水，只是目光有些异样。

"你知道了？"她突然干巴巴地问道，弄得托利克都不敢不说实话。再说他又有什么必要撒谎？他点了点头。

妈妈伸手就扇了托利克一耳光。

托利克不生气，也不哭。他像是从高处俯视着妈妈，好像他是站在高丘上，而妈妈站在低处。

要知道，当时他没把爸爸的事说出来，那是因为可怜妈妈啊。他是想让她尽可能晚一些知道。不过这样做当然是愚蠢的，她迟早会知道。

"既愚蠢，又可笑。"托利克说。

第四章 大火

一

托利克现在都认不出妈妈了。

她的步态、声音和眼神都变了。

她在屋里快步地走来走去，声音洪亮动听，有一种金属的脆响声。她不再像往常那样哭鼻子，恰恰相反，双目清晰明亮，眼神刚毅，但却像一根绷得紧紧的弦，一碰就会崩断。

她满屋里走来走去，干着天天都在干的那些活计。你问她什么事，她不吭声，像听不见似的。如果更大声地重复问一遍，她就会一哆嗦，向你转过身来。"什么，什么？"问上这么一句，然后又想起自己的心事。托利克甚至都有些害怕：她可别出事啊！

最主要的变化是妈妈改变了对外婆的态度。她很少跟外婆说话。外婆目光严厉地瞅着妈妈，目不转睛地审视她，像在欣赏一只稀罕的蝴蝶。妈妈对此不予理睬。要在过去，外婆对妈妈的这种举动肯定会马上提出非议，但现在却一声不响。她也感受到了妈妈的变化。

外婆的统治突然宣告结束，像历史教科书上说的，拉美西斯二世（约公元前 1317—1251 年间埃及的法老）的王朝崩溃了。

托利克原先以为外婆会长期、永远地统治下去，要推翻她可不是那么轻而易举。但结果却非常简单，而且颇有些好笑。

有一次妈妈在擦地板。她用力地甩着抹布，恶狠狠地擦着地板上的水，擦到外婆跟前时，忽然说：

"喂，挪挪脚！"

她不再像从前那样小心地绕过外婆的脚。外婆像只鹭，眼睁睁地望着她，对妈妈敢于如此"放肆"而感到震惊。后来外婆把嘴一撇，扭过脸去，像什么也没听见一样。

"挪挪脚！"妈妈又说了一遍，"看见没有，我在擦地板呢！"

外婆还是装作什么也没听见。这下子可把事情闹大了。

妈妈瞄了外婆一眼，在围裙上擦了擦手，猝然一下子将椅子连同外婆一道抱起来，挪了个地方。托利克一阵哈哈大笑。妈妈像挪动一件家具，挪动了外婆。

外婆像件家具被从这个角落搬到那个角落后坐在那里，嘴自然而然就张开了，说什么也合不拢。她张嘴坐在那儿，昔日的威风一扫而光。托利克一直哈哈笑着，对女皇的下台感到欢欣鼓舞，对伟大的家庭革命表示热烈欢迎。而集士兵、水兵、农民与奴隶于一身的革命力量，也就是妈妈，也禁不住笑了。

当妈妈抱起木宝座，连同外婆一道挪到另一个地方时，托利克觉得有些不可思议：原来她力量并不小啊！不费什么劲儿就把椅子连同外婆一起搬动了。

这样看来，妈妈比托利克想的还要刚强得多。这才仅仅是开始，就像书本里写的那样，这仅仅是序幕，重要的还在后面哩。

自从外婆被拉下马，老太太变得老实多了。她在房间里走动的时候，都尽量不让拖鞋发出太大的声响，仿佛下面安了个气垫。她还祷告，态度十分虔诚。她找来一小块长条粗地毯，往膝盖下一垫，就跟捣蒜一样直磕头……既然自己的女儿不愿意跟她说话，她也就只能去找圣像聊天了。

后来又发生一件事。星期六妈妈发好面，第二天早上托利克醒来，闻到一股香味。他环顾一下四周，看见外婆正在用一块抹布裹上油煎饼，然后将头巾拉齐额头，走到圣像面前鞠了一躬，又老实，又温顺，还小心翼翼地掩好身后的门。

托利克好奇心大发，想知道外婆赶这么个大早要去哪儿。他从床上爬起来，把头伸出窗外。

波利娅大婶站在下面的台阶上。外婆来到对方跟前时，有些犹豫，前后左右看了看，像是天气很称她的心。她过去是从来不关心天气的，这次却注意了。波利娅大婶望着外婆，微微一笑，知道外婆在犹豫，等着看她要说些什么。因为自从那次去了法庭，她俩在走廊上见面都装作不认识，这次外婆却在犹豫，看来她是想和解。

"波林娜（波利娅的另一个小名），你在这儿站着干什么呀？"外婆终于开口问道，像是无意中说出这么一句话来。

波利娅大婶投来狡狯的一笑：

"出来呼吸呼吸新鲜空气嘛！你又有何贵干呀？"

"上教堂。"外婆和和气气地回答。

"我可是个党员！"波利娅大婶说。

然而外婆笑着说：

"你算什么党员？"

波利娅大婶振作起精神，像是要跟外婆打架似的。

"就是党员嘛。我丈夫是党员，我也是。"波利娅大婶说完，嫣然一笑，"至于说你嘛，瓦西里耶夫娜，虽说不是党员，但也不信奉上帝，那干吗还要上教堂呀？"

外婆拱起瘦削的双肩，装作生气的样子，不过什么话也没说，拔腿便走了。走着走着，突然让石块绊了一下，她大声地骂了一句。波利娅大婶味哧一笑，从下面冲托利克使了个眼色，他也变得快活起来。

托利克从窗台上下来，看见妈妈光穿着内衣站在房间中央，端着那只发面用的空钵。

"你怎么啦？"托利克问。但妈妈恍如没听见他说什么似的。

"唉，你呀！"她说，"唉，好你个虔诚的祈祷者，把发好的面都用光了，油煎饼也都拿到教堂去施舍那些叫花子了！"

妈妈很快穿上外衣，在木箱子边坐下。

"唉，你呀！"她恼火地重复了一遍，脸变得一阵红一阵白。

她可真伤透了心！你想想，外婆把油煎饼都带走了，虽然这在过去也曾有过。不过妈妈心里还是不痛快。

"你瞧，"她生气地说，"外婆有多爱上帝呀！为了上帝都可以让我们饿肚子！"

妈妈走到五斗橱前，用劲拽了几下外婆搁钱的那个抽屉。一点儿也拽不动！抽屉被一把巧妙的锁锁住了。显然，外婆今天给那些钱加了一道保险。她大概是想借此来报复妈妈。

如果在过去，妈妈只会唉声叹气，然后到街坊四邻去借东西，今天却哪儿也没去，就在房间里踱来踱去。

"那多丢人！"她小声说，"去找人家借钱多丢人！而且又是为了这个……"

她停下来不走了，用仇恨的目光朝屋角瞪了一眼。

"这都得怪她！全都怪她！"听妈妈这么一说，托利克听出来了，妈妈说的当然不是油煎饼。

"她老是用上帝为自己打掩护！"妈妈大声说。托利克看见妈妈气得眼冒怒火。"要说她真信上帝也行呀！可她那全是撒谎！当面一套，背后一套！"

托利克还从未见过妈妈这个样子，她气得浑身发抖。

"她的上帝无所不在！"她喊道，"暗中使坏的是'上帝'！摧残所有人的生活，也是'上帝'的旨意！"

妈妈突然把椅子拉到角落里，拿下外婆的圣像，用尖嘴钳去拽挂圣像的钉子。

"嘎——"铁钉子发出乌鸦一般的叫声，从墙里蹦了出来。妈妈站在椅子上，把铁钉拿在手里转来转去，仔仔细细地查看，好像这不是一枚生锈的铁钉，倒像是她从谁的嘴里拔出来的一颗牙。她既对这颗古怪的"牙"表示惊讶，也对自己能把它拔出来而感到惊奇，因为她原来并没抱多大希望。

托利克走到圣像前，有生以来第一次这么近距离地看它。他用一个手指擦去玻璃上的尘土，圣者头上的光环马上金光闪闪。一双活灵活现的眼睛看了托利克一眼，似乎对自己被从角落里请出来非常高兴。

"妈妈，"托利克问，"头上的光环是镀金的吗？"

"是镀金的！"妈妈笑着说，"镀的是茶炊那种金。"

突然，妈妈双臂向上一举。托利克连"哎"一声都没来得及，就见玻璃被砸得粉碎，铁皮飞起，还掉下几朵小花，木头框也撑裂了。

妈妈站在被砸得粉碎的圣像前。托利克瞅了她一眼，吓坏了。她又变得和过去一样温驯老实，两只胳臂像树枝条贴身垂着。

托利克刚才还和妈妈一起欢庆胜利，为她变得如此强有力而惊诧不已，因为她像拔病牙一样，一下就从角落里拔出了那颗生锈的铁钉。他对妈妈的转变感到有些不可思议，她对外婆毫不畏惧。妈妈把外婆连同椅子抱到一边去，妈妈砸了圣像，妈妈直起了腰杆，办事干脆利落，就是说，没什么好怕的，奴隶终于挺起了胸膛。

可突然啪的一声响，妈妈又变得像个女奴了。

托利克端详着妈妈，在为她高兴，因为他心里非常明白，她在很短时间里就有了这样的转变，确实不容易。一辈子都在忍气吞声，现在却一下子造反了。

"怎么办？怎么办？！"妈妈叹了口气，马上又变得毅然决然起来。"好啦，"她如释重负地嘘了口气，说，"反正是在劫难逃！"说完，取笤帚去了。

当妈妈将砸坏的圣像扔进垃圾桶里时，托利克突然可怜起这位眼神变得快活的圣者来了。

"他又有什么过错呢？"托利克惋惜地朝妈妈身后看了一眼。

二

外婆进屋，解下拉到额头的头巾，朝角落里画了个十字，一下子愣住了。她连连眨了两下眼睛，瞄了妈妈一眼，全都明白了。她两眼变得呆滞无神，咚的一声，一屁股坐到地上。

妈妈身子紧贴衣柜，目不转睛地望着躺在地上一动也不动的外婆。

"天哪，这是干了些什么呀？！"妈妈惊恐万状地大喊一声跑过来跪下，将耳朵贴在外婆的胸口上。

"托利克！"她拼命喊叫，"快过来帮忙！"

他俩把外婆抬到床上，接着妈妈向走廊奔去。

留下托利克一人，他感到很不安。外婆躺在床上，还不知是死是活。

托利克想起他曾盼外婆死去。那是个很难熬的日子，他起了这个残忍的念头。他盼外婆死去，把自己的种种不幸都归罪于她，认为千错万错都是她的过错。他祷告上苍，让她从这个世界上消失，让她消失得无踪无影，不要妨碍别人的生活。

瞧，外婆现在就直挺挺地躺在床上。托利克听不见她出气，但是很奇怪，他现在又不希望她死了。他现在可怜起外婆来了，真怕她会死去。

托利克望着外婆蜡黄的尖尖鼻子，他虽然仍和过去一样，还是对她爱不起来，但爸爸的举动——他又去娶了别的女人——一下子就像是抵消了外婆的一半罪责。

托利克已经喜欢上焦姆卡，已经习惯爸爸有了新家，但仍理解不了。尽管他看出爸爸不再像往昔那么刚强，但很多事还是理解不了。而且比起爸爸的这一举动，外婆在托利克的心目中像是变得好多了。哼，也许还谈不上好，只是不那么坏，也不那么可怕了。

他仔细端详着外婆，不由自主地想，他可能也变得像她了。别人遭了难，出了事，他却袖手旁观，在想自己的心事。现在可不应该袖手旁观啊，应该行动起来！应该采取措施！

托利克跑向五斗橱。五斗橱里有个小盒子，妈妈在盒子里藏有缬草酊。托利克找到小瓶子，往杯子里滴了几滴药，倒满水，给外婆送过去。给她服药还真要费些劲儿。刚让杯子偏一点儿，药水就往外洒，不过托利克还是决定试一试。

他刚把杯子送到外婆嘴边，没想到外婆眼睛也不睁开，就抬起头，一口便把杯子里的药水喝了个一干二净。

托利克站在外婆面前，惊讶地望着她，突然发出一阵大笑，笑得前仰后合。这简直太有意思了！一动不动地躺着，可一下子把一杯药水全喝光！外婆可真行！真会装！

"你笑什么？"外婆不满地问他，睁开一只眼睛。

托利克笑得更厉害了。

这时，门开了，妈妈回来了，身后还跟着一位医生。可他不像医生，倒像个大力士。他像屠夫一样挽着袖子，手臂上长满了毛。大力士一个手指提着小药箱，看那样子你要给他哑铃，他也会用一个手指提着。

妈妈悄声地告诉医生外婆是怎样倒地的。他一声不响，用带来的一根橡皮管去听外婆的腹部，并迅速地挪动一块闪闪发亮的小圆疙瘩，像是外婆肚子里有小虫子不停地从小圆疙瘩底下跑出来，弄得医生直皱眉头，很不满意。后来医生拿起外婆的手，开始号脉。

外婆像死人一般地躺着。

大力士摸了摸外婆的脉，突然松开手。外婆的手往下掉。他又拿起外婆的手，再放下。

妈妈的脸色直发青。

"不可能！"她悄声地说，又重复了一遍，"不可能！"

大力士也不多言语，面部表情呆板。他第三次抓起外婆的手，拿起了，放下，手啪的一声落在床上。

妈妈放声大哭，大力士突然用雷鸣般的嗓音喊道：

"喂！"

外婆仍像死人一般躺着。

"喂，大娘！"大力士又喊了一遍。

外婆没出声。

"装病。"医生把橡皮管装进衣兜，用手指勾起药箱，说话如洪钟鸣响。

"怎么办？"妈妈莫名其妙地问。

"我说她是装病！"医生脱口而出，"脉搏正常。"说着，他突然哈哈大笑，"老太婆是信教的吧？看得出来……"

医生砰的一声关门走了。外婆睁开眼睛。妈妈疲惫无力地在木箱上坐下。

"装的！"她拉长声音边说边忍不住笑了，"又装！"

"什么？我死了你们高兴？想继承遗产了？"外婆说完哧哧一笑，"我这是想考验考验你们。"

"唉，你呀，考验都考出瘾来了！再说，圣像你也不心疼了？"托利克不再笑，伤心地说。

外婆沉下脸，朝空荡荡的屋角画了个十字。唉，这个外婆呀！

三

托利克和波利娅大婶一同坐在大门口的长凳上，用一根树枝在地上划来划去。妈妈出来了，她脸色苍白，看上去非常疲惫。可不是嘛，外婆老是这么装神弄鬼，也把她作弄苦了。托利克想起外婆一动不动地躺在床上的情景，淡淡一笑。简直和克雷洛夫寓言里的狐狸一模一样。但那是寓言里的狐狸，外婆干吗要这样装神弄鬼呢？就是妈妈把圣像砸了，你真生了气，也不要这么装神弄鬼呀？还说要试试自己死后妈妈会怎么样呢？哼，这真是荒唐到家了！托利克想起在商店里遇到的那对母女老太婆，那个当妈妈的老太太绝不会这么装的。再说，难道可以这样考验别人，看你死后他们会怎么样吗？而且要试的还不是一般人，而是自己的亲闺女。

托利克看了妈妈一眼。虽说她脸色不怎么好看，但目光依旧是那么果敢与坚毅。"好样儿的！"托利克这么想她，"好样儿的，外婆的鬼把戏并没使她伤心难过。"托利克又仔细地看了她一眼。妈妈的目光此时不只是充满了决心，而且凶相毕露。他还从未见过妈妈这么凶过。她一直都是那么软弱、听话。现在却是一副凶神恶煞的模样，好像是换了一个人坐在那里。衣服是妈妈的，那张脸也是她的，眼睛却是别人的，目光是那么严峻和锐利。

"过得还好吧，玛莎？"波利娅大婶问她，口气是慎重的，像问病人似的。

妈妈和别人说话一般都很客气，对波利娅大婶尤其如此，这次却连看也不看对方一眼。她眯起眼睛，就看着自己眼前的一切。

"难道这叫过日子吗？"她没好气地说，"一心就只想上吊。丈夫走了，妈妈闹事，连儿子也不向着我。"

托利克毫不生气。既然妈妈那么说，那么看人，说明事出有因。托利克了解外婆，知道外婆会耍什么把戏；他也了解爸爸，能推测出爸爸除非万不得已的所作所为；他也了解妈妈，不过他了解的是另一个妈妈，这个目光凶狠的妈妈他并不了解。这个妈妈变了，她一身硬气，一副泼辣相，简直到了天不怕地不怕的地步。她也会，不，肯定会弄出些名堂来，会干出一些出格的、叫人捉摸不透的事。

波利娅大婶叹了口气，有一阵不说话。

"那就请你饶恕我这个老太婆吧，玛莎。"波利娅大婶说，"不过难道你就一点儿也不埋怨自己？不骂自己？"

妈妈匆匆地扫了对方一眼。

"埋怨啊！"她毫不犹豫地回答，"也骂！不过这管什么用？要早这样就好了！"

"既然你这么说，"波利娅大婶口气温和地说，"就是说还不晚，还来得及。"

妈妈苦笑一下。波利娅大婶扒住她的肩膀，让她转过脸来，厉色地瞪了她一眼。

"你学学我的样儿吧，"波利娅大婶说，"你瞧瞧我，我的过去一去不复返了。我的好日子过去了，你的好日子就在眼前。你听见了吗，就在眼前，你的丈夫还安然无恙地活着！你还有儿子！你可是个幸运儿啊！"波利娅大婶说得很快，眼里闪着泪花，"你是幸运的，就是你自己还意识不到这一点！……走吧！去找人说说吧！"

波利娅大婶话说得很急，像是担心妈妈会走掉，没把她的话听完。可妈妈向前探出身子，听得很仔细。

"你们的情况就是这样，"波利娅大婶说，"这种境况你们还驾驭不了，你们还年轻，没吃过苦。只要看看你们，心里就很不是滋味儿。"

波利娅大婶说呀，说呀……妈妈瞪大眼睛听着。突然听见有人喊：

"托利克！托利克！"

托利克扔掉手中的树条。爸爸在街对面站着。

妈妈脸色变得煞白。托利克从长凳上欠起身子。

"焦姆卡在哪儿？"爸爸问。

"瞧，"托利克心想，"开始了……"

"哪个焦姆卡？"托利克想装装样子，可爸爸不买他的账。

"他不见了，从家里跑了。"

托利克沉默了一会儿，他不能说出焦姆卡的去向，无论如何也不能说。

"我不知道！"他又坐下了。

爸爸垂着双肩，转身走了。

妈妈望着爸爸，波利娅大婶皱着眉头看着妈妈。

"玛莎！"波利娅大婶心情无比激动地说，"你怎么啦，玛莎？

妈妈的眼睛再次冒出怨恨之火，她冲爸爸叫了一声，爸爸转过身来。

妈妈全身绷得紧紧的，她穿过马路，于是他俩不慌不忙地沿着大街往前走去。

四

爸爸和妈妈刚拐弯，托利克便直奔臭虫村去了。

那天天气闷热，沥青路面都被晒化了似的，在脚底下直颤悠。等托利克跑到谷地的断崖边，一股炙人的热气冲他扑面而来。一条条街道已无人迹，铁皮、油毡和木屋顶上升起的一团团热蒸气，恰似有高温炉子在发送它们的热气。谷地的对岸、树木和房屋，都像海市蜃楼似的晃动着，一片朦胧。

托利克飞身往下跑，如今到这里来也不害怕了。谷地里又有了人烟，现在焦姆卡住在这儿。

焦姆卡坐在一幢四门敞开的房子的门槛上，正在鼓捣什么玩意儿。

"你瞧，"他笑着说，"我捡到了一台相机。"

相机是老式的，破旧不堪，带手风琴一般的暗箱，照起相来很好玩。一开始得先通过毛玻璃向外瞧，扭动小齿轮，可以看得清楚一些，然后再插进去一个扁平匣子，上好快门，这时才能拍照。托利克还从未见过这样的相机，太旧了。大家现在都是用小机子，拨拨齿轮，对好景物，咔嚓一声就拍得了。这个大家伙两只手都托不住，照相还得用三脚架。

焦姆卡把相机固定在三脚架上，瞄准一只趴在土灰里优哉游哉的母鸡。它周围是一群小鸡雏。

"太想吃东西了，"焦姆卡仔细看着托利克，说，"没带来吧？"

托利克摇摇头。焦姆卡住在这里有三天多了。开始是由托利克跑去用焦姆卡身上的钱买包子。后来钱花光了，改由托利克从外婆那里拿面包往这里送，焦姆卡吃够了蘸盐吃的面包，还就着面包吃这幢废弃房子前长着的葱，托利克决定送更多的面包来。

他在家里将半个大面包掖进衬衫里，都已经要出门了，外婆不知从哪儿蹦了出来。她眼睛很尖，一眼就看出托利克的肚皮向外鼓，一下把面包抢了回去，锁进餐柜里。

"没有！"托利克摇摇头，把来的目的说了出来，"爸爸在找你呢。"

焦姆卡扔掉老掉牙的相机，转过身来对着托利克。

"万一他要跟踪呢？"焦姆卡紧张地问。

"他不会想到。"托利克回答。

"可是万一跟踪呢？所以呀，你再上我这儿来的时候，最好绕绕道，明白了？把脚印弄乱，跟兔子一样。远远地离开谷地，还要不停地回头看看！"

托利克点点头。

"不过还是太想吃东西了！"焦姆卡愁肠满怀地说，像是为了证实他的话，托利克听见他的肚子咕咕叫。

"瞧，那东西就可以充饥。"托利克一笑，指了指那只母鸡。

"那小鸡崽怎么办？"焦姆卡急了。

"你怎么啦？"托利克笑着说，"我这是开玩笑嘛。"

"我呀，对这些活家伙从来都下不了手。"焦姆卡说，"再说它还是个妈妈，怎么能让这些小鸡雏成为孤儿呢？"

"你听我说！"托利克兴致来了，"它应该有窝吧？它会不会在那儿下蛋呢？"

"它既然还带着小的，"焦姆卡回答说，"就不会下蛋。"

他俩有一阵不说话，四周静悄悄的，酷暑难耐。就是在谷地深处，太阳也晒得和浴场一样厉害。

焦姆卡的肚皮像一台出了毛病的马达，在寂静中咕咕直响，要吃东西。托利克忧心忡忡地想：焦姆卡还能坚持几天呢？

他已经在这里待了四天三夜，就在这谷底。白天还可以到处走走，多少还能适应，虽说也不怎么好过，因为身边一个人也没有，只能听到树叶沙沙响和母鸡咯咯叫。夜里就太可怕了，也只有这位天不怕地不怕的焦姆卡还能凑合。

第一个晚上，天还没黑透，托利克和焦姆卡坐在台阶上。托利克用焦姆卡的手电筒照亮，由焦姆卡来读他们在小屋里找到的那本破得不能再破的书，书名叫《魔犬》（柯南道尔写的侦探小说，又译为《巴斯克威尔的猎犬》），还挺有点神秘色彩。托利克把书捡到手后，本想带回家去看，但焦姆卡不让拿。

"嘿！"他瞪圆双眼，"这是本破案的书！吓死人了！应该放在夜里读，好更吓人。"

现在他俩就坐在黑暗里，读那本写一只可怕魔犬的书。一只好大的猎犬像幽灵一样在黑暗中疾跑，发着光，是个令人胆寒的凶手。

托利克的心怦怦直跳，如果焦姆卡不再作声，他一定能听到自己的心跳。但焦姆卡并没停下来，而是带表情地念道：

"在那一刹那，雷斯垂德吓得大喊一声，扑倒在地。我挺直身子，几乎被眼前的景象吓瘫了，伸出软弱无力的手去摸枪。"

托利克想象魔犬就在眼前，身子蜷成了一团。他似乎觉得狗就站在黑暗里，不是在书里，而是在他俩的身旁，在灌木丛里。他再也忍不住，掉过手电筒朝黑暗中照去，却什么也看不见。

"真有你的！"焦姆卡骂起来了，"刚念到热闹的地方……"

托利克缓过一口气，让心平静下来，又掉过手电来照书。可焦姆卡像是在调侃他似的用令人惊恐不安的声音大声地念道：

"是啊！这是一只大猎犬，黑黢黢的。我们这些凡人还没人见过这种狗。"

焦姆卡念得不慌不忙，句子间都有停顿，声音里带有感情，就在这短暂的间歇里托利克听到了一种神秘的声音。他俩身后有什么东西在沙沙响，黑暗中传来嗒嗒的声响……

"从它那向下耷拉的嘴里，"焦姆卡模仿狼嚎似的念道，"窜出火舌，两眼冒火，嘴脸和脖颈烁烁放光，从雾障中向我们扑来。就是头脑发热的人也不会梦见比这更可怕、更让人厌恶的恶魔了……"

托利克又听见了刺耳的声音，像是有人在摁莫尔斯发报机上的键：嗒嗒嗒嗒……

他用胳膊肘捅了一下焦姆卡。

"你呀。"托利克小声说。

"你别害怕！"焦姆卡微微一笑，也侧耳细听了听。

嗒嗒嗒的声响听得很清楚，像是有人在发报，躲在这荒凉的谷地里往外发送情报。是间谍！

"别照了！"焦姆卡神情紧张地悄声说，托利克马上摁了一下手电筒开关。发报机刹那间不再响，但过不久又响了。

嗒嗒嗒，嗒嗒嗒，莫尔斯发报机响得很欢。

"应该找个沉家伙。"焦姆卡悄声说，匍匐着去找一个重些的石块。

"要不要叫警察？"托利克举起棒子，问道。

"太耽误时间，"焦姆卡回答，"间谍会溜掉的。我们得自己来抓住他。"

一幢幢空屋的窗户都钉死了，黑阴阴的，黢黯中看上去跟活物一样，它们只不过是暂时隐蔽起来罢了。只需再过一会儿，就会在孩子们的头上移动开来，或者说是死而复苏。用十字木板钉死的窗户里面就会发出亮光，而且从其中的一扇里窜出一个黑影。他就是那个最可怕的间谍。

焦姆卡在前面走，托利克在他身后喘着粗气。焦姆卡还不时地回过身去，举起拳头吓唬托利克。

像灯笼一样，圆圆的月亮从云端里飘然而出。他俩在台阶上看书的时候，月亮是在他们的身后浮动，现在是挂在头顶上，所以月光把他俩照得一清二楚。间谍毫不费力就会发现他俩。看来事情真有些不妙了。发报机时而很响，时而又悄然无声，过后又像是忽然想起来了，黑暗中又发狂似的敲响了"嗒嗒嗒"的声音。

两个孩子悄悄地向发出声音的地方摸去，越来越接近目标，就是那幢又矮又小、大概是干打垒的白房子里。和所有的房子一样，小屋的窗户也都被钉死了，所以里面黑得伸手不见五指。不过那声音好像不是从屋里，而是从屋后传过来的。间谍好像不是在屋里待着，而是和他们刚才一样，在台阶上摆开发报机，屋顶架上天线，然后像只蝈蝈，发出嗒嗒嗒的声音。

焦姆卡和托利克越接近小屋，就越变得小心，脚步放得更慢。突然从焦姆卡皮鞋底下嗖地弹出一根树枝来，他俩像木头人一样一动不动。眼瞅着那间谍也吓坏了，就要从哪个角落蹦出来，掏出无声手枪扫射一通。他俩只见枪口的火光一闪，就完了，无论是托利克，还是焦姆卡，都不复存在了……

然而间谍什么也没发现。发报机的声音听得格外清楚。他显然是太全神贯注了。

托利克向前跨出一步，用身子挡住焦姆卡。焦姆卡手心里攥着一块石头。他要是扔出去，再击不中目标，那一切都完了，焦姆卡就没命了。托利克总算还有一根大棒，可以用来抵挡一阵。托利克可以第一个扑上去，用棒子将敌人打昏，然后再由焦姆卡用石块砸。

托利克吸足一口气，举起棒子，从藏身的地方一步窜出去，紧闭眼睛等着枪响，棒子砰的一声打在台阶上。他马上扑倒在地，只听见焦姆卡的石块也啪的一声打到墙上。

　　托利克好不容易抑制住从胸腔里迸发出来的嗞嗞声，睁开了眼睛。

　　台阶上空空如也。

　　突然，黑暗中又传来发报机的嗒嗒声。就在附近，就在他们的眼皮子底下。焦姆卡一步跨向前，弯腰。

　　"呸，活见鬼！"他大声地骂了一句，把托利克叫过去，"你过来看！"

　　托利克走过去，在昏暗的月光中看见门上有个铁环。微风吹来，铁环晃来晃去，碰响了门把手，于是发出嗒嗒、嗒嗒的声响。

　　他俩并没感到高兴，而是叹了口气，心里不再那么紧张。既然没有间谍，就没什么意思了。

　　"看来我得走了。"托利克缓过一口气说。焦姆卡点头表示同意。

　　托利克快步向一条通往上面的小路走去。走着走着，又一动不动地站住了。魔犬那双绿莹莹、明亮的眼睛好像在盯着他。

　　托利克闪到一旁，随着一声尖叫，他用眼睛一扫，随后骂了声娘。上帝啊，那些乌七八糟的东西听多了，就会疑神疑鬼。实际上那不过是一只普普通通的猫。

　　他突然觉得心里有愧，悔不该如此急急忙忙和焦姆卡分手。这就跟临阵脱逃差不多。而焦姆卡是一个人留了下来，像没事儿一样，可能也很害怕，但没溜掉。

　　托利克于是转身便往回走。

　　焦姆卡还没躺下，他在小屋里一块扔在墙根前的垫子上坐下，正在读那本《魔犬》。

　　托利克叩一下窗户。焦姆卡一惊，用手电筒的强光对准他。

　　"那我就走了！"托利克随随便便地说。

　　"你走吧！"焦姆卡紧张地回答，明白对方的意思后笑了，"走吧，走吧！我没事儿！"

托利克大声唱着，又往回走。心中忐忑不安，但他尽量不去想这些。

今天已经是第四天晚上，焦姆卡还什么东西都没进肚呢，他的肚子一定在咕咕叫了。这是托利克的过错。

魔犬如今再吓不了他了。

他现在就发愁给焦姆卡弄不到食物。

因为这是他的职责。

五

一开始托利克想把自己的藏书全卖掉。他的藏书不多，还不到十本，有《金钥匙》《俄罗斯民间故事选》，还有几本别的，都是爸爸妈妈送给他的节日或生日礼物。

旧书店里排着长队，一个蓄山羊胡子的高个子老头儿在快速地翻动书本，大概是想从中找出撕页与脱页，然后将一本本书扔到桌上，一边还啪啪地拨动算盘珠儿。

托利克耐心地排队等候，等轮到他时，老人连瞅都不瞅他一眼。

"我们不收孩子的。"老人含糊不清地嘟囔了一句。

托利克瞥了一眼这位收购人无聊乏味的胡须，没去跟老人抬杠。"连这儿也不相信人。"托利克心头不悦地想。他离开老头儿，发现有个小伙子向他投来怜悯的目光，便走过去请他帮忙。小伙子二话没说，便点了点头。托利克耐心地等了一刻钟，终于拿到一个卢布四十二个戈比，这笔钱可帮了他的大忙。

如果每天供应焦姆卡一个面包，靠这笔钱还可以坚持三四天，就是买白面包也行。可是看焦姆卡昨天像饿狼似的，托利克实在不忍心每天就给他送一个面包。"哼！我会想出办法来的。"他跑到美食店买了两瓶牛奶、两百克香肠、两个专供城里人吃的松软的白面包，外加三个下水馅儿的馅饼——口袋里只剩下一个戈比了。

看见托利克抱来一大堆食品，焦姆卡一双饿狼般的眼睛大放光芒，呼噜呼噜地大啖大咽。这几样东西吃得格外快。托利克嘻嘻笑着，又高兴，又难过。焦姆卡的胃口那么好，当然是件大好事。托利克能想到卖书，也是个好主意。但从另一方面来说，焦姆卡已经在消灭最后一个下水馅儿的馅饼，就剩下一个面包，所以还得重新考虑明天该给他弄什么吃的。

焦姆卡终于吃饱了。他又掰下一块面包，懒洋洋地嚼起来。

"吃饱了，抹香鲸？"托利克问他。

焦姆卡没精打采地打了个饱嗝，两只眼睛自然而然地合上了。

"好，你就睡吧！"托利克点点头，往家走去。

得想出办法，去弄到吃的。

这事还真有意思。过去不管怎么样，托利克可从来没为吃的犯过愁。比如说，学校的小卖部在卖白面包，他虽然没钱买，但也不曾饿坏。休息时间他掏出自己带来的黄油面包充饥，等放学回家之后，不管做好做坏，有外婆和妈妈给他做饭——有汤，第二道菜是土豆泥饼或通心粉。托利克从来没为吃饭操过心，不过现在却要费一番心思了。

自从焦姆卡"转入地下"，托利克也变得成熟多了。因为他现在不仅仅为自己负责，还得为焦姆卡负责，就像焦姆卡是他的儿子，所以托利克得负责提供吃喝。

现在对托利克来说，他最急于要办的事是为焦姆卡搞到吃的，而且不仅仅是搞到吃的就没事了。托利克现在仿佛成了焦姆卡的领路人，他负责看该往哪儿走，该怎么迈步；或者说像潜水艇的潜望镜，潜水艇潜在水底下，可潜望镜在水面上转动，往左边瞧，往右边瞧，看附近有没有敌人，下一步该怎么走。

下一步该怎么走呢？托利克每时每刻都在思考这个问题，但什么也想不出来。爸爸这次相信了托利克不知道焦姆卡在哪里，可他并没死心哪。焦姆卡的妈妈就更不用说了，一定也很着急，他们大概都已经跑到警察局去报案了吧。说不定救生员现在正用钩子在河里打捞，看焦姆卡是不是淹死了。

"哼，好吧，让他们永远也找不着。只是焦姆卡还能坚持多久呢？入秋就得上学了。他不上学了？要像阿蒙德森（挪威极地旅行家和探险家）那样在那里过冬？"

开始托利克把这些想得很简单。焦姆卡离家出走，爸爸明白焦姆卡是因为他出走之后，就回去跟妈妈团聚。托利克就成功了！

可是，事情却远比想象的要复杂得多，严重得多。如果让警察找到焦姆卡，他就会像小偷一样被人押送回家。

但要是就此罢休呢？焦姆卡像没事一样回家去？托利克冷冷一笑。谁敢去这样对焦姆卡说！这个拳击手不揍人才怪哩。

是啊，很多事都是开始看着简单，也不难解决，就像数学题一样。不信你就看看这些数学题，看上去一个个都容易解得很，可解完却跟标准答案对不上。

托利克也是这么回事。他为焦姆卡是个意志坚定的人而高兴。焦姆卡有着刚毅的性格，现在就躺在墙根前的垫子上，用《魔犬》当枕头，什么也不去多想。对他来说一切都简单明了：从家里出来，也就万事大吉了！托利克却考虑来考虑去，到头来一事无成，就像一个人在无边无涯的大海里游泳。潜水艇在水底下呼呼地睡大觉，他却成了潜望镜。他虽然眼观六路，但是无济于事。爸爸如果不愿意，还是不会回家；如果愿意，不用托利克瞎操心，爸爸也会回家。

"这全都是孩子气，"托利克像大人那样想，"都是儿戏，一点儿也不管事！"他马上又生起自己的气来了，心想，"真是一点儿也不管事！要是没用，又不管事，就袖手旁观？等着大人来帮你解决问题？就这么干等着，自己就毫无作为？"

托利克绞尽脑汁，搜肠刮肚，还是什么妙方也想不出来。于是他往脚下瞧，心想没准会有人掉下一个卢布什么的。不，一个卢布可是太大的奢望了。二十个戈比也不错嘛！二十个戈比就可以买四个馅饼，或者最好是买一个长形面包。焦姆卡又只能靠面包和葱度日了。"也只能如此了！"托利克暗自一笑。

他萌生了一个挺有意思的念头。如果到市场去看一看，或许会有人掉下一个土豆，他就可以捡起来，然后拿到火里去烤。谢天谢地，谷地里柴火多得很。再说，市场上总比大街上好找那二十个戈比，那里到处都有人在做生意，到处都有人付款收钱，没准还真有可能会掉下一个钢镚儿来。

市场像一条长河，可就是弄不清它的流向，好像是在向四方漫流，往前流，往后流……人们挤来挤去，你踩我，我踩你，争吵声、笑声不绝于耳。货摊上的东西更是应有尽有！熟透的西红柿堆成山，一个个鲜亮得耀眼，看上去都不像真的。黄灿灿的甜瓜像是用奶油做成的。筐里的苹果一个个亮得透明，而且香甜极了！托利克都流起了口水——如果能尝上几口多好呀！

当然，如果光顾着睁大眼睛到处看那些好吃的东西，那二十个戈比就别想能捡到手。得往脚下瞧，往地面瞧，说不定还真有个盼望已久的钢镚儿在地上闪闪放光呢。嗯，放光吧，放光吧！人们都说，你只要想要什么，就一定会得到。托利克这么想着，还悄声地念叨："钢镚儿，钢镚儿，你出来吧！你出来吧，钢镚儿，钢镚儿！"他像是在施法术，念咒语。

顾客们对他毫不留意，大概都没看见一个孩子在他们跟前晃来晃去，货主们却透过人丛注意到他了。他们在偷偷地留心他，万一是个小偷呢？在这儿逛来逛去，小声念叨，像在找什么东西似的。只要托利克走近柜台，他们就尖声尖气地喊叫：

"走开，小家伙！"

"小家伙，走开！"

托利克看石榴看入了迷。他想起爸爸曾对他说过石榴。爸爸说吃石榴时不是用刀切，也不是用手掰，而是靠压，把果汁从果粒儿里压出来，然后钻个孔，就对着孔喝吧。这是爸爸在集市上告诉托利克的，当时他们和妈妈一道，三个人在集市上逛来的。但是那次没买石榴，所以托利克也没尝过这种名字听上去挺硬的怪水果。可这次看见石榴了。

卖石榴的是个穿长袍的亚洲人。长袍呈绿色，带黑道道，所以这个圆墩墩的亚洲人看上去很像个醋栗水果。亚洲人的头像黄澄澄的甜瓜，头上戴的小圆帽绣着一个个梨。托利克微微一笑。这个亚洲人简直就像是用水果堆成的人。货主看见托利克在笑，忙挥动起他那胖乎乎的大手，像其他货主一样喊道：

"走开，小孩，走开！"

"这些人啊，"托利克没好气地想，"真是草木皆兵！所有的小孩在他们眼里都是小偷。"托利克长这么大还没见过一个小偷，只是在书本上读到过，而且也没听说有谁被偷过。可是人们仍然害怕，就像外婆害怕自己的钱被盗一样，这些人也担心他们的西红柿和石榴会被人顺手牵羊。因为这些都是个人的私有财产。已经没人偷东西，可他们还是害怕，而且将永远害怕下去。因为人们的本性就是如此——做买卖、攒钱、保护自己攒来的钱。

托利克憋着满肚子火离开了市场，但在出口处又笑眯眯地站住了。他面前是个很大的围着金属丝网的货摊，里面摆满了西瓜。

人们在挑那一个个沉甸甸的"绿球"，然后去排队。一个大胡子掌柜站在一台像消防器材一样红彤彤的磅秤后面称瓜。托利克瞥了他一眼，简直都不敢相信自己的眼睛：卖西瓜的正是那位既是大胡子又是秃头的快活邮递员。大胡子小心翼翼地从顾客手中接过西瓜，两手按一按，再像医生一样听了听。他那样子像是想知道瓜里面到底怎么样。

托利克笑了。上次大胡子是听信在邮箱里沙沙响，当时托利克觉得挺开心。这次大胡子是在听圆滚滚的西瓜的咚咚声，托利克也觉得开心。大胡子说来说去还是个大好人！恶人是不会听信的沙沙响和西瓜的咚咚声。尽管大胡子上次把他拉去找了伊佐利达·帕夫洛夫娜，但托利克对此并不介意。那全都怪叶妮卡，如果她不捣乱，他们可能都把事情谈妥了，因此托利克对这位成了卖西瓜掌柜的大胡子没有丝毫怨恨。

托利克笑眯眯地走到货架跟前。金属丝网里面都是一些厚皮的"球"，它们一个个煞有介事地摆在那里。"球"的两侧闪闪发光，上面映出托利克那张长着翘鼻子的小脸儿。他伸手去够了一个胀鼓鼓的怪沉的圆瓜，拿到自己跟前掂几下，本来就想放回去，可他突然想起了焦姆卡：该给焦姆卡弄吃的啊。

"怎么样？"托利克听出自己的心像钟摆一样摆来摆去，想道，"这么大一个瓜够他吃一天的。"托利克现在就可以把这个瓜抱走，以后等把事情都办妥了，再去找爸爸要钱来还给这个秃头的大胡子，向对方赔个不是，多说几句好话……

在别人看来，他现在脸涨得即使不像那有如消防器材般红彤彤的大秤，最起码也像炸熟了的虾。他深感羞愧，难堪。"看啊，"他嘟囔说，"还算一个正派人呢。"刚刚他还想到小偷，他只是通过看书才知道有过那种人。对了，还有那次折花的事。不过那些花不能算偷，因为看守最后是送给了他，虽说他为此付出了可笑的代价，挨了火辣辣的一通好抽。可这次呢！这次他偷了，亲自干的，亲自偷的。

托利克羞愧难当，私下里骂着自己，抱着西瓜便往外走。他出了大门，边走边把沉沉的瓜往上提了提。西瓜闪闪发亮，看上去像汽车的大灯。托利克匆匆回头一看，傻呆呆地站住了，自己身后站着那位帽子上插根翎毛的快活的大胡子，大胡子旁边是一名警察。

托利克迈一步，那两人也迈一步。托利克拔腿便跑，突然发现前面是伊佐利达·帕夫洛夫娜。在这关键时刻，他自己绊了一下，咕咚一声摔倒在沥青路面上。

西瓜啪的一声摔得粉碎。

托利克差点儿没哭出声。

西瓜原来是生的。

六

警察是个蒜头鼻子。

"你姓什么？"他准备好记录本和削得尖尖的铅笔，客客气气地问。

"博布罗夫。"托利克仔细地端详着警觉的卖瓜人，心情平静地回答说。托利克无所谓地望着围观的人群，什么恐惧、羞耻，已经全然不顾，仿佛他生来就是个偷瓜贼。

"家住哪里？"警察问。

托利克如实回答。

"那好，"蒜头鼻子收起记录本和铅笔，点了点头，"你能找来个证人吗？说不定这都是你胡编的吧？"

"容易得很。"托利克相当冷静地回答，向伊佐利达·帕夫洛夫娜掉转脸去。

他只是感到有些懊丧，真叫人扫兴，焦姆卡又得饿一天肚子了。这个西瓜本来可以维持焦姆卡一天的生活，而且托利克自己也可以尝尝。托利克舔了舔嘴唇。城里真是热极了。

直到现在托利克才仔细看了看他的老师。她脚蹬一双高跟鞋，高跟亮晃晃的，是金黄色。"真带劲儿！"托利克心想。不过这还不是全部。伊佐利达·帕夫洛夫娜头上歪戴一顶宽檐儿红帽，绿底红花的连衣裙使她一身的装扮更加漂亮。连衣裙上还束着一条宽宽的青铜链子。

伊佐利达·帕夫洛夫娜在学校都是穿翻领的灰连衣裙、淡灰色的袜子和低跟鞋，今天她可是穿得太花哨了！

托利克望着伊佐利达·帕夫洛夫娜，她看到他向自己投来不怀好意的目光，连忙从人群中往外挤。但人太多了，大家都在对托利克和生西瓜好奇地看来看去，说什么的都有。于是伊佐利达·帕夫洛夫娜忙挥动着她那尖削的胳膊肘，好不容易才从人缝里挤出去。托利克笑了。伊佐利达·帕夫洛夫娜不愿介入这件事。如果一会儿需要找证人，就把她算上一个。如果托利克把她说出来，那警察一定会写上她的大名，她可不愿意这样。

托利克想起春天时她对全班同学的那次折腾，她那夹鼻眼镜的闪光镜片，和她在校长面前说爸爸的那番话。"哼，坏透了！"托利克心里这么想，于是大声地重复一遍：

"简单得很，那就是我的老师！"

人群中叽叽喳喳地议论开了。

"等一等，女公民！"警察大声叫道，一步跨到伊佐利达·帕夫洛夫娜面前。

人群闪开一条道。

"他是您的学生？"警察彬彬有礼地问。

这时出现了一件怪事。

"不是！"伊佐利达·帕夫洛夫娜丝毫不觉得难为情，很快地说，"我不是教师，他这是胡说八道！"

托利克傻眼了。

警察抓起他的手，叹了口气：

"走！"

这时托利克突然笑了。他先是傻了眼，现在突然笑了。她说得多棒啊！她当然不是教师喽！她算什么教师呀，难道有这样的教师？

托利克哈哈哈地开怀大笑，警察和大胡子莫名其妙地向他扫了一眼，人群里嚷嚷开了，都在为托利克说谎而气愤。

托利克本以为警察局是个可怕的去处，原来丝毫也不可怕，就是一条回声很响的走廊，走廊两侧有好些包着黑皮革的门。蒜头鼻子警察往一扇门里探了个头，说了几句话，然后掩好门，说得等一等。

等就等吧。托利克他们在一条长凳上坐下，托利克坐中间，警察和大胡子坐两边。大胡子倒挺勤快的，收了自己的摊儿，跟着他们来了。

托利克心里有点不踏实。他一直在想着伊佐利达·帕夫洛夫娜，还在笑话她。

"你那是为了什么？"大胡子打断他的笑。

"什么为了什么？"他不明白大胡子的意思。

"我是问，为什么要偷西瓜？"

如果没有警察在场，托利克很可能把焦姆卡的情况一五一十地告诉这位卖西瓜的大胡子。有人饿着肚子，这总该是冠冕堂皇的借口嘛。可旁边还有一个蒜头鼻子警察，而警察局为找到焦姆卡大概都跑断腿了。不，他不能说，就像上次在邮箱前一样。

"不为什么！"他说。

"又是不为什么！"大胡子发火了，"上次说'不为什么'，这次也说'不为什么'。"

"这么说来，他认出自己了。"托利克冷冷一笑，心里想。

"你干吗老笑？"警察客客气气地问。

"不为什么！"托利克回答。

"你老是这句'不为什么'！"大胡子大声说。

三人有一阵不说话。

"那您呢？"托利克望着大胡子一眼，问，"您当过邮递员，可现在成了小商贩。您这又是为什么？"

"不为什么。"大胡子回答说，怪不好意思的。

"瞧您也是'不为什么'。"托利克笑了。

"是啊，"大胡子叹了口气，"我这是在寻找生活中的位置。"

"我也是。"托利克下意识地回答说。

"什么，你也是？"大胡子觉得不可思议，"你也在寻找生活中的位置？"

托利克的那句话是无意中说出来的，不过其实也是这么回事。他也在寻找生活中的位置。怎么，他就不能寻找？

"您听我说，"大胡子看了一眼警察，"您把他放了吧。刚才那个女人确实是他的老师。"

"我也这么想。"警察闷闷不乐地说。

"我有一次带他去找过她。"

"他偷东西了？"警察扬起眉毛。

"不，不，"卖瓜人赶紧摇头，"完全是另外一码事。"

警察看看自己脚上的皮鞋，好像在思考怎么办好。把一个人带到警察局来了，又把他放走？

"再说瓜也是生的！"大胡子大声说，"我把它算砸坏的得了！我告诉您吧，每次卸车都要砸坏不少！"

"不过他的行为是偷啊。"警察没有把握地说。

"他也不是为了自己！"大胡子大声说，"这我知道！"

警察曾经探头进去的那扇门开了，从里面出来两个人。一位是警察少校，另一位——托利克眼睛一下子睁得老大——是他的爸爸。

"您别着急！"少校安慰爸爸说，"大家都动员起来了，正在进行全城搜索。"

爸爸点点头，一步跨出了门，看见托利克后怔住了。

"出了什么事？"爸爸惊惶地问。

"他偷了西瓜。"警察从长凳上站起来说。

"他偷了我的西瓜！"大胡子把爸爸看成警察局的首长，进一步证实说，"可我刚才说了，他不是为自己！"

"您怎么知道的？"爸爸口气严厉地问。

"我相信这一点！"大胡子高声说，"我一看他，就知道他不是为他自己。还有他上次烧信也是事出有因。他有些窝心的事。"

"还烧了信？"爸爸觉得奇怪。

"是的，还烧了信！"大胡子高兴了，"烧了邮箱里的信。"

"原来是这样！"爸爸惘然若失地说。

"您认识这个孩子？"少校望着爸爸，奇怪地问。

"他是我的儿子！"爸爸回答。

"啊！"少校喜不自胜，"终于找到了！"

"不对，他不是那个儿子。"爸爸皱紧眉头。

"这就怪了！"少校眨动灰白的睫毛，注视着托利克说，"一个儿子跑了，另一个偷了西瓜。"

"你们放开他！"大胡子再次提出请求，"他偷的是我的西瓜。"

少校耸耸肩。

"既然您有这个请求，"少校说，"我们就不强留了。再说爸爸也在这里，会把事情弄清楚的。"

托利克和爸爸不声不响地走出警察局。

"你到底把谁的信烧了？"爸爸问。

托利克不说话。干吗要去提这些往事呢？过去的事就让它过去好了，现在的事已经够多的了！爸爸结了婚，焦姆卡跑了，托利克还在为给焦姆卡弄不到吃的犯愁呢。

爸爸像是听见托利克在叹息。

"焦姆卡在哪儿？"他瓮声瓮气地问。

托利克耸耸肩，不回答。

"你知道！"爸爸气急地说，"你不可能不知道。"

托利克狠狠地瞪了爸爸一眼。

"焦姆卡说他恨你！"托利克喊道，"焦姆卡说要你离开他们家！你说该怎么办呢？"

爸爸低头不语。

托利克望望天空。天空飘着朵朵白云，像蓝色的田野上放牧着一群白羊。只是城市上空低低地浮动着几团乌云。托利克瞅得更仔细一些，那是烟。它们不断地翻滚着，越升越高。

"那是什么？"托利克问，他的心不禁咯噔了一下。

"哪儿失火了。"爸爸还在想着心事，心不在焉地说。

"哪儿失火？"

"好像是臭虫村吧。"

"什么？"托利克大惊失色。

爸爸惊惶地打量着他，感到莫名其妙。

七

托利克拔腿便跑。

焦姆卡！焦姆卡在那儿！他一定在靠墙的那块垫子上睡得很死。托利克听说过多次，很多人都是在大火中烧死的。他们睡得很香，被烟熏得昏昏沉沉，就再也没有醒过来。

托利克憋足劲快跑，这辈子他还没跑过这么快，一些懒洋洋的汽车都落在了他身后。他比无轨电车跑得还快，因为电车还有停站的时候，托利克却没有任何停步的工夫。他像疯子猛跑着，一心只惦记焦姆卡。

身后传来脚步声，他没有回过身去。身边出现一个人的身影，这个人冲到前面去。他认出是爸爸。

"焦姆卡在那儿吗？"爸爸边跑边喊道。

再沉默就是犯罪了。

"是的！"托利克大声应答。

"在什么地方？"爸爸一口气说出来。

"你找不着！"托利克回答。

爸爸点点头，又喊道：

"快跟上！"

他俩像两个奥林匹克长跑运动员，紧紧地相跟着，肩并肩朝前跑。

当他们来到谷地边上时，两腿几乎都迈不动步了。

燃烧现场猛烈的大火轰轰作响，裹着黑烟的火舌冲天而起，炽红的木炭砰砰地腾向高空。

"全明白了！"托利克凝视着谷地这幅肆虐的场景，心里想。它无声无息地隐居了多年，一直在默默地等候这一时刻的到来。它一直在积蓄对原先那些居民住户的深仇大恨，对他们的忘恩负义大发脾气。它那意思是说：瞧你们这些人，在这儿住了这么些年，一旦不想再在这儿住了，拍拍屁股就溜掉。好呀，你们等着瞧吧！……谷地板起面孔，积蓄着力量，那些黢黑的老房子使它变黑了——接着，突如其来的一声大吼。它在呐喊，在怒吼，在呻吟！

火焰像红色的旋风卷起，从这家屋顶蔓延到那家屋顶。那一幢幢简陋的木屋已经干透，墙间还堆满了干燥的锯末，现在像一个个火柴盒，相继着起来了。

消防队员徒劳地将水龙滋向大火。水蒸发掉了，根本够不到屋顶。

谷地在肆虐。

谷地在发狂。

谷地在报复。

几辆汽车呼啸着驶向陡岸，从里面跳出好些警察，他们手拉手，将人们赶离崖边。

托利克和爸爸好不容易才挤过这条警戒线。

"有个男孩儿在那儿！"爸爸喊道，"有个男孩儿在那儿！"

他俩跑过警察拉起的警戒线，却被消防队员拦住了。

"有个男孩儿在那儿！"爸爸又喊了一声。

此时托利克看见，有两个戴头盔的大叔边跑边解开水龙带，跟在他俩身后猛冲。消防队员跑得慢些，因为有沉重的水龙带拖累，所以托利克和爸爸超过了他们。

焦姆卡待的那幢房子旁边有棵干枯的杨树。它像只火炬，正燃得旺。烧透了的树枝像一条条通红的蚯蚓，掉到屋顶上，托利克眼看屋顶一下子就烧着了，转眼间整个屋顶成了一片火海。

"向后退！"爸爸喊道，"马上后退！"

但托利克直摇头。他攒足了劲，拔腿便向前冲去，超过爸爸，冲进屋里。屋顶正烧着，屋里弥漫着浓浓的黑烟。呼吸很困难，嗓子里火辣辣的。托利克捏住鼻子，用手摸了摸垫子，没有焦姆卡。

托利克边咳边骂，跑到屋外。

"没有！"他冲爸爸喊了一声，突然看见了焦姆卡。

焦姆卡将上衣蒙住头，在地上爬来爬去，上衣已经在冒烟。

托利克又看见了母鸡，它在焦姆卡面前跑来跑去。焦姆卡则在它身边爬来爬去，捉住东西就往怀里揣。

"真是个糊涂虫！"托利克扯开嗓子喊。

焦姆卡是在捉小鸡雏，母鸡则在保护它们。母鸡啄他的手，不过焦姆卡还是在捉，再揣起来。

这时他的上衣烧着了。焦姆卡扔掉它，可马上又有一棵烧尽的杨树枝像一条通红的蚯蚓，掉到了他的衣服上，衣服又燃起来。

这时，爸爸也冲进来，他快步向焦姆卡扑去，将焦姆卡身上的火压灭，然后站起身，抱起焦姆卡，便撒腿往外跑。

"往回走！"他冲托利克喊道，"往回走！"

焦姆卡待的那幢小屋已成一片火海。

一棵粗大的杨树枝嘎嘎响着，咕咚一声掉在托利克身旁。他一扭身，跑去追爸爸，但脚底下踩了个滑不唧溜的东西，顿时摔倒在地。

托利克一阵痉挛，那是老鼠，乱糟糟的一大群老鼠。它们吱吱叫着，没命地往上跑，跑到有人的地方去。

托利克爬起来，好像有东西重重地朝他胸口打了一下，晃得他睁不开眼。他手足无措了，已分辨不出东西南北。

这时，他看见那个戴头盔的消防队员朝他身上滋了水，不让他身上的衣服燃着。

托利克不顾一切地跑出了谷地。

他看见了带红十字的急救车，看见了爸爸湿淋淋的驼背和担架上躺着的焦姆卡。焦姆卡的姿势有些别扭，像是想从担架上下来。

"躺好！躺好！"爸爸对焦姆卡说，但他一个劲儿执拗地摇头。

托利克看出了他的心思，便跑到焦姆卡跟前，从怀里掏出一只只黄澄澄的小鸡雏。

托利克将它们藏进衣服里面，打量着焦姆卡背上那块黑黑的吓人的伤口，带着哭腔骂起他来：

"你这个少年大自然研究家啊，太让人讨厌了！"

八

托利克仿佛觉得他是在雪面冰层上走。

他担心白得像雪堆的地板经他走后会留下脚印，因此走得很慢，很小心。白色的天花板，白色的墙，焦姆卡病床上白色的被褥，都晃得他睁不开眼。只有爸爸是黑的，像是烧煳了一样。

爸爸整宿整宿地在焦姆卡床前值班，白天由焦姆卡的妈妈来替换。托利克尽量避免同她见面。看着爸爸新娶的妻子总是有些别扭，所以他总是和她错开时间。

焦姆卡趴着，背的上方用铁棍搭成一个棚，上面覆盖白色的床单，很像帐篷。一棵正燃着的树枝烧伤了焦姆卡背上的皮肤，医生在烧伤的部位植了新皮，但是不能包扎，所以焦姆卡只有罩上白床单，整天趴着。

床后面有个木架，上面绑着一个盛有药水的容器，从容器接出一根细细的皮管，连着焦姆卡的一条腿，药水就这样慢慢地注入焦姆卡体内。

他几乎所有时间都处在昏睡状态，大夫给他服的都是一些安眠药。焦姆卡在梦中很不老实，老想翻身，或者把身子蜷起，总想躺得舒服一些，但爸爸把他按住了。焦姆卡无论如何也不能仰卧，这样绝对不行！

一天早上，托利克小心翼翼地踮着脚进了病房，看见爸爸耷拉着脑袋，在病床边坐着睡着了。

托利克轻手蹑脚地走到床前，在焦姆卡对面坐下，仔细地打量着他。

一个人得病后变化真大呀！焦姆卡圆圆的脸拉长了，瘦了，颧骨突出，脸上已经没有血色。

托利克轻声地叹了口气。

说实话，他是羡慕焦姆卡的。他一直都想不通，为什么这事出在焦姆卡身上，他却没能捞上这个福分。当然，躺在病床上也不是那么舒坦，得打很多这样那样的针！还有这帐篷一样的床单，还有钻心的疼痛……

托利克多次看见焦姆卡疼得直流眼泪。托利克凝视焦姆卡那变得瘦削的脸庞，一直在想：如果是自己，能做到这一点吗？一声也不喊，一声也不哼，没要过一次妈妈。

焦姆卡真是了不起！如果这样说给别人听，别人也许会觉得可笑，但焦姆卡在托利克心中是英雄。是他救了六只小鸡雏的命。六只小鸡雏，这对那些不了解焦姆卡如何痴爱他心目中的海豚和鲸鱼的人来说，也许觉得可笑。但如果一个人喜欢海豚，并把它们当朋友，这就是说，只要碰到这种情况，他也会爱惜所有的动物。焦姆卡就这么做了。他并不像有些人那样只说漂亮话，或者把这个念头藏在心里，而是付诸行动，所以他才被烧伤，而那六只小鸡雏却安然无恙。

托利克羡慕焦姆卡，羡慕这位英雄一般的朋友，并且老在想，自己就做不到这些，所以托利克总是向睡着的焦姆卡投去敬佩的目光，像是在看一个大人。

实际上，这场大火也像是将他俩分开了。托利克还是像原来那么小，可焦姆卡一下子成了个大人。

出了这样一件倒霉事，托利克伤心透了，焦姆卡却不改初衷，依旧那么坚强。他当时怎么说的，就怎么去做了，无论多疼也不做孬种。

托利克抽了一下鼻子。爸爸一激灵，向焦姆卡探过身去，以为是他在哭，发现却是托利克，于是平心静气地说：

"是你在哭吗？"

焦姆卡也马上睁开眼睛。

托利克对焦姆卡使了个眼色，从怀里掏出一只小鸡雏，交给了焦姆卡。焦姆卡笑笑，摸摸小不点儿黄灿灿的、毛茸茸的后背。托利克把小鸡雏放在地板上，看着它像个黄球似的，小爪子一滑一滑地非常滑稽，还小声地吱吱叫着。为了养这六只小鸡雏，托利克不知和外婆吵过多少架！但他最后还是达到了目的。他把这几只小鸡雏放在杂物棚里养起来，一直要养到焦姆卡伤愈出院为止。

爸爸向焦姆卡俯下身去，把焦姆卡的枕头拍松软。

"想喝水吗？"爸爸问，但焦姆卡一下子将脸转向墙。

爸爸无精打采地坐下，像是挨了一记耳光，然后打量起脚上的皮鞋来。接着他叹了口气，请托利克别走开，他要出去抽支烟。这些天来他抽得不多，因为焦姆卡睡着的时候离不开人。

"还不说话？"爸爸出去以后，托利克问。

"不说！"焦姆卡回答。

是啊，托利克过去的那种看法是对的。生活就是这么令人发愁，也叫人好笑。爸爸在焦姆卡床前护理他，像只老实的家犬不离开半步，可焦姆卡每次醒来，都不对爸爸表示任何好感，死都不说一句话，只知道将脸蛋儿掉开，紧闭双唇，直皱眉头。最可笑的是托利克理解焦姆卡，而且同意他的这种做法。

他们像是在进行一场决斗，看谁能战胜谁。是爸爸战胜焦姆卡，还是焦姆卡战胜爸爸。"这是一场决战。"托利克心里想。到底谁胜谁负，很快就会看出眉目来了。

为了让焦姆卡更便于进食，他吃饭得用勺子喂。他不要爸爸喂，总要等妈妈来了才开饭；或者自己吃，蹙着额头，从病床的铁栏杆间取食，弄得很不方便。

还有一件事。爸爸老在跟前，而焦姆卡又起不了床，上不了厕所。他不好意思求妈妈，在护士面前就更难为情。所以他和托利克说好了，只要爸爸一出去吸烟，托利克就拿出床底下那只玻璃便壶，帮焦姆卡解手。因为病房门不带锁，焦姆卡害怕有人进来，所以他都很着急，臊得脸通红，还一个劲儿地发抖。他最担心爸爸突然进来。不过他俩每次都赶在有人进来之前把事办妥。托利克还在屋里逗他，想拿个大顶，但没成功，弄得焦姆卡挺开心。有时托利克将一只小鸡雏带到焦姆卡跟前，由他直接在枕头上喂它面包渣。小鸡雏在喧腾的枕头上站都站不稳，孩子们笑得眼泪都流出来了。

爸爸回到病房，又坐下来履行他的职责，突然友好地对焦姆卡说：

"来，咱们来读它一段！"

焦姆卡紧皱眉头，扭过脸去冲着墙，双手捂住耳朵。爸爸难过地望着焦姆卡。他显然想重重地说上几句，但忍住了。他打开一本书页都已经发黄、揉得皱巴巴的书，出声地念出来。这本书是送焦姆卡来住院时，从焦姆卡裤兜里取出来的，就是那本《魔犬》。

焦姆卡双手捂住耳朵，但爸爸却像是没注意到这些。他大声地读呀，读呀，情绪也慢慢上来了。读到害怕的地方时，声音都有些吓人，让托利克听得又害怕了。不过没关系，这是第二次听。这种故事听一百遍都可以。

"……在点着烛光的裂罅里，出现一张由于沉溺酒色而扭曲的可怕面孔，一点人模样儿都看不出来了。"爸爸用神秘莫测的声音念道。是啊，听这种书真能叫人浑身起鸡皮疙瘩，所以托利克再次惊诧而心怀妒忌地望着焦姆卡。要是他，准会挺不下去了，哪怕稍稍给耳朵打开一条缝，也好听听爸爸在念些什么。但是焦姆卡一直使劲地捂住耳朵，用力得连手指都发白了。瞧，焦姆卡简直恨透了爸爸！就是爸爸的声音也讨厌得不得了！

焦姆卡在那儿坚决不听，托利克却坐在床前听得津津有味，这让他觉得很不自在，因为他俩是串通好了的，不是焦姆卡一人反对爸爸，而是他们俩联合反对。于是他从雪白的小凳上站起来，轻手轻脚地向门口走去。到门口又停下来，朝固执的焦姆卡看看，然后朝正在念书的爸爸看看。

托利克唉声叹气地走出病房，心想：这场决斗会是什么样的结局呢？到底谁会战胜谁？又到底孰是孰非？

小鸡雏在衣服里面不停地动，弄得托利克的肚皮好痒。托利克一直都怕痒，不过眼下也笑不起来了。他在想着自己的心事，一心想能助焦姆卡一臂之力。

"你可要挺住！挺住！"托利克翕动干裂的嘴唇，小声地说，同时心里在想，焦姆卡是个好人，是个忠诚的朋友，是个顽强而坚忍不拔的人，他真是说到就能做到。

托利克还想，如果说自己已经感到困难，在这场争斗中已经感到力不从心，那焦姆卡又会怎样呢？因为他还是个孩子，可是已经斗争了这么多年，这需要足够的力量和献身精神。

他先是跟自己的爸爸斗，要爸爸把酒戒了。后来跟妈妈斗，不让她赶走爸爸。现在又跟别人的爸爸斗，让对方离开这个家。

托利克边想边叹气，唉！活在世界上可真不容易！

九

托利克还有一点不明白：妈妈为什么这般激动？她不过是那次在商店门口见过焦姆卡一面，想必都没有看清楚，可一听说焦姆卡烧伤住院，爸爸不离开他半步，可把她急坏了。她每天总要问一遍："焦姆卡怎么样？"然后一定再问一句："你爸爸怎么样？"

焦姆卡的身体在慢慢康复。爸爸呢，像遭了霜打的茄子，整天蔫头耷脑的。

托利克开始还以为爸爸是因为焦姆卡才这样垂头丧气，因为是他导致焦姆卡离家出走。焦姆卡如果不离家出走，也就不会被烧伤住进医院。可当爸爸看托利克时，也是这副表情，说话都结结巴巴的，好像他在托利克面前也有过错——在所有人的面前，他全都有过错似的。

爸爸望着焦姆卡和托利克，看他那副模样，仿佛他俩已经不再是小孩子，而成了法官，他在等候他们的审判。

焦姆卡已经做出他的判决——用双手捂住耳朵，转过脸去不说话。托利克也做出了他的判决——他不能原谅爸爸的背叛行为。

可是，要审判一个人，而且是审判一个大人，这个大人还是自己的亲生父亲，可不是那么轻而易举的事。托利克从道义上不能原谅爸爸，感情上却怜悯他。因为他到底是自己的爸爸啊！

虽然爸爸背叛了托利克，躲到一边去了，可只要托利克想起那个冬夜，想起对面房前小花园里挂满白雪的树枝，爸爸又像是从一个黑咕隆咚的地方回到了自己的身旁。每当这时，托利克心里就很难过，像是失落了什么，永远也找不回来了。

托利克心中无限惆怅、难过，嗓子里直痒痒，他太可怜爸爸了。一产生这种想法，其他的种种想法就都不存在了。

托利克看着爸爸，突然一步走到爸爸跟前，伸出手去抚摸爸爸那胡荏儿扎人的脸蛋儿，这就是他做出的判决。爸爸抬起眼来看他，那对眼珠马上变得乌黑乌黑，像两泓深潭。

"挺起胸来！"托利克悄声地说——爸爸过去曾这么对自己说过。接着心里一惊，因为爸爸在抽泣。

这一年里经历的事太多了——家里闹翻了天，弄得很不愉快，多少事都让人失望和委屈透了，但是没有什么比看到爸爸抽泣更让托利克感到震动。

爸爸的双肩在抖动，妈妈哭的时候也是这样。爸爸夹紧肩膀，似乎想躲起来，好让孩子们看不见。他为在别人，而且还是在孩子面前现出原形而感到无地自容。但是他太痛苦了，简直痛苦到了极点……

托利克垂手直立在爸爸身旁，一下子慌了，不知道该干些什么，该说些什么才好。

焦姆卡的床吱扭响了一声。托利克掉转头去，看见了焦姆卡的眼睛。焦姆卡呆呆地望着他们。很快，焦姆卡的眼睛闪了一下，像出现了什么新的想法，是惋惜，也许是怜悯。总之，托利克过去还从未在焦姆卡的目光中见过这种神情！过去只见过他义无反顾的决心，见过愤恨与绝望，可从未见过怜悯！

焦姆卡瞬间就是用这种目光看爸爸的，只听见他的床又吱扭响了一声，他突然说：

"彼得·伊万诺维奇！彼得·伊万诺维奇，你念吧！"

爸爸一动不动，只是深深地吸了口气，用一只大手掌像帽檐一样遮住脸，然后站起身，到走廊去了。

托利克又瞥了焦姆卡一眼，看得焦姆卡扭过脸去，因为现在托利克的目光也变了。他本不打算这么去想的，可是事情竟水到渠成似的到了这一步，也由不得他了。是啊，他像焦姆卡一样对爸爸做出了判决，这下子却可怜起爸爸来了。他甚至还责怪地瞟了瞟焦姆卡，那意思是说，你怎么这样狠心呢？人就是这么怪，本应该先反省自己，却先去审视别人，责怪别人。

两个人一句话也没说，就这样对视了一眼，就什么都明白了。刹那间的顾盼胜过千言万语。

门砰的一声响，爸爸走进病房。他脸色平静，仿佛什么事也不曾发生，只不过是出去抽了一支烟。

他迈着坚定的大步走向小凳，稳稳地坐下来，打开了《魔犬》，不慌不忙地先看看焦姆卡，又朝托利克瞟了一眼。不过即使爸爸目光镇静，动作自然，而且尽量在孩子面前保持着大人的派头，托利克还是突然觉得他那只不过是强装出来的。爸爸现在的心情肯定糟糕透了。

托利克仔细打量爸爸，听他用异乎寻常平静的语调读《魔犬》中的可怕情节。托利克怀疑这种平静语调的真实性，因为只有那些心思不在书本上，一心一意在想心事的人，才会用这样的语调。托利克将爸爸比作一个在树林中迷路的行人，这个人迷路后东奔西突，已经完全绝望，却又变得固执，不愿承认自己迷了路。

不过，尽管托利克怀疑爸爸这种平静的真实性，但还是很高兴。

托利克高兴地看到焦姆卡现在躺在床上也不堵耳朵了，而是聚精会神地听爸爸读书。焦姆卡这样做完全表现出一种大人的男子汉大丈夫的气度。他这是要让爸爸明白，他们之间完全可以有高于敌意的东西。他要让爸爸明白，如果一方向另一方承认了自己的失败，即使是暂时的，那另一方就应随时表现出自己的宽宏大度，去理解和原谅别人，不要把对方逼上绝路。

十

焦姆卡的病房吹进了一阵清风，带走了经久不散的药味，病房里有了新鲜空气，人的心情变得轻松和清爽多了。

病房里也变得快活起来。

托利克不声不响地坐在那里，看着已经长大了一点儿的小鸡雏在地板上欢蹦乱跳，内心不由得偷偷地笑了，因为焦姆卡甚至都没注意到小鸡，和爸爸谈得正欢……

他们是在谈一起读过的《魔犬》。"会有这种事吗？"焦姆卡问。爸爸回答说："怎么会没有，如果给一只大猛犬全身涂上磷，夜里放出去，你想想看，会有多可怕啊！又是在沼泽地，多少公里以外都荒无人烟，加上那地方散布的可怕传说……"

焦姆卡笑着问：

"今天还能不能给狗涂上颜料？"

爸爸回答说：

"当然能啦，而且简便多了，可以不用磷，因为不管怎么说磷对身体有害，魔犬活不了多久准会死去。今天有了一些专门的颜料，它们能在黑暗中发光，但又对身体无害。"

焦姆卡马上精神起来，视线落到天花板上，仿佛他离开过病房，现在刚回来，和爸爸一同讨论他的想法——将一群受过训练的海豚都涂上这种颜料，然后夜间去观察它们在漆黑的大海里的生活，那该多么有趣啊！焦姆卡从未听说过有人夜里观察过海豚，比如说，它们怎样睡觉，在什么地方睡觉……

爸爸满脸堆笑地连连称是，说这个念头还真不错，而且大概还能拍到发光海豚的活动情况，研究它们夜间的游弋路线，为科学做出贡献。

焦姆卡还和爸爸聊起了他和托利克在谷地里捡到的那台相机，还说那台相机又笨又重，真可惜后来没能保护好，否则他们现在都可以在病房里拍照了：焦姆卡给爸爸拍，爸爸给焦姆卡拍，然后再给托利克拍，因为会拍照太重要了。生活中随时都用得着，不管干什么，当水下考察员也好，当工程师和飞行员也好，都得会拍照。

爸爸望着焦姆卡，望着他那通红的腮帮子和炯炯有神的眼睛，连连点头称是，他俩把托利克完全撇到一边了。

不过托利克也不觉得难过。如果爸爸和焦姆卡之间的关系得到改善，如果他们握手言欢，说到底也是件让他高兴的事，因为人与人之间就是要建立正常的关系，就是要和和气气地交谈。

再说，焦姆卡的情况正在好转，这是最重要的。绑吊针的木架拆掉了，盖在他上面的罩单顶棚也拆掉了，他已经能小心地翻身了。焦姆卡不再觉得那么疼了，不再咬嘴唇，而是常常咧嘴大笑。他笑了，这是最重要的！更让人开心的是，焦姆卡和爸爸一整天都是在笑脸相对。

爸爸像是长出了一对翅膀。他仿佛卸去了千斤重担，扔掉了压在肩上的千钧巨石。他不再那么蔫头耷脑，锁骨在衬衫里面也不那么显眼了，他总是把背挺得笔直，咧着一口白牙傻笑，嘴边的皱纹也舒展了。

爸爸使出浑身的解数，想让焦姆卡喜欢上他。

他们谈到的发光海豚和学照相的事，没想到竟成了现实。

托利克有一次去看焦姆卡，推开门，靠在门框上就笑了。只见焦姆卡床上有什么东西咔嚓一响，托利克的眼睛马上就瞪圆了，原来在焦姆卡的枕头旁边，由几根细棍托着一个小小的眼睛突出的装置，上面那只闪闪发光的凸眼睛正好对着托利克。焦姆卡在摁相机上的按钮，爸爸蹲在支架一旁，两人看上去很像两名正在瞄准的机枪手。

真是太棒了！托利克凝神地注视着闪闪发亮的装置，高兴得叫了起来。

"快过来！"焦姆卡侧过身，高高兴兴地叫他，"今天晚上咱们学拍照、冲卷和洗印。"

"光是洗印。"爸爸笑着，纠正了焦姆卡的话，"胶卷我早就冲出来了。"

焦姆卡和爸爸争先恐后地向托利克解释拍照是怎么回事，该往哪儿照，怎样掌握曝光时间，什么叫光圈，胶卷都有什么样的，把托利克都弄糊涂了，说什么也搞不清楚什么是摄影的灵敏度。

"那好吧！"爸爸笑着说，"第一次给你们讲这些理论就足够了，现在你们就互相拍吧，反正能拍三十六张。"

托利克和焦姆卡你抢我夺，把相机拿到手就在四周咔嚓咔嚓地摁个不停，互相给对方拍照，给爸爸拍，还拍病房，拍窗外的大街。能拍大街的当然是托利克，每听到咔嚓一声，焦姆卡总要问他：

"拍什么啦？"

"拍无轨电车！"托利克激动地嚷道，"拍麻雀！拍几个大姑娘逛大街！"

这时焦姆卡总是笑笑，算作回答。

"我很快就能下床了，"他若有所思地说，"到时候也拍一大堆照片！什么鸟儿都拍！什么动物都拍！”

“你到哪儿去找它们？”托利克奇怪地问，“你就拍麻雀吧！要不，拍咱们的小鸡雏！还有猫和狗也可以拍。”

“咱们可以到树林里去！”焦姆卡边说边向爸爸转过脸去，“等我好了以后，咱们到树林里去好吗，彼得·伊万诺维奇？”

“好！”爸爸说，“咱们可以坐上汽船顺流而下。星期五下午就出发，星期天晚上回家。咱们可以钓鱼，可以给鸟儿拍照。我知道有那么一个地方。”

托利克看了一眼喜气洋洋的爸爸，笑了，因为这不像是爸爸在答应同他们一道乘船出游，而像是有人答应要带他玩，所以他像个孩子一样高兴。

“现在你们就好好学吧，给鸟儿拍照要悄悄地。我不在你们身边，没人指导你们。如果要到树林里拍照，那曝光时间和光圈跟在太阳底下又不一样。”接着爸爸又详细地给他们讲了胶卷、被摄物的亮度、曝光时间和光圈之间的关系。

孩子们现在忙着了解摄影方面的知识，原来这和数学演算一样，需要知道规则。不过仅仅知道规则还不够，一定还得有熟练的技巧、经验和实践。他们不再胡乱拍了，每次都要经过反复斟酌，该用多大的光圈，照什么景物，要用多长的曝光时间，一直到胶卷用完为止。

后来爸爸卸下暗盒，就走了，两个孩子仍旧摆弄着相机。他俩一次次咔嚓咔嚓地空摁快门，你给我拍，我给你拍，一直到焦姆卡叫停为止。

“够了，够了！”焦姆卡说，“挂起来吧，别弄坏了，要不哪儿也去不成了。”

托利克乖乖地把相机挂起来，同时突然掠过一个不愉快的念头。他曾试图尽快驱散它，但无济于事。焦姆卡很快也注意到了这点，便问托利克是怎么回事。

"没什么！"托利克在竭尽全力驱散这一龌龊念头，淡淡地回答说。

可它根本驱散不掉，反而更加根深蒂固，很像是托利克体内钻进了一只猴子，一开始猴子还很小，勉强才能看见，但它很快地往大里长，最后长成一只毛茸茸的大猩猩，不知为什么还真有点儿像外婆哩。

"这是谁的相机？"这只大猩猩在学外婆的腔调轻声问道，"谁的？谁的呀？是你的，还是焦姆卡的？你不知道？那我就让你知道好了！是焦姆卡的。这是你爸爸送给他的礼物。是给他的，不是给你的，明白吗？可你却是爸爸的亲生儿子。而焦姆卡什么儿子也不是！你好好想想，爸爸什么时候给过你这么贵重的礼物？不用去想了！根本就没有过这样的事情！"

托利克内心的大猩猩欢蹦乱跳，用毛茸茸的长爪子拍打着自己，一次次地把大嘴咧到耳朵边。不过它身子长得越快，托利克便把头垂得越低，变得越腻烦。

他害怕看焦姆卡的眼睛，他为自己深感惭愧。

一个人不能选择自己的念头，不管是高尚的，还是龌龊的，它们都是油然而生。但是绝不能让龌龊的想法成为现实，人之所以和动物不同就是因为能做到这一点。应该善于及时抓住这只大猩猩的尾巴，把它拽出体外。这时你马上会变得轻松、畅快，因为再没人用毛茸茸的爪子在体内敲打你了。只是得尽快去做，只要稍有犹豫，对它表示同情，你就会与之同流合污，就会有一颗毛茸茸的心，就会当面对人笑，背后又恨透了他们。

托利克抬起头，深深地吸了口气。"走开，大猩猩，走开！"他甚至举起了拳头，冲假想中的大猩猩挥舞。

"你怎么啦？"焦姆卡两眼紧盯着托利克，莫名其妙地问道。

托利克闭上眼睛，做了一个深呼吸。大猩猩变小了，又变成个小不点儿。"你滚吧！"托利克冲它吼了一声，心想小了更容易轰跑。可它却赖着不走。它蜷成一个团，睡着了。

"真可恶！坏透了！"看到焦姆卡在询问地望着自己，他故作轻松地说，"没什么！哼！瞎扯！"

这还真的是瞎扯！因为托利克从来没嫉妒过别人，现在倒嫉妒起来了，而且还是嫉妒他的好友焦姆卡！焦姆卡的日子本来就过得不顺心，现在刚刚过上几天好日子，最好的朋友倒眼红起来了。

焦姆卡凝视着托利克，仿佛听到了托利克内心的一切想法，他面带忧伤地说：

"你别担心！这台相机是你的。我不会要彼得•伊万诺维奇的东西，我这人宁可吃亏，但绝不食言……"

他的话让托利克惊讶不已：焦姆卡怎么能知道我在想什么呢？

"你听我说，"焦姆卡若有所思地说，"我像是患有一种叫嗜睡症的病。得了这种病，可以一睡就是好几年……我就像是得了这种病，一直在沉睡。就算醒过来一会儿，然后又会是老样子。"

托利克脸上慢慢浮起了红晕。猩猩在他的内心完全消失不见了。他觉得在焦姆卡的面前羞愧难言。他怎么能有这种想法呢？

托利克浑身颤抖了一下，对了！这准是外婆的遗传基因起了作用。因为他是守财奴的外孙子。这个吝啬鬼因为贪得无厌，把一个好端端的家给拆散了，就像掰面包那样掰成了好几半。这种贪婪的毛病现在突然在他身上表现了出来。

想到这儿，他突然从凳子上站起来，跑出了医院。他太难为情了！

一出医院，他就和爸爸、妈妈面对面地碰上了。爸爸捧着一个好大的纸盒。

托利克站在他俩面前，不知道该怎么办。是从他俩身边走过去呢，还是应该高兴一番，因为爸爸、妈妈站到了一块儿，还说话哩。要在过去，他一定会高兴的，但现在他完全顾不上去想这些，他还在想着焦姆卡和相机的事，在想自己的事。

如果他身上有外婆的遗传基因，那将是最可怕的事！虽然现在一切都过去了，大猩猩不见了，可谁又能保证大猩猩不会再次出现？会不会在某一天，因为别的事和别的人又出现呢？

托利克的心情坏透了，都没发现爸爸和妈妈对他们的这次会面并不高兴。

"我把胶卷冲出来了，"爸爸对托利克说，"过一会儿咱们来印。"

"就在病房里印？"妈妈好像已经知道相机的事，也知道他们今天拍过照。

"是的，就在病房里印！"爸爸一笑，"你还记得尼古拉·伊万诺维奇吗？他是这里的主任医师，他会让印的！"

"那你们走吧！"妈妈心情平静地说，"祝你们成功！"

她转身不慌不忙地走了。托利克嘘了口气。

"没事儿！"爸爸搂住他的肩头，说，"事情很快就解决了。"

托利克如释重负地叹了口气，心想，事情确实也该了结了，因为焦姆卡这两天就可以出院了。

可实际上他俩并不了解对方的意思，一点儿也不了解。

爸爸推开焦姆卡病房的门，从纸盒里掏出放大器、几个小塑料盆和一只红灯泡。

爸爸在那儿忙乎着，焦姆卡却在用惊奇的目光望着托利克，显然他是对托利克偷偷溜走表示不解。可等他们往一个塑料盆里扔进去第一张印相纸，焦姆卡似乎把一切都忘在了脑后。在神秘的红光映照下，他的眼睛闪闪发亮，他向托利克使了个眼色，咬着耳朵说了句悄悄话：

"他是你的爸爸！"

托利克轻松地舒了口气，再次为焦姆卡和爸爸感到无比高兴。

此时，红灯照着的塑料盆里，仿佛在魔术师的授意下，一张白纸片逐渐映出托利克的影子，越来越明显，越来越清晰——身穿带格的褂子，嘴咧得大大的，眉毛扬起，眼睛像两个小圆点。

托利克望着斜倚在病房门框上的自己，为那一瞬间留下的奇迹惊愕不已。

印出来的照片还是湿的，托利克就卷成筒带回家了。第二天早上，等相纸干了，妈妈找来一颗图钉把它摁在墙上——就是外婆曾经挂过圣像的那个角落。

"瞧，"她笑着说，"现在你是我们的上帝了！"

"怎么说是你们的？"托利克望着郁郁寡欢的外婆，冷冷一笑。

他其实完全可以跑上前去，表示抗议地把照片扯掉。可是他真的舍不得啊！因为这是他最喜欢的照片——不是傻呆呆地坐在相机面前拍的那种。拍那种照片时，摄影师像哄小孩子一样："快瞧我这儿，瞧这儿的小鸟儿。"——这可是一张颇有人情味的照片，而且拍这张照片的不是别人，而是焦姆卡！

"是我们的！"妈妈乐呵呵地进一步证实说，仿佛没发现外婆在场似的，"是我们的！是我们的！"她的笑声如银铃般清脆。

第五章 百万富翁的外孙儿

一

从托利克带回湿乎乎的照片那天起，妈妈便像收音机一样，整天哼哼呀呀唱个不停。她满面红光，身上的衣服簌簌作响，仿佛衣服也有了什么喜事，甚至走起路来也轻快得像能飞起来似的。

看到她这种莫名其妙的高兴，托利克很不自在。爸爸离开了家，应该难过才是，可她还挺开心。妈妈不是那种无缘无故就能开心的人。

托利克脑子里掠过一个古怪而可怕的念头，他觉得自己变小了，微不足道了，没人再需要他了。

爸爸已经和另一个女人结了婚，是不是妈妈也要结婚，要嫁给另一个人男人呢？

太阳穴在突突地跳。托利克好不容易才慢慢稳住神。不，这是不可能的事！他努力地赶跑了这个古怪而可怕的想法，并深深感到自责。

托利克心情渐渐安稳下来，笑吟吟地打量着妈妈。她正在往报纸里包盐、土豆和洋葱，然后把这些东西装进一个小背囊里，还交代了许多事，比方说不要到太深的水域去，不许在树林里跑得很远，就像他还是个小孩子，要一个人到可怕的树林里去似的。

一艘大汽船停靠在码头，白晃晃的甲板透着凉意，金属扶手亮得耀眼，上面挂满了救生圈。还没开始放人上船，乘客就在岸上挤成了乱糟糟、闹哄哄的一堆。

　　一伙身穿绿色帆布上衣的年轻小伙子和姑娘显然是出去旅游，他们挤成一个圆圈，在那里说笑着。有的人还像背枪一样背着吉他。

　　人群中可以看见各种钓鱼竿，每把钓鱼竿下方都有一顶形同蘑菇伞的褪了色的破帽子。托利克仔细观察这些钓鱼翁，不觉轻声一笑，因为他们一个个脸色都像石头一样冷峻，注意力集中，仿佛他们此时已经置身在静静的水边了。在那里既不能说话，也不能分心，应该聚精会神地注视着水面上的红漂子，只等鱼儿来上钩。托利克想，怪不得那些钓鱼的都爱一个人待着，他们大概每个人都有一个不让别人知晓的僻静角落。"唉，你们这些自私鬼呀！"托利克笑着叹了口气，想象和爸爸、焦姆卡一起垂钓的情景。他们坐在一段木头上，在一起垂钓，或者不是同坐一段木头，而是稍微拉开一点儿距离，大家不躲不藏，每钓上一条鱼都要高兴一番。

　　开始放人上船。一群提袋挎篮的乡下娘儿们像冲击要塞一样，用力挤开那些出门旅游的小伙子和姑娘们，推开那些钓鱼翁，向汽船拥去。她们的篮子里都是一些黑黢黢的面包砖、烤得很干的小面包圈，还有长面包。这些乡下娘儿们一个紧跟一个迅速地登上跳板。托利克不懂她们在车站码头为什么要这般匆忙，只顾着笑。这时突然有个人上来捂住了他的眼睛。

　　托利克笑了，不用猜一定是焦姆卡！托利克回转身去，又笑起来。焦姆卡和爸爸身穿旧西服上衣，一人戴一顶形同蘑菇伞的破帽子，全副武装，看上去活像两个地道的钓鱼人。

　　三个人津津有味地东拉西扯，他们的心早已飞上汽船。最后一批提袋挎篮的乡下娘儿们跑上甲板，她们身后跟着一伙带钓竿的钓鱼人。托利克他们也该上甲板了，突然传来一声砸碎酒瓶的哗啦声。

托利克早就注意到码头上有一间售货亭，售货亭旁边聚集了一些无赖。他们冲着码头上的小广场大声嚷嚷。托利克只看了他们一眼，就转过身子不再看了，因为他今天心情非常好，不愿意扫兴。但现在传来一声砸碎酒瓶的哗啦声，又传来一阵醉鬼的叫喊。托利克朝售货亭投去一瞥，看见一个人踉踉跄跄地朝他们跑来。

这个人上衣敞着，手里攥着一个绿酒瓶的尖齿瓶颈，又脏又乱的头发都打了绺，脸上有一块淤血斑。

原来是焦姆卡的爸爸，托利克感到遗憾。"完了，"他想，"鱼又钓不成了！"

醉鬼气势汹汹地举着酒瓶颈，一步步地向他们逼近。

"啊——"醉鬼逼视着托利克的爸爸，说，"好一个当代英雄！走，咱们喝两盅去！"

托利克看着爸爸。爸爸脸色阴沉，咬紧下巴，两手握拳。托利克还以为爸爸有些胆怯了，但爸爸用响铮铮的口气说：

"你没看见吗？我们要上船……"

醉鬼拖着长音说：

"什么？上船？把我的女人弄到手了，现在还想把我的儿子也拉过去？"

托利克又瞧了一眼爸爸。爸爸一步跨到焦姆卡的爸爸跟前。

"欸！"焦姆卡的爸爸伸出砸碎的瓶颈，吼道，"你想尝尝这个的滋味？"

瓶子的尖齿龇着，在太阳下闪光，看上去很像狼嘴。焦姆卡一直默不作声地站在一边，直到托利克的爸爸向自己的爸爸迈出一步。

托利克还以为焦姆卡会过去保护自己的爸爸。但他攥紧拳头，直冲他爸爸走去。

"你要干什么？你要干什么？"焦姆卡气呼呼地大声说，在他的逼迫下，他的爸爸趔趔趄趄地向后退却。

醉鬼松开手，只听见酒瓶颈啪嚓一声掉到柏油路上成了碎片。此时此刻，如同回声一样，码头上的钟"当"地响了一声。

"开船了！"托利克说。

"好吧，"醉鬼摇摇头，向托利克的爸爸伸出手来，说，"那你给三个卢布！"

爸爸手伸进兜里掏钱，但焦姆卡喊道：

"不要给！"

他喊的声音不大，可却像下命令似的。托利克惊奇地发现，爸爸竟然很听话。

"要不给一个卢布也行！"醉鬼央求道。

焦姆卡死死地盯着他爸爸，不说话，犹豫了一下，慢慢地从兜里掏出钱。

"给！"他口气生硬地说，马上转过身去。

醉鬼欢蹦乱跳跑向售货亭，焦姆卡则向汽船走去。从爸爸和托利克旁边走过时，看都不看他俩一眼，只是简短而威严地说了声：

"咱们走！"

码头上的钟敲响了两下，接着汽船拉响了笛声，声音响亮而略带嘶哑，恍如史前巨龙在嗥叫。

他们仨急急忙忙地跑步登上甲板。

二

陡岸在向一边退去。汽船搅起泡沫，驶向像一块洋铁皮的河中。

头顶上有面旗在哗啦啦地飘，船身微微抖动，烟囱向透明的天空吐出一股黑烟。带着大袋小篮的那些乡下娘儿们在长椅上坐下，取出各式各样的食物，解下花花绿绿的头巾，心里踏实了，她们吃着、笑着；钓鱼人把钓竿拢成一堆，他们聚集在小卖部周围；那些出门旅游的小伙子、大姑娘们唱起了欢快的歌曲。

焦姆卡站在船头，倚着栏杆，两眼望着水面，一句话也不说，像是为什么事在生托利克和爸爸的气。

为了缓和一下尴尬的气氛，托利克来到焦姆卡跟前，搂住他的肩膀。焦姆卡仍然一动不动。

"你怎么啦？"托利克问。

焦姆卡不回答。托利克想起来了，焦姆卡住院的时候，时间对他们来说像是停滞了。下棋就有这种情况：棋手在走棋，棋子儿在挪动，但形势——下棋的行话叫布局，毫无变化。无论是白子儿，还是黑子儿，一时都还分不出胜负。托利克曾遇到过这种情况。大家都在东奔西跑，说南道北，都在忙着做这做那，但什么变化也没有。

可现在时间又开始启动。他们看到了焦姆卡的爸爸，时针便向前走了。但不是从它停的那一刻开始起步，而像是跨过了逝去的岁月，向前迈出了一大步，结果把很多事情搞得面目全非。

妈妈踏实下来了，看来她已经接受并习惯了爸爸不归家的现状。爸爸和焦姆卡和好了。托利克比谁都愿意看到爸爸回家，但现在却在为他们的和好感到欣慰。

时间向前跨了一大步，焦姆卡也变了。如果在过去，焦姆卡肯定会去劝说自己的爸爸，也许还会把他领回家，现在却不认他了。

时间在父与子两辈人中间画了一条新线，即地理教科书上说的那种分水岭。这条线的一边有三个人——托利克、焦姆卡和托利克的爸爸。

难道就这么下去，三个人在一起？托利克和焦姆卡有一个共同的爸爸？

托利克向焦姆卡转过身去。他对此能说些什么呢？如果焦姆卡能成为他的哥哥，那他就太高兴了！

不过这统统都是孩子的胡思乱想。因为如果他俩有一个共同的爸爸，那两个妈妈该怎么办？托利克和焦姆卡都有自己的妈妈，而且她俩都是爸爸的妻子，一个是前妻，一个是现在的妻子。这真是没法解决的问题。这种事容不得半点幻想色彩。

托利克又冒出了那个旧念头。他又不放心地想到了妈妈。她太得意了，都有些让人生疑。她是不是也要嫁人？

托利克想象着有那么一个男人进到他们家来，也不征得他的同意，便成了他的新爸爸，这真叫人不寒而栗。即使不叫爸爸，叫继父，那又有什么两样！这个人将检查他的记分册，对他指手画脚，没准还会揍他……

不，这种情况他无法接受！

托利克瞥了一眼焦姆卡，这么久以来好像第一次对他有了真正的了解，明白了他为什么一开始对爸爸怀有刻骨的仇恨，也突然感受到了爸爸的力量，对，就是爸爸的力量！是爸爸把焦姆卡的仇恨化为乌有，是爸爸让焦姆卡说出"他是你的爸爸"这样的话。

"不过，下一步又该怎么办？"托利克满腹愁绪，忐忑不安地想，"因为时间又在往前走了，它让汽船发出机器的轰鸣，让钟摆发出滴答滴答的响声。"

这时，爸爸走过来，将厚厚的手掌搭在他俩的肩上。

"小伙子们，怎么啦，泄气了？"他小声地问道，又像是给自己打气一样，"不应该泄气。不能这样……挺起胸来！"

后面有人唱起了歌。托利克心想又是那帮出门旅行的小伙子、大姑娘在唱，但歌词有些异样。

他回过头去，看见是那些带着满袋子满篮子面包、头巾褪到肩上的女人们在低声吟唱。

歌声带有几分忧伤。托利克开始只听出调子是陌生的，可后来歌词也能听清了：

　　　下午三点，

　　　三点……

　　　金晃晃的太阳往下坠落……

　　　啊，我们的晚霞升了起来，

　　　晚霞多么明亮！

　　　多么明亮……

　　　在这晚霞满天的时候，

　　　小鸟儿……小鸟儿在歌唱……

托利克环顾一下甲板。旅行者们已经安静下来，放下吉他，脸上现出惊异的表情。那些上年纪的钓鱼人守着钓竿，不知为何却皱起了眉头。

好像不是所有的女人们都会唱这首歌，开头几句只有四个人唱，三个年纪大一些的，还有一个年轻的。

　　　小鸟儿在歌唱……

　　　啊，它们在放声高唱……

　　　四周……

她们唱着，然后其他人也跟着唱起来：

　　　……四周空荡荡，

　　　四周空荡荡……

托利克凝神看着那四个领唱人。在码头上的时候他没注意到她们一个个的脸蛋儿都晒得黝黑，在她们的脑门上，两边脸颊上，都能看到一条条白道，那是没晒黑的部位。看得出来，这些女人都是顶着日头干活的人。

> 啊，山下面的空旷田野里，
>
> 有一幢小茅舍，
>
> 有一幢小茅舍……
>
> 啊，就在这幢小茅舍里，
>
> 有一间崭新的小屋，
>
> 有一间崭新的小屋……
>
> 啊，就在这间崭新的小屋里，
>
> 住过一个小寡妇！

歌声起得突然，又戛然而止。旅游者们不恰当地鼓起掌，但没人响应。听这种歌也鼓掌实在是太愚蠢，所以这些女人都不屑看那些旅游人一眼。甲板上变得鸦雀无声，只听见船舷外河水的呜咽。

"我还以为她们都是些二道贩子呢！"托利克若有所思地说，"像闹饥荒时候那样把大批粮食囤起来。再看她们上船时的那副模样，一个个都像是疯了似的。"

"不，"爸爸沉思着说，"她们不是二道贩子……眼下正是收获季节，农民们从早到晚都在地里干活。为了不在家里烤面包，那样浪费时间，附近那些集体农庄就派妇女进城去买面包。远的就不划算了，附近的都去。"

"那她们不是为自己？"焦姆卡问。

"不是为自己。"爸爸点点头，仿佛他不是在给孩子们解释，而是在回忆。"不是为自己。"他又闷声闷气地重复了一遍，"至于说她们上船的时候乱挤乱撞，那是她们习惯了。因为来来往往的船只不是什么时候都那么宽敞。也有那种小火轮，还有那种明轮船，那些船就挤了。她们每个人都有孩子，都有家，活儿又那么忙……男人们不是在干活，就是死在了战场上。所以她们才那么匆忙，那么推推搡搡，也是没办法。"

爸爸将脸转向孩子们。

"这都是战争的错。"他沉痛地说，"都怨战争……"

爸爸靠在栏杆上，点烟抽了起来。托利克和焦姆卡望着前方，望着很快暗下去的水面，望着落日余晖。

在船上想着战争，托利克想到的不是电影里看到的坦克，不是隆隆炮声，他想起了波利娅大婶，想起她说过的关于妈妈和爸爸的话。她说，他们都还年轻，没吃过真正的苦，所以不懂得应该互相爱护。他想起了她那挂在屋角的年轻丈夫的照片，对她和那些女人如此相似而惊诧不已。她们像那些在不同地方，但在同一个时间栽下的树。

战争早已成为过去，可这些女人和波利娅大婶还忘不了。她们唱着忧郁的歌，望着那些永远也不会衰老的人们的照片，她们永远也忘不了，因为战争是最惨重的灾难。

"既然战争是人世间最惨重的灾难，当没有了战争，那人们就应该相亲相爱！"托利克这么想，紧紧抓住了焦姆卡的肩膀。

三

深夜，天空中闪烁着的星辰和映着浮标红灯的河水混为一体，这时汽船拉响了低沉、沙哑而悠长的笛声。

汽船的船舷撞了一下码头，码头如怨如诉地吱吱嘎嘎一阵响，两个孩子跟着爸爸从踏板走到码头上，随着船长的口令声，船身搅起泡沫，转眼间即在拐弯处不见了。四周静了下来。

爸爸领着孩子们来到一间有几把长条凳的小屋子里，这些长条凳和火车站的一模一样。

小屋里汗味熏人，一位胖大婶在一把长条凳上鼾声如雷，她有时候还吧嗒吧嗒嘴。

"找个地方躺躺吧！"爸爸说，"反正夜里也赶不了路。"

爸爸用随身带的背囊当枕头，将帽子拉到眼眉，躺下了。孩子们也躺了下来。托利克想，如果能在田野的篝火旁宿营就好了，但篝火是以后的事了。他心里想着即将发生的事，不知不觉便睡着了。

托利克第一个醒来，心里有一种欢畅的感觉。他轻手蹑脚地走出候船室，向河面望去——驳船上的小屋恍若升到了半空，在云间迷了途，因为它已淹没在凉爽的灰白色雾海里。河岸与河面都不见了，头顶上还是一片透明而洁净的天空。

托利克推醒了焦姆卡和爸爸。他们从雾中出来，登上陡岸，踏上落满朝露的草地。托利克猫下腰，采下一把湿润的青草，拂了拂面颊。面颊顿觉凉丝丝的，清新而舒畅。

河面飘浮着羽状雾团，在雾的上方，太阳升起来了，覆满露珠的草地上五彩缤纷，闪闪放光。

一匹长腿的瘦小马驹从林中来到草地上。它可笑地一次次扬起尾巴，从碧绿的草地上一跑而过，尔后一动不动地停了一会儿，突然抬起细长的腿，大喜过望地嘶鸣。

托利克很想扔下背囊，脱去衣服，也像这匹马驹在落满露珠的草地上打个滚儿，跃入这露珠涔涔的绿茵长河……

"喂，小马驹！"托利克听见爸爸的声音，身子一哆嗦。

焦姆卡和爸爸已经在前面走很远了，托利克追上他们。他们正像看个孩子一样地打量他，想必是当他在欣赏小马驹时，他们已经猜到了他的心思。

他开心地想："就让他们猜到好了，就让他们把我看成一个孩子！说不定他们自己也想成为一匹小马驹呢！"

托利克靠着爸爸的一只胳臂。

"你还记得吗，爸爸？"他问。爸爸居高临下地看了他一眼，和和气气地点了点头。

他俩互相会意，彼此心照不宣。这是因为他俩严冬时节说过的话兑现了；因为他们现在正两脚踏着闪闪发亮的露珠，从草地上走过；因为他们呼吸舒畅而自由，新鲜的空气像一股晶莹透亮的泉水注入他们的心田。他们迈着轻松、自在的步子，此时此刻他们诸事如意，所以也就不愿去想，除了这种简单而自在的生活，还会有另外一种不堪回首的生活。

托利克向爸爸靠得更紧一些，他俩步伐一致，如果不是托利克看清了焦姆卡的脸色，那周围的一切都会很好的。

焦姆卡看到爸爸向托利克点头，托利克向爸爸的胳臂偎过去，就突然掉转了身子。

托利克尴尬极了。昨天在码头上，还有现在，他已经把焦姆卡都忘到脑后去了，心里只惦着自己，他似乎是在提醒焦姆卡：我有一个多好的爸爸。我的爸爸就是我的，不是别人的！

爸爸也看出焦姆卡有想法，为了不偏不倚，他搂住了两个孩子的肩头，还冲着焦姆卡问道：

"你们说说，都听见了些什么呀？"

托利克侧耳倾听。四下里寂然无声，连下面的河水似乎也静止了。

"有一只鸟儿在叫。"焦姆卡回答。

"对了，"爸爸说，"那是一只柳莺。"

托利克听见远处有唧唧声，有些懊恼：自己真是个聋子！

"是谁在橐橐地敲东西？"焦姆卡开始有了笑脸，问，"是啄木鸟吗？"

"对！"爸爸点点头。

听焦姆卡这么一说，托利克才听见远方单调的橐橐声。他为了不落在焦姆卡的后边，屏声敛气地向寂静中谛听，突然听见一种嗡嗡声。

"熊蜂？"他没把握地说。

焦姆卡和爸爸再次像看个小不点儿似的看着托利克。

"是熊蜂。"爸爸说。

"是熊蜂。"焦姆卡也说。

河面上的雾散了，像春汛时节河开了一样。他们到河边采来一些柳枝做钓鱼竿，急急忙忙往钓钩上挂鱼饵。

是啊，托利克今天就是吉星高照！他第一个钓上了鱼。尽管鱼儿不大，但这也不错，因为主要是有了一个好的开端，主要是他第一个看见鱼漂往下沉，又惊又喜地一激灵，急匆匆地拖出鱼竿，一声大喊让整条河都听见了，回声拖得很长很长：

"钓到了——了——了！"

也许是鱼有鱼的规矩：小鱼上小孩的钩，稍大一点儿的鱼上稍大一些孩子的钩，最大的鱼上大人的钩？大概是有这样的规矩，怪不得爸爸往外拖鱼竿的机会不多，但一拖出来就是巴掌大的鲈鱼。焦姆卡拖鱼竿的机会多些，他钓到的都是一条条鲤鱼。托利克几乎每分钟都能钓上又小又容易上钩的小白条。他们钓到了不少鱼。当鱼汤在篝火上煮好之后，他们吃得香极了。

不过这到底才是他们的一部分活动。他们来这里不仅仅是为了喝鱼汤，主要还是来打猎。不是一般的打猎，而是拍照。

当然，对那些真正的摄影爱好者来说，得有一架专门的照相机，物镜得有一米来长，才能把远距离的各种动物都拍得清清楚楚。用那种一般的"接班人"牌照相机凑到那些小心翼翼的飞鸟或林中走兽跟前显然不是那么容易，不过那又有什么，这倒更有趣呢！

由于钓鱼成绩不错，轮到托利克第一个去"打猎"，因此吃过午饭他便到树林里去了。

夏天的树林美极了！桦树叶上的小瓢虫像一滴滴血。一只瓢虫张开翅膀，飞向空中。托利克目送一只金龟子飞走，才一步跨过一条蚂蚁运输线。蚂蚁在这条运输线上跑来跑去，运送小草、麦秸，运送死甲虫。它们忙忙碌碌，别的事全然不去理会，而且还从不吵架。托利克觉得蚂蚁之间最讲和睦！

托利克在洒满阳光的透亮树林里大步穿行，对每一声神秘莫测、转瞬即逝的响动都注意倾听，对每一棵树都留心看，一心想找到一只鸟儿。他忽然怀着感激的心情想到了焦姆卡。

不管怎么说，他过去对焦姆卡如此喜爱海豚和鲸鱼的心情并不十分理解，焦姆卡说过，喜欢鲸鱼是因为它生性直率，因为它有天不怕地不怕的豪气。

托利克今天才真正理解了焦姆卡的话。因为今天他看见了快活的小马驹，看见了洒满珍珠般露珠的草地，观察了蚂蚁，对瓢虫有过种种遐想。

所有的动物原来和人都很相似，无论是小马驹，还是瓢虫和蚂蚁，它们过着它们的日子，也都有自己的快乐。托利克不再仅仅把它们看成动物、昆虫，而是把它们看作和自己一样的人，自己就是它们的哥哥。那么焦姆卡当然就是所有动物——海豚、鲸鱼和小鸡雏等的大哥哥了……

四

托利克坐下来。一只山雀在枝头跳来跳去，然后往树林里飞了。他绕着树干转了一圈，又一次笑了——他今天不知笑了多少回！

托利克钻进灌木丛里，定好光圈和曝光时间，将镜头对准树洞，一动不动地等待着。

山雀终于在取景框里出现，它在起飞前先摆动摆动嘴。托利克咔嚓一声按下快门，小鸟便不见了。他想站起来往前走，但又改变了主意，决定再给山雀拍一张，因为一次未必能拍成功。

他待在灌木丛里，一心想着勤劳的山雀，它一天大概得在树林里飞上千次，才能保证小雏鸟能吃饱肚子。待孩子们长大之后，它还得教它们飞——它跟人类的妈妈一样爱自己的子女，关心和呵护自己的孩子。

突然听见有人说话，托利克从藏身处欠起身子，于是看见了爸爸和焦姆卡。他俩正不慌不忙地在林边大步走着，在聊着什么。托利克决定先躲起来，等他俩走近时再出去，说不定这段时间山雀还会飞回来，他还能给它拍上一张。

然而山雀并没飞回来，说话声音却越来越近了，托利克听见爸爸说：

"你别说得那么严重吧！"

"并不严重，"焦姆卡激动地说，"我说得并不严重，而是平心而论。因为这不是自然灾害。"

托利克赶忙躲好，甚至都顾不上想偷听别人谈话是不道德的事。

"事在人为。"爸爸说，"如果他没能耐，那就是自然灾害。他自己可是什么办法也没有。"

"可他也该为别人着想吧？"

托利克听出来了，他们是在谈论焦姆卡的爸爸。

"一个醉鬼管束不住自己。"爸爸说，还叹了口气。

"那不喝酒的人能管住自己吗？"焦姆卡口气生硬地问。

爸爸像是陷入了沉思，不出声。他俩来到离托利克藏身处很近的地方，站住了。

"你瞧，"爸爸说，"一个鸟窝。"

"咱们是不是等鸟飞来？"焦姆卡问，紧接着又补上一句，"就说您吧，管得了自己吗？"

爸爸划了根火柴，托利克闻到一股香烟味。

"你说什么？"爸爸沉吟一会儿，问道。

"彼得·伊万诺维奇！"焦姆卡突然很不客气地说，"您什么时候离开我们家？"

"你这是从何说起？"爸爸的声音有些激动。

"您应该走，"焦姆卡回答，"您应该回去。"

"你就这么容不下我？"爸爸很不自然地问道。

"不是，否则我就不这样和您谈论我的爸爸了。"焦姆卡沉默了一会儿，又说，"他从来没像您这样对待我。他就知道灌黄汤骂人，骂人灌黄汤。您跟他不同，不过您也管不住自己。"

爸爸冷冷一笑。

"你知道什么呀？"他有些无奈地说，"有些事得等你长大了才会明白。"

"我现在就明白，"焦姆卡并不生气，反而央求道，"给我一支烟抽吧！"

又听见刺的一声，一根火柴划燃了，托利克想象着焦姆卡和爸爸抽烟的情景。两人边聊边抽，毫无辈分的距离。

"唉，焦姆卡！"爸爸叹了口气，"你那么着急想成为大人，可不知当大人的艰辛。"

"小孩更难当！"这是焦姆卡的回答，"因为我们还得依附于你们。"

托利克这段时间一直望着树洞，小山雀终于飞回窝了。但他还是一动不动，相机摆在他的膝盖上。

"飞回来了！"爸爸发现了山雀。

"您快些走吧，彼得·伊万诺维奇，"焦姆卡仍然沉浸在自己的世界里，他再次说道，"您看托利克多么盼望您回去，再说您也不爱我妈妈，这我都看出来了。"

"不许说傻话！"爸爸一声断喝，声音紧张得像绷紧的弦，"我哪儿也不打算去！"

托利克聚精会神地听着他们的谈话，心里一直对焦姆卡的顽强和大胆大为赞赏。他担心爸爸和焦姆卡会吵起来。爸爸再一次口气生硬地重复道：

"不许说傻话！"

可焦姆卡突然抱着一线希望问道：

"那您就不走了？"

一开始托利克如释重负地嘘了口气——谢天谢地，他们并没吵架，可是等他们走远了，他才突然悟出来——焦姆卡愿意爸爸哪儿也不去哩。

爸爸和焦姆卡的身影变小了，成了绿草地上的两只小甲虫。托利克站起身，看见天空突然变得低多了，大地变窄了，青草也显得枯黄。他死死地抠着山雀筑窝的那棵树，把五指抠得生疼，唏嘘泪下。现在一切都完了！爸爸不回家了，托利克再也找不到同盟者了！焦姆卡过去可是说得很有道理，也很坚决，当时托利克还为自己能有这么一位忠实的朋友而高兴，现在连这样的一位朋友也不翼而飞了……

托利克后脖子上滑过一滴湿乎乎的东西。他抬起头。树梢上低低地飘过团团乌云，太阳像是从来也没露过脸似的。雨下起来了，雨点又大又沉，哗哗地打在树叶上。托利克跑到一棵大桦树下避雨，心里盼着这雨很快就停下来。但雨并没停，只是雨点变得小些了。

托利克一直身靠那棵枝叶繁茂的桦树站着，一开始还行，可随着雨点从叶子间往下滴，托利克很快便湿透了。

远处有人喊。托利克侧耳听，那是爸爸和焦姆卡在喊他。

托利克决定不回答，但声音越来越清晰，他已经能听出这声音中有几分不安。

"站在这儿故意让自己淋得透湿，说来说去也没什么好处。"托利克心里想，一下子离开了那棵桦树。

他打老远就看见了爸爸和焦姆卡。他俩背着背囊，一身赶路装束。

"快！"爸爸生气地说，"咱们该走了。你看这雨下得多大呀！"

托利克从焦姆卡手里接过自己的行囊，往湿漉漉的背上一放。

"快！"爸爸又重复了一遍，"如果咱们赶不上船，就得在这儿待到明天早上了。"

爸爸在前面迈着大步，给他和焦姆卡带路。

"彼得·伊万诺维奇，咱们是不是留下来呢？"焦姆卡兴冲冲地问道，然后把衬衫脱了下来，雨点唰唰地打在那有块黑记的背上。

"穿上衣服。"爸爸担心地说。

但焦姆卡挥动衬衫和背囊，不声不响地只顾往前方的雨幕中跑去，托利克知道焦姆卡为什么这么高兴。

托利克却变得难过起来，但他马上想到自己早上看小马驹的情景，他当时多么想也到落满露珠的草地去打上几个滚儿啊，他当时简直是心花怒放，曾经命令自己去体谅朋友。焦姆卡尽了一切努力，这他都听见了，焦姆卡没有过错。

焦姆卡理应高兴，焦姆卡今天完全有理由高兴。

五

汽船克服着河水的阻力，慢腾腾地逆流而上。托利克望着雨点打在河面上溅起小水柱，在消磨时间。

他一路上几乎没说一句话，爸爸的话也少了。只有焦姆卡一人很开心，在汽船上走来走去，走遍了所有的角落。

早上他们回到城里，焦姆卡和爸爸把托利克送到电车站。爸爸抑郁不欢，焦姆卡却相反，分手时还冲托利克招了招手，喊道：

"再来！"

电车哐啷一声，开动了。此刻托利克突然想起了那位吹号的胖大叔。他安葬了朋友，在大街上吹奏哀乐，但大家都嘲笑他，对他并不理解。

眼下情况也几乎如此。"再来！"焦姆卡这样对托利克说，可听起来却完全是另外一码事，仿佛是"再见了！"的意思。虽说托利克并未安葬自己的朋友，可却真的失去了，永远失去了……

电车缓慢而小心地爬行。焦姆卡和爸爸的身影越来越小，就缺了那个吹号的胖大叔，不然那景象更是惨不忍睹……

托利克恍如天神下世，受到了家里的欢迎。妈妈自不用说，笑着两手一举一拍，搂住他，像是有一百年没见着他。外婆也很开心，她那双小眼睛熠熠生辉。她大声抽起了鼻子，看见外孙子后深为动情，似乎都没想到能再见到他。她变得有些异样。

托利克耸耸肩，扔下背囊，不慌不忙洗了把脸，其间还不时望望兴高采烈的妈妈。

他很想和妈妈说一些爸爸的事，说他再不会回家，但看上去妈妈像是把过去的事全忘光了。对她来说那些事似乎都已告一段落，问题已顺利解决，还有什么必要翻来覆去说那些事呢？

托利克吃饭的当儿，妈妈要收拾出门，临走还一再笑眯眯地说，她没想到他会提前回来。

托利克听她没完没了地唠叨，不禁警觉起来。妈妈在镜子前忙乎了一阵，说：

"我走了！"

"你去哪儿？"托利克口气严厉地问，然而妈妈像是没听出他的这种厉害口气。

"我有事，两个小时左右回来。"

门被砰的一下关上。托利克扔掉勺子，站起来就往外走。

"你这是要上哪儿，外孙子？"外婆大声说道，"你可不能把我这个老婆子撇下……"

托利克鄙夷不屑地望了老太婆一眼，急忙跑到院子里。

他一边跑，一边搜肠刮肚地想出一些要说给妈妈听的最恶毒、最难听的话。

妈妈就在前面。她步履有如少女般轻盈，不时轻轻挥动几下小手提包，往四下望望，也许那双透明的大眼睛还笑眯眯的呢。

妈妈走到一间香烟亭前突然停下，不走了。托利克的心跳变得更加猛烈，因为他看见妈妈手中闪了一下玻璃纸烟盒。"完了！"他绝望地想，"她自己从不吸烟，这么说来是为男人买的？为另一个男人！"现在一切都明白了。

看着妈妈迈着轻盈的步子去赴约，托利克想：如果爸爸看到这种场面，他会说些什么呢，又会作何感想，会有什么举动？

他大概会迈着坚定的步子走到妈妈跟前，当着大伙儿的面扇她一个嘴巴。可是他为什么要扇她？她跟他又有什么相干呀？因为是他有负于妈妈，所以她采取这种行动很可能还是有意的呢，就是为了让爸爸明白，她根本就不稀罕他，也不打算一辈子为他伤心难过。

托利克放慢了脚步。

是不是不要去理会这些事？既然妈妈和爸爸不愿在一起过，他一个孩子又能有什么办法？顺其自然吧。他们要怎么过是他们的事，让他们自己去拿定主意好了……

那自己呢？托利克心头不由得涌起一股怨恨。会不会又和过去一样？一切都由大人说了算，而你只是一个一声不响的小卒，任意由人摆布？他们做出决定，只需向你宣布就行了？

妈妈嫁人，而后再向你宣布？

为什么小孩子不应该去考虑大人的事，为什么呀？

如果这些大人的事关系到孩子们，甚至比对大人本身有更多的利害关系呢？为什么大人在处理自己的事时，不考虑一下孩子？为什么孩子就应该永远当个旁观者？

托利克心事重重。等再次看见妈妈时，她已经在前面很远的地方，和一个男人站在一起。托利克的指尖顿时变得冰凉，因为妈妈挽起那个男人的胳臂朝玻璃亭走去。妈妈、爸爸和托利克那次从法院出来，曾在那里面待过。

不，妈妈的这种背叛不是心血来潮，而是一种蓄谋已久的举动。她是特意上那儿去，以证明她对过去的事毫不介意。

托利克恨不得马上走上前去，把想要说的话都抖搂出来。

妈妈和那个男人就坐在他们上次坐过的地方。那个男人背对着托利克，妈妈侧身向他。托利克走到他俩跟前，眼前一片模糊。

"这太卑鄙了！"托利克望着妈妈，哑着嗓子说，接着又重复了一遍，"这太卑鄙了！"

那个男人很快向托利克转过身来，但托利克看也没看，因为妈妈找个什么样的男人他根本无所谓。

妈妈慌张地看了托利克一眼，不过瞬间她又笑了，说道：

"这太好了！你来得太好了！我们马上就会让你高兴。"

"还会让我高兴呢！"托利克闪过这个念头，"我知道他们玩的什么把戏……"

　　托利克像是有所戒备，慢腾腾地掉过目光去看那个男人。不看则已，一看全身哆嗦了一下，脑门上直冒汗。

　　是爸爸穿一身崭新的西装坐在他的面前。

　　托利克双腿站不稳了，他坐下来，双肘撑住桌面，垂下了头。太阳穴的青筋在突突地跳，嘴里又干又苦。

　　"来瓶香槟！"托利克听见从远处传来爸爸的声音，耳朵上方在咕嘟咕嘟地响。

　　他抬起头。桌上摆着三只大酒杯，两只装得很满，第三只只斟了一小点。

　　"孩子，"妈妈满面春风地说，"来，我们干了这一杯吧！"她的脸蛋儿烧得像个红苹果。"来吧，来吧，今天可以！今天我跟你爸爸……"她在斟字酌句，说不下去了，乐不可支地瞥了爸爸一眼，"今天我们握手言和了……"

　　托利克喝下一口香槟，感到嘴里凉丝丝的，一直到这时才听懂妈妈说了些什么。

　　握手言和了？怎么握手言和的？……他昨天在树林里刚听见爸爸告诉焦姆卡，说要继续留在他们家，哪儿也不去，可妈妈现在却说他们握手言和了。

　　"怎么握手言和的？"托利克还蒙在鼓里，他直直地看着爸爸。

　　爸爸笑眯眯的，频频点头。

　　"不，"托利克说，"你们骗人！"

　　妈妈发出银铃般的笑声。

　　"他不相信哩！"她大声说道，"他不会相信的！"

"我会相信，"托利克心平气和地反唇相讥，"不过这不是真的。"

"是真的，是真的！"爸爸证实说，"你还记得我们在这里坐过吗？"托利克点点头。"而且我当时还对妈妈说了，我们不能这样生活，我们得远走高飞。"托利克又点了点头。"你瞧，妈妈同意了。我们马上就要搬到另一个城市去了。我将在一家新工厂里当工程师。"

这事有多简单啊，真是太简单了！妈妈开始不同意，现在竟然同意了？一定还有什么事！

"不，"托利克固执地说，"这不是真的！"

爸爸警觉起来。

"因为你昨天对焦姆卡说过，你要留在他们家。"

托利克目不转睛地看着爸爸，看他到底怎么回答，看他做何解释。

爸爸一声不响，脸涨得通红。妈妈大惑不解地看着爸爸。爸爸像一个说谎话被揭穿的顽童，他垂下目光，为自己辩解道：

"那我当时还能说些什么呢？"

爸爸脸更红了。妈妈为了替爸爸解围，冷冰冰地说道：

"爸爸就要离开他们家了。"

"噢——"托利克会意地拉长声音说，"这就是说，你那不过是糊弄一下焦姆卡？"

托利克突然感到这件事弄得自己实在太累了。

爸爸是在撒谎……

撒谎，撒谎，撒谎……

爸爸轻而易举就把焦姆卡骗了，就像一个小孩糊弄另一个小孩。

托利克觉得像有好几个大沙袋压到他身上，大沙袋在一直往下压，他一点儿办法也没有。他扛不住这个重压。

是啊，这个世界还真是个谜！如果一个人对自己都不了解，那还谈什么了解别人呢？因为现在看来该欢喜一场才是，应该喜滋滋地看着笑吟吟的爸爸、妈妈，高高兴兴地庆祝，因为事情的结局跟昨天爸爸答应焦姆卡的完全两样。

托利克很想高兴起来，他又喝下一口香槟，然后自己也觉得突然地问道：

"那今天就是你们的大喜日子喽？"

"托利克！"妈妈厉声说道，"你还……"她大概想说"你还什么也不明白"或者类似的话，但爸爸攥住了她的手。

"唉，你们呀！"托利克发出一声苦笑。

"唉，你们呀！"他又重复了一遍，"真是正人君子啊！"

他从桌旁站起，用咄咄逼人的目光看了爸爸一眼。

是啊，托利克不是随随便便地看了一眼，而是将目光刺到爸爸心里去了，好像是想尽可能地把爸爸这部复杂的机器看个透。

爸爸在托利克的成人目光逼视下颤抖了一下。

六

托利克将一块小石子扔进窗户里，焦姆卡很快便出来了。

托利克不知该怎样把这件事原原本本地告诉焦姆卡才好。他们一家人从玻璃亭里出来以后，爸爸和妈妈回家，托利克则来找焦姆卡了。

当然，他可以不用着急，让爸爸自己去说好了。爸爸干出来的好事，就该爸爸自己去说。"等一等吧！"托利克不断重复着这句话。"但这怎么可以等呢？我是焦姆卡的朋友，难道是桌上摆的花瓶，光摆着好看的？"不，应该马上告诉焦姆卡，因为焦姆卡还蒙在鼓里。

他俩来到臭虫村的边上。谷地到处都是灰烬，已经面目全非，只留下几幢烧得差不多的破屋，其余的都让大火烧光了。

托利克望着他们那幢小屋所在的地方。那棵杨树黑乎乎地戳在那里，成了对过去的纪念，成了对托利克和焦姆卡的所有好时光的纪念。

"你听我说，"托利克转身对焦姆卡说，"我有话要对你讲。"

"我也有话对你说，"焦姆卡一本正经地说，"我跟爸爸……跟彼得·伊万诺维奇，"他红着脸做了纠正，"谈过，他……他对我说……说他……"焦姆卡鼓足勇气，最后一口气吐了出来，"不回你们那儿去了。"

托利克打量着焦姆卡，看出他在活受罪。他在说这些话的时候，有多难为情啊。他得承认爸爸战胜了他的顽强意志。像扯断一棵小树，已经将他完全摧垮，这不用说是怪难堪的。不过最主要的还不在此。最主要还在于焦姆卡羞于承认爸爸的胜利，自己就此认输。

一个膀大腰圆的大小伙子，没几天就该上八年级了，羞得满脸通红地站在一个五年级学生的面前，但是一点儿办法也没有。

托利克默默无语。

现在反倒是焦姆卡向托利克投来惊讶的目光。托利克为什么不说话，为什么不觉得伤心，因为这毕竟是一件大事，所以焦姆卡已经准备好要进行一场重要的谈话。焦姆卡准备听凭指责，准备说出很可能是最重要的话来——他再不能恨爸爸了。

"你知道吗，焦姆卡，"托利克盯着对方的眼睛说，"我也想和你说说这件事。"

托利克转过身去。他站在一片大火废墟的陡边上，看来像是马上就不得不纵身跃入这道深谷，落到那些烧焦了的木桩上，落到那些燎煳了的砖块堆上……总之，还是由他来承受这个罪好。

托利克抬起眼睛。

"那不是真的！"他伤心地说，又解释道，"那是骗人的鬼话。爸爸已经回我们家了。他们就要远走高飞……"

托利克看见焦姆卡的眼睛睁得老大。他望着托利克，但好像又看不见托利克，撇着嘴可怜巴巴地笑着。

焦姆卡一动不动地站在那儿，傻呆呆地笑着，双方的沉默成了他们之间的一堵透明的墙。

这堵墙越来越高，越来越宽，托利克心怀恐惧地感觉到，他对这堵墙已经无能为力。它自己在长高、加宽，并不以他和焦姆卡的意志为转移。就像是爸爸戴上一顶隐形帽，正急急忙忙地在焦姆卡和托利克之间垒起这堵墙。是爸爸让他们走到一起的，让他们互相认识，如果不是爸爸撮合，他们可能永远都是陌生人。他们应该感谢爸爸才是。可现在，爸爸已经不再需要他们相识，于是这个隐身人正在忙着垒墙。

焦姆卡瞪大双眼，漫不经心地望着大火过后的残垣断壁，猝然说道：

"我就料到了嘛……"

"该结束了，"托利克难过地想，"他马上就会转身走掉。"他们从此就再也见不着了，永远也见不着了。托利克要和父母远走高飞，焦姆卡则留下来，以后相互的回忆只会让大家心里难受，于是彼此都在尽力将对方从自己的记忆中抹掉。

这次又是大人在捣鬼！虽说他们现在不在身旁，可是他们把这些事包办代替了。是啊，大人们像磁铁一样，可以随心所欲地摆布那些铁屑。托利克和焦姆卡就是受爸爸随心摆布的。

"唉，这些大人！"托利克绝望地想，"要没有他们就好了。"

这当然属于无稽之谈。大人和孩子就像自行车的各个部件，没有大人是不行的。自行车架是孩子，脚蹬子和链条是大人，是脚蹬子和链条使自行车转动起来。要说这也不错，但重要的是得让自行车走好……可是谁又知道怎样才能走好呢？孩子不知道，而大人是想往哪儿走便往哪儿走……

　　焦姆卡绝望地望着谷地，默不作声。托利克摸摸他的肩头。

　　"是啊，当然了，"焦姆卡突然勉强一笑，"这也正是我们所希望的啊……"

　　托利克想起爸爸心里就不舒服。爸爸干吗要让焦姆卡跟自己相识？爸爸应该知道这会带来什么后果，一定知道！托利克想起了一件事——妈妈每天都要问他："焦姆卡现在怎么样？"然后又问："爸爸呢？"还有，爸爸和妈妈有一次在医院附近站着聊天，仿佛他们什么事也不曾有过似的，仿佛他们不曾离过婚，还在那里相顾而笑。还有妈妈跟他说过的话："你是我们的上帝。""谁的——我们的？"托利克当时就觉得有些不可思议，因为不可能是外婆的，而妈妈光说自己时又不可能说"我们"。现在明白了，她为什么要说这个"我们"。

　　现在看来，他俩早就握手言和了，可还在演戏。爸爸还一直在努力博得焦姆卡的好感，最后竟如愿以偿。

　　"别难过！"焦姆卡突然用教训的口吻说，"你别难过，应该高兴才是。"

　　托利克看了焦姆卡一眼，焦姆卡的眼神里找不到一丝儿委屈和伤心的成分，有的只是理解……理解！

　　"要知道他是你的，是你的爸爸啊。"焦姆卡若有所思地说，"谢天谢地，这一切终归告一段落……"

　　"你知道吧，"他进一步说，"事情能有这样的结果是件大好事，虽然说老实话，我跟你爸爸……已经处惯了……不过他要是留下来，也还是没什么用……我不会忘了自己的生父。"

　　托利克垂下头。

　　"挺起胸来！"焦姆卡说，还笑了笑，"还记得你老爱说的这句话吗？"他顿了顿，像是在斟酌字句。"我了解你，"他说，"你现在心里一定在骂彼得·伊万诺维奇。你认为他欺骗了我，欺骗了我的妈妈……不，你错了。你大错特错了，你不要去责怪他吧。他也不容易啊。"

托利克叹了口气，仔细地端详着焦姆卡，说：

"焦姆卡，你真是个大好人，人家揍你，你还乐哩。"

焦姆卡沉默了一会儿，忽然笑了。

"要知道我是个拳击手，"他说，"就应该这样，要不我算什么拳击手……"

突然，托利克想起了焦姆卡对自己说过的一只勇敢无畏的鲸鱼。这只鲸鱼受了致命伤，向船只掉转头，飞快地扎入船身。

焦姆卡说这个故事时还笑呢。他还说，人们应该像这只勇敢无畏的鲸鱼一样。

七

家里像过节一样。

桌上罩了一块新的桌布，上面摆满盛着各种食物的盘子，酒杯里荡漾着白酒。爸爸和妈妈的衣着都很漂亮——爸爸穿一套新西服，妈妈穿喜欢的那件连衣裙，只有外婆一人还是平日的装束——灰头巾，灰上衣，头巾下面露出尖尖的小鼻子。

"快，"托利克刚一进屋，妈妈就说，"我们等你好久啦。"听她说话的口气，好像他们要上哪儿都来不及了似的。

托利克仔细地打量爸爸一眼。新西服很合体，他还买了很贵的新衬衫和漂亮的领带。爸爸简直像个新郎官。就是他的脸色苍白，带有倦意，新郎官绝不能是这个样儿的。他好像是千里迢迢赶到这儿，刚洗了把脸，就挨着桌子坐下。

刚才托利克还在责怪爸爸，认为他欺骗了焦姆卡，现在气却慢慢地消了。

爸爸举起杯子：

"咱们干了吧，祝咱们万事如意。"

妈妈表示赞同地点点头，跟爸爸碰了碰杯。外婆也碰了杯，但她没喝，只是沾了沾嘴唇，狠狠地白了爸爸一眼。

爸爸低下头，胡乱地用叉子去戳菜。

哼，本来是想大家欢聚一场，结果弄得扫兴透了。托利克原本以为这将是快快活活的一天，快活得你那根神秘莫测的琴弦也会弹响起来，你要引吭高歌，你想干什么就能干什么——因为他们一家四口人又重新坐到一起了，他们又在一起了，可是现在和过去不一样。正是因为情况有了变化，正是因为爸爸和妈妈战胜了外婆，所以外婆才这么恶狠狠地瞪爸爸。

托利克在盘子里戳来戳去——都是好吃的，可他就是咽不下，一点儿胃口也没有。

爸爸和妈妈相互谅解了，但托利克却并不觉得高兴。他们的谅解来得如此不易、如此漫长、错综复杂而充满痛苦，又有什么值得高兴的？

托利克像是以一个旁观者的身份打量着他的一家。他觉得四个人都有错。每个人都得为所发生的事承担自己的责任。过去托利克只怪外婆一人，现在他终于明白了：无论是妈妈，还是爸爸和他自己，每个人都有自己的不对之处。他们无一例外地全都有错，但也全都是受害者。外婆失去了权威，托利克有过一系列不幸，妈妈和爸爸就更不用说了。怪不得他俩虽然都穿得漂漂亮亮，但两个人又都是拉长着脸。

爸爸打起精神，佯装笑脸。

"好啦，过去的事就算过去啦！"他看了一眼外婆，举起酒杯，又说，"亚历山德拉·瓦西里耶夫娜，咱们来干了这一杯，愿咱们做个好亲戚！"

外婆又狠狠地瞪了爸爸一眼，但没出声，只是沉重地叹了口气，一口将杯中酒喝干。

"这么说，是两天以后，别佳？"妈妈悄声问道，像是不相信已发生的事实。

"两天以后。"爸爸回答说，"明天咱们收拾收拾，再去把票取来。后天嘛，后天咱们就再见了。"

再见了？再见了焦姆卡，再见了房子和外婆，再见了学校、冬天院子里的冰球场和那顶坦克头盔？还有整整一年的生活也得再见了？

"所有的都得再见了，"爸爸重复了一遍，看了托利克一眼，问他，"是不是，焦姆卡？"

爸爸打住话头，脸色变得煞白。托利克也觉得爸爸变得颇不自在。

托利克忧郁而痛心地说：

"我不是焦姆卡，我是托利克……"

"对不起，"爸爸情绪沮丧极了，"对不起，我说错了……"

托利克从桌旁站起身，走到窗前。黄昏已经降临，树木、板墙和房子都被浓重的暮色吞没了。

托利克听见身后传来爸爸的脚步声，感觉有只手搭到他肩上。

"对不起！"爸爸悄声说。这时托利克突然发现，其实爸爸不用这么请求他，他已经原谅爸爸了。

托利克之所以原谅爸爸，是因为爸爸把托利克叫成焦姆卡，这说明爸爸心里面一直有焦姆卡。爸爸和外婆碰杯，他告诉妈妈，说两天后他们就要走，他想忘掉曾经有过的一切，却记住了焦姆卡，说明他在想念焦姆卡，他一定觉得自己在焦姆卡面前有错，对焦姆卡有不公正之处。

这么说来，焦姆卡护他并没有错，也许是焦姆卡更了解爸爸？

这时妈妈也来到他们身旁，好像也是来请求托利克原谅爸爸，理解爸爸，爸爸并不是存心想让他难受。

"托利克，明天，"妈妈和颜悦色地说，"咱们到学校去办转学手续。"

"一切都完了！"他绝望地想。学校完了，说过自己不是老师的伊佐利达·帕夫洛夫娜完了，叶妮卡和齐帕也完了。也怪，当托利克逐一回忆这些不快的人和事时，一点儿也不觉得轻松。恰恰相反，嗓子里像堵了什么东西似的难受。那科利亚·苏沃洛夫呢？那玛什卡·伊万诺夫娜，还有马哈尔·马哈雷奇呢？最重要的还是焦姆卡！难道就一刀两断了？难道能把过去的事全都忘光吗？

"这样好了，妈妈，"他猛地转过身去，说，"就你们俩走吧！"

只听见桌子附近啪地响了一声。托利克朝发出响声的地方望了一眼，原来是外婆打了一只碗，白色的瓷片碎了一地。外婆将它们捡起来，想一一拼好，但无济于事。

"你们先走！"托利克接着说。

妈妈和爸爸望着托利克，好像不认识他了。

"我以后再去找你们，我一定去。不过不是现在，是以后。"然后又突然改用大人的口吻补充道，"你们先去安排好。"

别人听了会以为他这是要父母先去搞到房子，安排好工作，但托利克指的却是另一码事。

爸爸和妈妈也听懂了他的意思。

妈妈不知所措地望着托利克，她的双臂像爬蔓一样耷拉下来。托利克以为她会说"咱们哪儿也不去了"。

但妈妈突然用一只手抹了把脸，像是要抹去什么东西，然后毅然决然地说：

"好吧，我同意。"

托利克马上走回饭桌，看着一桌子的美味佳肴，一下子胃口大开。

妈妈用惊奇的目光瞅着托利克，爸爸则在窗前一声不响地猛吸烟。

突然，外婆一声哽咽，她向托利克伸出骨瘦如柴的手，泣不成声地哭诉道：

"我的好外孙儿！只有你没抛弃我啊……"

外婆装腔作势的举动托利克见过多次，可今天外婆是真的哭了。

八

早上爸爸和妈妈在收拾行李，忙得不可开交，托利克和外婆在默默地看着他们忙乎。

托利克想，爸爸和妈妈也太性急，简直是在瞎忙。看他们的样子人们还会以为他们不是在收拾两口空箱子，而是在忙着盖房，而且因为是第一次盖，所以总是担心有什么事没办妥或哪些地方出了纰漏。

这时，有人敲门。外婆赶紧跑到门口，放了一个圆滚滚的人进来。

这个人个子甚至比外婆还矮，看上去像是由一个个球组成。其中一个大球是肚子，另一个小一些的球是脑袋。那双胳臂也像两个伸出来的小球。那个人像是滚到了桌前。

来人撇了撇胡子，突然尖声尖气地问道：

"你们谁是亚历山德拉•瓦西里耶夫娜？"

与此同时，他仔细地打量了爸爸和托利克一眼，似乎他俩有可能是亚历山德拉•瓦西里耶夫娜似的。

外婆把鞋拖得沙沙响，边走边掏钥匙，不慌不忙地打开五斗橱，从中取出身份证。

"我就是亚历山德拉·瓦西里耶夫娜。"她向来人出示身份证，不卑不亢地说。

来人仔仔细细看过身份证，而后宣布说：

"我是您请来的公证人。"

"公证人"这个词儿对托利克并不陌生。在他的想象中，公证人类似法官或检察官，也穿着庄重的黑色大礼服，帽子像饼干盒，也是黑色的。他们从事的是重要的工作，但不参加审讯。公证人一定会戴上眼镜，他应该通晓所有的法律。

这个圆滚滚的家伙穿的却是普普通通的领扣在侧边的竖领衬衫，肥大得像剧场幕布的亚麻料裤子，眼镜装在铁盒里，用一股皮筋马马虎虎地绷着，所以看上去一点儿也不像个通晓法律的人。

来人解开夹在腋下的卷宗，取出几页纸和自来水笔，头朝爸爸、妈妈和托利克那边点了一下，仿佛他们不是人，而是件家具似的。他问外婆：

"他们不碍事吧？"

外婆得意地打量妈妈和爸爸一眼，沉默了一会儿，然后清晰地厉声说：

"不！"

来人拿着那几页纸，把自来水笔弄得嘎吱嘎吱响，而后一本正经地宣布道：

"现在开始立遗嘱！请问您要遗赠的是什么呢？是动产还是不动产？"

"啊？"外婆没听懂。

"我问您要遗赠的是什么财产？"公证人大声喊，心想老婆子没准是耳朵背，"是动产还是不动产？"

"是钱！"外婆沉下脸，说。

"是现款还是存款？"公证人又问。

"存款。"外婆说。

"噢，是这么回事。"公证人在纸上边写边说道，"遗赠款……"

"九千……"

"新币？"托利克一声尖叫。

"新币！"外婆自豪地说。

公证人放下自来水笔，狐疑地盯着外婆看。

"那你们是什么人？"他问爸爸和妈妈。

从这个圆滚滚的家伙"滚"进家以后，爸爸和妈妈便不再收拾他们的箱子，而是茫然地站在那儿，像在瞧一部好看的电影。

"我是女儿，"妈妈稍加犹豫后回答说，"他是我的丈夫，这是我们的儿子。"

"噢！"公证人高兴地说，用手掌摸摸脑袋，"你们住在一起？"

"是在一起过，"妈妈轻声地回答，"不过我们明天就要走了。"

公证人从桌子后面走出来，来到妈妈跟前。他大概只到妈妈的肩部，托利克好不容易才忍住笑。

"搬新居了？是合作住房吧？"

"不是，"妈妈觉得奇怪，"是到另一个城市去。为什么您那么认为呢？"

公证人又回到桌旁，瞧了瞧外婆。

"您把钱遗赠给女儿？"他问外婆。

外婆眉毛一扬，威严地瞟了妈妈一眼，就像是她的时机终于来到了。仿佛她现在成了检察官，马上要对妈妈做出判决。

"不！"外婆毫不含糊地说，"我不给女儿，我给他。"说着，她将干枯的手指指向托利克。

托利克笑了。外婆又在出洋相。她也就老实了一个晚上，现在老毛病又犯了。

"但是在他成年之前不能动用我的一分钱！"外婆对公证人说。

公证人蹙起额头，向那几页纸俯下身去，但马上又撂下自来水笔。

"不！"他叫起来，"我不明白！"

说完，他又离开桌子，在房间里踱来踱去。

"您有钱，"他大声对外婆说，"可却住在这样的房子里！您可以住进合作社盖好的房子里，也可以添新家具。"

公证人走到衣柜前，突然用肩膀一拱，衣柜嘎吱作响。

"瞧！"他像是在向谁证明什么似的，说，"您看见了吧！都是一些乱七八糟的破烂玩意儿！可您还要把钱留给孙子。"

他跑向桌旁，又坐下来摆弄那几页纸，望着外婆声色俱厉地说：

"请您原谅！我来说服您改变主意，这已经违反了我的职责。不过请您想想，孙子到成年还得五六年，是不是？再说，干吗要留给他钱？他长大以后自己会去挣的。而您呀，说句不客气的话，只会在这间破房子里死去。"

他摘下眼镜，用眼镜腿敲敲桌子。

"是不是你们不和？"他问，"是不是您气急了才这么说的？如果是这样我以后再来好了。"

他看了一眼外婆、妈妈、爸爸和托利克，摇摇头，开始动手收那几页纸。外婆赶忙拦住他说：

"您呀，违反了自己的职责。我怎么说，您就怎么写好了。"

"好吧！"公证人望望外婆，接着又把笔弄得嘎吱嘎吱响，一边写字一边嘟囔，"将九千卢布……遗赠给成年以后的……阿纳托利·彼得洛维奇·博布罗夫（托利克的全名）。"

"九千。"托利克眯起眼睛，极力去想象这是多大的一堆钱，但怎么也想象不出来。

嘿！外婆真是个守财奴！正是因为她吝啬，爸爸和妈妈被折磨得够苦的了。瞧，她攒下了多少钱啊，现在她都不知道这么多钱该往哪儿搁好。

"嘿！"托利克还在惊讶不已，"你真是个守财奴啊，外婆！"

托利克第一次这么大声叫外婆。外婆正颜厉色地盯着他看了一眼，那意思好像是说：我要取消你的继承权了。托利克从眼神里看出了她的心思，马上说道：

"我才不稀罕你的钱哩！它们对我纯粹是聋子的耳朵——多余。"

托利克回转身去，看见妈妈和爸爸在那里笑得很开心。他觉得奇怪：莫非说聋子的耳朵就这么可笑？再转念一想，原来他们不是在笑他那句话，而是在笑外婆。外婆一定以为他们会哭，会请求她饶恕的。他们一定会说："好吧，我们投降，只是你得把钱给我们。"可他们呢，却在那里笑！

"哎呀！"圆滚滚的公证人透过眼镜望着外婆说，"干我们这一行的，什么样的事都见识过。"

他用自来水笔在纸上写得沙沙响，托利克觉得外婆一下子苍老了许多。

她双肩向下耷拉，小鼻子下垂，那个圆滚滚的公证人不管说什么她都点头。托利克突然觉得外婆很可怜。

外婆现在不再是女主人和主宰，在公证人面前坐着的是个穿灰上衣和灰袜子的灰不溜秋的干瘪老太婆，生命的终点已经指日可待。

九

动身那天，妈妈神色坚毅，满脸笑容，可是后来她突然又变得严肃，仿佛出了什么事。她这种毅然决然的表情和快活劲儿是假的，是强装出来的。她像戴上一副沉重的面具，弄得她疲惫不堪，眼看力气都要耗尽了。她在大木箱上坐下来，双手夹在膝间，默不作声。

妈妈几次站起身，想去和爸爸一道收拾行李，但马上又坐下，又是那么可怜巴巴地望着托利克，看她那神态，像是托利克快要死了似的。

时间一晃而过，爸爸说：

"该走了！咱们坐下来歇歇好上路。"

妈妈那双透亮的眼睛又有了神，她犹豫不决地坐在皮箱上，低着头。有那么一瞬间托利克还想，她肯定不会坚持到底的，他们哪儿也走不成。

他希望这样吗？也希望，也不希望。他还真想象不出他和外婆两人在一起该怎么过，大概是不会太称心如意就是了。不过也正因为这样，他不希望有别的解决办法。就让他们远走高飞好了！让他们走吧！

"好啦，起来吧！"爸爸对妈妈说。这时托利克看见爸爸的目光缓缓而怅然地环顾了房间一眼。看了看像水母一样挂在天花板下的灯伞，连公证人都看不过眼的大衣柜，还有沙发、五斗橱、外婆的那口大木箱……

就在这时，爸爸精神一振，突然又开心地笑了，大概是在想着新家和旅途上的事。

他们来到院子里。爸爸走在前面，他提着两只旧皮箱，其中一只上面还绑了个小锅。佝偻着背的外婆、妈妈和托利克紧随其后。

波利娅大婶坐在大门外的长凳上。她一见他们出来了，赶忙起立。

"你们要走了？"女邻居悄声问。

"我们走了。"妈妈回答说，突然一下子扑向波利娅大婶，搂住了她。

波利娅大婶轻轻地抚摸着妈妈的后背："好啦，好啦！多多保重！多多保重！"说完，竟哭了。

他们继续往前走，但走几步以后托利克回过身去，妈妈也回过身去。

波利娅大婶在冲他们深深地鞠躬。

去车站的路不远，爸爸提着箱子很吃力，但他走的不是近路。一开始托利克还纳闷儿，一直到快走到焦姆卡家门口了，才明白是怎么回事。

爸爸向妈妈转过脸去，歉疚地望着她。妈妈点点头，爸爸放下手中的箱子，走进院子。

外婆叹了口气，摇摇头。她当然猜不透其中的奥秘。托利克却在为爸爸高兴，为爸爸和妈妈一道想出来的好主意高兴。

爸爸很快就出来了，而且不是一个人，同他一起出来的还有焦姆卡。

爸爸走近皮箱，不好意思地犹豫着，而后像是表示歉意地说：

"瞧，焦姆卡想送送我们。"

一股暖流传遍托利克全身。焦姆卡啊焦姆卡！说来说去他还真是个大好人啊！他不计前嫌，终于来送行了。不是每个大人都能做到这一点，焦姆卡却能做到。

他们一起向车站走去，外婆走在前面，后面跟着爸爸和妈妈，最后是托利克和焦姆卡。

已经能看到车站了。车站一片灰暗，好像一座大营房。托利克一路上都在想焦姆卡，想焦姆卡的正义感。他想：一个具有正义感的人是多么有力量啊！

托利克发现焦姆卡长高了，也瘦了。两个孩子并不冲着对方笑，也不是快活地挤眼睛，而是仔细地瞅着对方，仿佛是想把对方牢牢记住。

"很快就要上学了。"焦姆卡叹了口气，说。

托利克想起伊佐利达•帕夫洛夫娜、齐帕、玛什卡、叶妮卡和科利亚•苏沃洛夫，冲焦姆卡机械地点点头。以后会怎么样呢，他叹了口气，但并不难过。

火车停靠站台。爸爸将车票交给一个瘦高个儿列车员，把皮箱送进车厢。绑在其中一口皮箱上的那口小锅碰到铁的东西，如怨如诉地哐当一声响，这时妈妈突然向托利克跑去。

她搂住托利克，用尽全力紧紧拥抱，浑身在瑟瑟发抖。妈妈没有哭，她那双眼睛是干的，但饱含忧愁，显得很激动。妈妈呼吸急促，像搂个小孩子一样紧紧搂住托利克。

"请原谅！"她小声说，"原谅我吧！"

"原谅什么呀？"托利克奇怪地问，自己也觉得难为情了。

这时他大概是应该哭的，可是眼泪流不出来。而且，他对周围一切的反应非常冷淡。仿佛妈妈不是在搂他，这个车站、还有他们要坐上远走高飞的绿皮车厢也与他无关。他像一个局外人在冷眼看待周围所发生的一切。

"托利克！"妈妈悄声说，"请原谅吧！"她瞅着他的眼睛，似乎他只要一说"行啊，我原谅"，事情就会改观似的。

他不时地望望焦姆卡，心想还是应该主持公道，于是连连点头称是，强作欢颜。只是妈妈还是不放心，仿佛这样对她来说根本不够。在她看来，托利克似乎应该嚷上一通，或者下个书面保证，盖上印章，让别人知道他已经原谅他们，不再生气，她才能安心离开。

爸爸走出车厢，面带惘然若失的神色。

托利克心想："他俩蒙头耷脑，方寸都乱了。难道可以这样心事重重地走吗？应该去想今后的事，想将来会出现的情况，应该笑，而不应该哭，因为将来总是会好一些的。"

爸爸走近搂住托利克的妈妈，把一支烟放在手里揉捻。爸爸的手指格外有力，香烟薄薄的一层外皮啪的一声裂开，黄灿灿的烟丝像雨点一样落在车站的月台上。

"好啦，"爸爸傻呆呆地笑着，劝慰妈妈说，"等我们安顿好了，马上就回来接他。"

妈妈点点头。

"一定，一定，"她说，"马上就回来接，一安顿好就回来接你。"

这时，托利克突然想对他们说些大人要说的话，说些有意思的话，好让他们放心前去。因为他留了下来，他们得到外地去重新开始生活，重新开始写一个笔记本。得让这个笔记本干干净净，字迹工整，没有墨点，没有涂改的地方，可是他们现在却像在考场上那样焦灼、不安。

托利克鼓起勇气，尽量把字咬得清清楚楚，说道：

"你们走吧，别担心。"

尽管他努力让自己平静，但声音还是颤抖了一下，露出了马脚，接着他补充道：

"我等你们！"

广播在提醒火车要开了。妈妈再一次紧紧搂住托利克，爸爸也用力抱了抱他。托利克闻到爸爸身上浓浓的烟味。

十

火车缓缓向前行驶，托利克在一旁紧跟。

他目不转睛地望着爸爸那张木然的脸，看见妈妈的嘴唇在翕动。

火车开始提速，托利克也跑起来，尽可能跟上列车员那只伸出来的手，那只手里攥着一面卷成筒状的黄旗。

然而火车越跑越快，托利克最后看了一眼爸爸和妈妈那两张苍白的脸。

妈妈瞪大眼睛望了望托利克。

爸爸一挥手，没有任何笑脸。

很快，他俩被车厢遮住了。

"祝你们……"托利克小声说半句就不往下说了，心想也没人听。

他站在月台边上。

月台前面是一级很陡的台阶，再往前是交错在一起的寒光闪亮的铁轨。

这些铁轨时而并在一起，时而又叉开。虽然线路那么乱，但火车已经理出头绪，循着自己的轨道向前驶去，越变越小。

托利克回转身去。

焦姆卡站在他身后，正忧虑不安地望着他。

再远一些的路灯下，是弯腰驼背的外婆。

托利克叹了口气，向焦姆卡迈出一步……

焦姆卡紧紧地握住了他的手。